JN441423

"잘 어울리십니다."
엘레인은
싱긋 미소 지으며 말했다.
티리아
자칭 쿠로노의 정처인 황녀님.
돌아오는 쿠로노를 위해
예쁘게 꾸미는 데 힘쓴다?
쿠로노 전기 9
이세계 전이한 내가 최강인 건
침대 위에서만인 것 같습니다

"수! 그런 말
하면 안 돼!!"
"……괜찮아.
수가 무례한 건
알고 있어."
에릴 살드멜리크
티리아의 감시역인 근위기사단 단장.
딱히 일을 하는 것도 없이 태평하게 지내던 참에
동년배 두 사람에게 붙잡힌다.

스노우
레이라를 엄마처럼 따르는 하프 엘프 소녀.
상식인으로서, 둘에게 휘둘리게 된다.
수
루 족과 제국의 우호 관계를 쌓기 위해
쿠로노한테 온 어린 아내.
제국에서 살아가는 방식을 모색하는 중에
둘에게 의견을 구한다.
"너, 일, 없다.
제국, 이상하다,
일 없는 녀석, 지위 높다."

"흥, 스타일은
내 쪽이 더 좋다."
"어때?
크기는 내가 더 커."

쿠로노 전기 9
Record of Kurono's War
이세계 전이한 내가 최강인 건
침대 위에서만인 것 같습니다
isekaiteni sita boku ga saikyou nanoha
bed no uedake no youdesu
일러스트 무츠미 마사토
사이토 아유무

커버 그림, 본문 일러스트 | **무츠미 마사토**

Record of Kurono's War
isekaiteni sita boku ga saikyou nanoha
bed no uedake no youdesu

서 장 『배신』

제국력 431년 8월 중순 밤── 홀에 첼발로 음색이 흐른다.

온화한 음색이다. 바람에 흔들리는 보리 이삭이나 여울 소리를 떠올리게 한다.

엘레인은 그 음색에 몸을 맡기다시피 하며 홀을 돌고, 단골손님과 인사를 나눴다.

얼추 인사를 끝내고 나자 카운터석에 낯익은 남자가 앉아 있는 것을 알아차렸다.

베일리 상회의 에드워드다. 돈 씀씀이가 짜기에 기꺼이 거래하고 싶은 상대는 아니다.

그럼에도 한때 거래했던 건, 그가 자유도시 국가군과 강한 연줄을 가지고 있기 때문이다.

아니, 이메이의 국가 원수 소크라고 해야 할까.

무시하고 싶다고 무시했다가 발목을 잡히면 웃을 일이 아니다.

천천히 다가가 옆자리에 앉았다. 잠시 후──.

"오랜만이군요."

남자── 에드워드가 온화한 어조로 말했다. 시선은 손에 든 잔으로 향해 있었다.

"그래, 오랜만이야. 당신은 이제 내 가게에 안 올 줄 알았는데."

"그건 섣부른 지레짐작이군요."
"그래?"
"자유도시 국가군은 하나의 결집체가 아닙니다. 당신이나 시프, 알자인에게 의도가 있었던 것처럼, 저희에게도 의도가 있습니다."
그렇게 말하고, 에드워드는 품에서 가죽 주머니를 꺼냈다.
"이게 뭔데?"
"정보료입니다. 에라키스 후작령에 막 도착한 참이라 아무것도 아는 게 없거든요."
에드워드는 난처한 듯이 미간을 찡그리며 말했다.
"미안하지만……."
"제게 정보를 제공할 수 없는 이유가 있습니까?"
"나는 시너 무역조합의 조합장이잖아. 직업상 말할 수 없는 게 있어."
"아, 그렇군요."
에드워드는 납득했다는 듯이 고개를 끄덕이고는 가죽 주머니를 도로 품에 넣었다.
조합장 운운은 거짓말이 아니지만, 실은 심부름꾼 취급받고 싶지 않다는 마음이 더 컸다.
"그러면 가벼운 잡담은 어떻습니까?"
"그 정도는 어울려 줄게. 뭐부터 이야기할까?"
"그저 잡담이니 그리 신경 쓰지 않으셔도 됩니다."

"그것도 그러네."

가볍게 쿡 웃었다. 그러자 바텐더가 와인을 잔에 따라 카운터에 올려놓았다.

"운을 떼는 방식이 부자연스럽긴 하지만…… 알고 있어? 쿠로노 님이 돌아온대."

"예, 저도 들었습니다. 루 족 포섭에 성공하셨다죠? 그러고 보니 쿠로노 님이 남변경에 머무시는 동안, 기병대장이 영주 대리를 맡았다고 들었습니다만?"

"케인 님 말이지? 이런 일이 두 번 째라 나름 익숙해지신 모양이지만, 개인적으로는 황녀 전하가 했어야 하는 게 아닌가 생각해."

"그분께서는 건강이 좋지 않으시다고 들었습니다. 무리하게 일을 맡기고 싶지 않았던 거겠지요."

"아니면 잠시나마 자유를 주고 싶었든가."

"음, 그렇게도 생각할 수도 있겠군요."

에드워드가 쓴웃음을 지었다.

엘레인은 어떤 사실을 깨달았다. 아니, 어떤 의심이 생겼다고 해야 할까.

그녀는 평정을 가장하며 다음 화제를 꺼냈다.

"하말 자작의 딸이 군에서 퇴역했대."

"예, 원래도 남들과 잘 어울리지 못한다는 이야기가 있었지요. 군을 나와서 어쩔 생각일까요?"

"글쎄. 약혼했다는 소식은 없었는데. 뒤늦게 교양수업이라도 받으려나?"

엘레인은 잔을 기울이며 대꾸했다. 에드워드의 말에 의심이 강해졌다.

하지만 확신에는 이르지 않는다. 대화를 거듭할 필요가 있다.

"다른 이야기인데, 신성 아르고 왕국은 어때? 상황이 조금 어지럽다고 들었는데."

"거긴 평화로운 날이 더 적습니다. 건국 이래 왕실파와 신전파가 계속 주도권 다툼 중이거든요. 이제는 차라리 내란이라도 터졌으면 좋겠습니다."

"어머, 과격한 말을 하네?"

"물론 도의적으로는 안 될 말이지요. 하지만 그게 제 솔직한 심정입니다."

엘레인이 장난스럽게 말하자 에드워드는 과장되게 어깨를 으쓱였다.

"내란이 일어나면 양 진영에 물자를 팔아서 한몫 챙길 수 있으니까?"

"후후, 그것도 신전파한테 방해받지 않을 때나 가능한 이야기겠지만요."

"하긴."

자유도시 국가군과 신성 아르고 왕국을 잇는 가도는 신전파의 영역이다.

우회할 수는 있으나, 경유하는 영지가 늘어날수록 통행세는 쌓

이고, 이익은 줄어든다.

결과적으로 지금 상황에서 자유도시 국가군에서 왕실파로 물자를 보내는 건 그다지 현실적이지 않다.

하지만 카도 백작령에 거점을 만들면 이야기가 달라진다. 원생림을 빠져나가 왕실파에 물자를 보낼 수 있게 되니까.

"신전파라고 하니——."

엘레인은 다른 화제를 꺼냈고, 그게 끝나자 또 다른 화제를 꺼냈다.

물론 손안에 쥔 모든 패를 보여주지는 않았다.

특히—— 쿠로노가 행상인 조합 설립을 노린다는 것은 철저히 감췄다.

대화로 목에 갈증을 느낄 즈음, 확신이 들었다. 그가 가진 정보는 이쪽을 웃돌지 못한다.

동시에 소크의 의도가 보이기 시작했다. 소크는 엘레인을 이용할 생각이다.

아직 이쪽에 미련이 있다는 걸 알고 나니, 훼방이 미적지근한 이유가 납득됐다.

별안간 대화가 끊기고 에드워드가 살짝 몸을 움직였다. 드디어 본론이 나오는 걸까.

"카도 백작령의 항구가 완공을 눈앞에 두고 있다지요?"

"그렇지. 사옥 완성이 늦지 않아서 다행이야."

"하하, 부럽군요. 저희는 한발 늦었습니다."

에드워드는 마치 졌다는 듯이 머리를 긁적이더니 "하지만" 하고 뒷말을 이었다.

"늦었다고 해서, 그냥 물러날 수는 없습니다. 어떻게든 만회해야겠죠."

"내가 뭘 해줬으면 하는데?"

"미노타우로스와 리자드맨을 내쫓는 데 협력해 주시지요. 그 항구는 '시너 무역조합'만큼은 아니더라도 금싸라기가 될 거거든요."

"그야 거길 먹을 수 있다면 그렇겠지. 하지만 그게 나와 무슨 상관이지? 내가 얻을 게 없는데?"

"저희는 시너 무역조합과 협력 관계를 쌓을 생각입니다."

"아아, 과연."

"이해하셨군요."

에드워드가 웃으며 대답했다.

요컨대 협력해서 항구의 이권을 우리끼리 독점하자는 말이다. 아니, 정확하게는 '항구의 이권을 절반 줄 테니 협력하자'일까. 표면만 보면 나쁘지 않은 거래다.

"조금 생각해 볼게."

"고민할 여지가 있습니까? 좋은 이야기라고 생각합니다만."

"좋을수록 고민해봐야 하는 거야."

"……그렇군요. 하지만 오래는 못 기다립니다."

이걸로 용무가 끝났는지, 에드워드는 계산을 마치고는 가게에서 나갔다.

어떻게 할까? 하고 엘레인은 잔을 기울였다.

제 1 장 『청경우독(晴耕雨讀)』

아침—— 티리아는 작은 새가 지저귀는 소리에 눈을 떴다. 실로 상쾌한 아침이다. 무언가 좋은 일이 있을 것 같은 느낌이 든다.

몸을 일으키자 똑똑, 문을 노크하는 소리가 들렸다. 앨리사가 머리를 빗기러 온 것이리라.

"들어와라."

"실례하겠습니다."

티리아가 입실을 허가하자 문이 열렸다. 예상대로 앨리사였다. 그녀는 공손하게 고개 숙여 인사한 뒤 방에 들어왔다.

티리아는 침대에서 내려와 화장대로 향했다. 의자에 앉아 화장대 거울을 봤다. 당연한 일이지만 거울에는 티리아의 모습이 비쳤다. 머리카락이 다소 흐트러진 건 그만큼 잘 잤기 때문이다. 거울 속의 티리아는 개운한 표정이었다.

앨리사가 조용히 다가와 등 뒤에 섰다.

"황녀 전하, 좋은 아침입니다."

"음, 좋은 아침이다."

"머리카락을 빗겨 드리겠습니다."

"부탁하마."

"실례하겠습니다."

티리아가 의젓하게 고개를 끄덕이자, 앨리사는 양해를 구한 뒤 서랍에서 빗을 꺼내 섬세하게 머리카락을 빗기기 시작했다.

문득 의문이 솟아올랐다.

"네가 머리를 빗겨 주게 되고 나서부터 얼마나 지났지?"

"처음 머리카락을 빗겨 드린 것이 2월 중순이니, 반년 정도입니다."

"그런가. 벌써 반년인가."

시간이 참 빠르구나 하고 절실히 느꼈다.

"즉 쿠로노가 남변경으로 떠나고 슬슬 석 달 반이 지났다는 거로군."

"……그렇습니다."

티리아가 나직이 중얼거리자, 앨리사는 약간 뜸을 두고 긍정했다.

"편지는 오지 않았나?"

"유감스럽게도……."

"나 참, 편지 정도는 보낼 수도 있는 것을……."

"무소식이 희소식이라고도 하지 않습니까."

"그렇다고는 하나, 모르는 사이도 아닌데 편지 정도는 쓸 수도 있는 것 아닌가? 나 참, 쿠로노는 옛날부터 이렇단 말이지. 언제나 날 조바심 나게 한다."

"황녀 전하는 주인님과 군사 학교 동기셨다는 이야기를 들었습니다. 주인님은 어떠한 학생이셨는지요?"

"음, 쿠로노는……."

티리아는 군사 학교 시절의 쿠로노에 관해 이야기하려다가 입을 다물었다. 앨리사가 세심하게 머리카락을 빗기고, 또 빗기고, 계속해서 빗기다가 의아하게 여겼는지 손을 멈췄다.

"황녀 전하?"

"지금 생각하니 이상하게도 인상에 남아 있지 않군."

"군사 학교 동기이지 않으셨습니까?"

"그래, 동기였다. 함께 지냈지. 다만 인상에 남아 있지 않구나."

티리아가 우물우물 중얼거리자, 앨리사가 재차 머리카락을 빗기기 시작했다. 기억을 더듬어 봤지만, 아무래도 영 떠오르는 모습이 없었다.

"새삼 이상하군. 연습에서 패배한 이후로는 선명하게 기억난다만……."

"연습 이후의 주인님은 어떠셨습니까?"

"잘 도망치는 녀석이었지."

앨리사가 손을 딱 멈췄다. 그렇기는 해도 몇 초다. 또다시 머리카락을 빗기기 시작했다.

"나는 그저 이야기를 하고 싶었을 뿐인데도, 녀석은 나를 피해 다녔다."

"아무래도 신분의 차이가……."

"물론 그것도 있겠지. 하지만 애초에 그런 걸 신경 쓸 거였으면, 연습에서 좀 봐줬으면 될 것 아니더냐?"

"그건……."

앨리사가 말을 머뭇거렸지만, 티리아는 무시하고 계속했다.

"그리고 타이밍이 나쁘다. 내가 만나고 싶을 때는 꼭 자리에 없고, 말을 걸려고 하면 이상하게 방해가 들어온다. 대체 뭐란 말이더냐."

"뭐냐고 말씀하셔도……."

"여하튼, 타이밍이 나쁜 남자다."

티리아는 벌컥벌컥 화내며 말했다. 첫날밤도 그렇다. 에라키스 후작령에 오고 나서 티리아는 침대에서 쿠로노가 오기를 이제나 저제나 하고 계속 기다렸…… 아니, 쿠로노가 덮치러 오는 게 아닐지 긴장하고 있었다. 그렇게 불안한 밤을 보내다가, 이내 황녀로서 긍지 높게 지자고 각오를 굳혔다.

그러나 각오가 무색하게, 쿠로노는 끝내 오지 않았다. 심지어 다른 여자와 잤다. 일이 이렇게 되자, 결국 티리아가 먼저 덮치고 말았다. 타이밍만 잘 맞았더라면 황녀로서 고상하게 꽃잎을 흩뜨릴 수 있었을 텐데.

그런 생각을 하며 한숨을 내쉬었다. 아니, 알고 있다. 쿠로노가 자기한테 손을 댈 생각이 없었다는 건 티리아가 제일 잘 안다. 오히려 타이밍이 나빴던 건 자신이었다. 좀 더 일찍 쿠로노를 향한 호의를 자각했더라면, 하는 생각이 들었다. 그랬더라면 그 하프엘프—— 레이라한테 새치기당할 일은 없었을 텐데. 이런 패배감을 품지 않아도 됐는데.

"크윽……."

"——!!"

티리아가 고개를 풀썩 떨구자, 앨리사는 손을 멈췄다.

"왜 그러시는지요?"

"아니, 아무것도 아니다."

"……그렇습니까."

앨리사는 영 납득이 되지 않은 듯했지만, 티리아가 앉은 자세를 똑바로 고치자 재차 머리를 빗기기 시작했다.

티리아도 실은 알고 있다. 모를 수가 없다. 호의를 자각하지 않았다든가, 새치기를 당했다든가 하는 그런 문제가 아니다. 여자로서 졌기에 느끼는 패배감이다.

티리아는 밤 시중 때 경계당하는 상황이다. 밤 시중은 커뮤니케이션이라는 논리를 대입하면, 티리아는 그 이전 단계에서 이미 탈락했다.

괴롭다. 스스로 뿌린 씨앗이라고는 해도 괴롭다. 여자의 프라이드를 유지하는 건 쉽지 않다고 절실히 느낀다. 비교 상대에 남자—— 케이론 백작이 있는 것도 괴롭다.

이 사태를 어떻게 만회하면 좋지? 하고 티리아는 거울을 봤다. 팔짱을 끼고 가슴을 들어 올려 봤다. 크기도 그렇고 모양도 그렇고, 자기 가슴이지만 훌륭하다고 생각한다. 뭐, 뭐어, 아무리 그래도 모유는 나오지 않지만, 쓸모없는 젖가슴이라고 불릴 정도는 아니다. 거울 너머로 앨리사를 봤다. 이 여자는 어떨까. 크기로는 자신이 우위일 터인데――.

"황녀 전하……."

"――! 뭐, 뭐냐?!"

갑자기 앨리사가 부르는 소리에, 티리아는 몸을 움찔 떨었다.

"오늘의 예정은 어떻게 되시는지요?"

"아, 식사를 끝내고 나면 훈련이다. 그 후에는……. 그래, 아리데드와 데네브가 비번일 터이니 둘을 데리고 노점을 시찰하겠다."

"잘 알겠습니다."

앨리사는 조용히 고개를 끄덕였다.

※

티리아가 옷을 갈아입고 식당에 가니 아무도 없었다. 자리에 앉아 시선을 이리저리 움직였다. 구석구석까지 청소가 잘 되어 있지만, 혼자만 있는 탓인지 괜히 춥게 느껴졌다. 잠시 후 식당과 주방을 나누는 문이 열리고 메이드 둘이 나왔다. 안대를 착용한 엘프와 드워프의 2인조다. 은색 쟁반을 들고 있었다.

"황녀 전하, 오래 기다리셨습니다."

"음……."

안대를 착용한 메이드가 고개 숙여 인사했고, 티리아는 끄덕였다. 두 사람이 테이블 위에 요리를 늘어놓기 시작했다. 빵과 수프, 샐러드, 스크램블드에그였다. 맞은편 자리에도 같은 요리가 놓였다. 티리아가 스푼을 손에 쥐자, 앨리사가 살드멜리크 자작을 데리고 왔다. 그녀는 맞은편 자리에 앉더니 빵을 먹기 시작했다. 느릿느릿 먹는 그 모습을 보니 그다지 맛있지 않은 모양이었다.
그러고 보니――.

"최근 늦잠이 늘었군."

"……반대야. 원래부터 나는 늦잠을 잘 때가 많았어."

"그런가."

티리아는 스푼으로 수프를 건져 입가로 옮겼다. 맛에 깊이가 느껴지지 않는다. 여주인이 아니라 앨리사가 만들었기에 어쩔 수 없다.

"그러면 어째서 일찍 일어나려고 했나?"

"……여주인이 만드는 요리를 먹기 위해서. 여주인의 요리는 무척 맛있어."

"죄송합니다."

요리가 맛없다는 말을 들었다고 느낀 것이리라. 앨리사가 어깨를 움츠리며 말했다.

"……그런 뜻은 아니야. 앨리사가 만드는 요리도 맛있어."

"감사합니다."

"……하지만, 여주인의 요리는 더 맛있어."

"죄송합니다."

앨리사는 재차 어깨를 움츠렸다.

"괴롭히지 마라."

"……그러려던 건 아니었어. 두둔하려던 생각이었어. 기분을 해쳤다면 사과할게. 미안해."

"아닙니다……."

살드멜리크 자작이 담담하게 말하자, 앨리사는 눈을 내리뜨고 대답했다.

"그렇게나 식사를 중히 여기면 나가서 먹으면 될 일 아닌가?"

"……안 돼."

살드멜리크 자작은 작게 고개를 가로저었다.

"어째서?"

"……돈이 없어."

"뭐라? 너는 근위기사단 단장 아닌가? 급료가 그리 적지는 않을 텐데?"

"……정정. 책을 사는 바람에 돈이 없어."

"책? 아무리 책을 샀더라도——."

"……평범한 책이 아니야. 마술의 역사에 관해 기록된 책. 그런 책은 매우 비싸."

음…… 하고 티리아는 수긍했다. 충분히 가능한 이야기다. 책은 결코 싼 물건이 아니다. 희소하다면 더더욱 그러리라.

"……라마르 5세 폐하께서 살아 계셨던 시절이 그리워."

"왜 갑자기 아버님의 이름이 나오지?"

"……원래 살드멜리크 자작가는 학자의 가계. 나는 군사 학교를 나오지 않았지만, 마술식이나 매직 아이템 개발자로서의 실력을 인정받아 라마르 5세 폐하의 후원으로 근위기사단 단장에 취임했어."

"제법 무모한 인사 처리군."

티리아는 자기 경우는 생각하지 않고 그렇게 말했다. 하지만 아버지는 무모한 인사를 밀어붙일 만큼의 가치가 있다고 생각한 것이리라.

"목적은 투명성 확보와 기술 유출 방지인가?"

"……거의 틀림없다고 생각해. 라마르 5세 폐하 덕분에 나는 예산을 신경 쓰지 않고 연구에 몰두할 수 있었어. 좋은 시절이었어."

살드멜리크 자작은 절절한 어조로 말했다.

"지금은 예산을 신경 써야 하는 상황이란 말인가?"

"……아니. 예산은 없어. 전부 내 부담."

"어째서지? 마술식이나 매직 아이템 개발은 제국의 이익으로 이어진다. 아예 지원하지 않을 이유는 없는 것 같다만?"

"……인간은 감정으로 움직이는 생물. 라마르 5세 폐하가 없어지자, 불만이 분출했어. 알코르 재상이라도 대우를 유지하는 건 어려웠어."

"그런가. 즉 나와 같은 처지군."

"……그건 아니야."

"뭐라?!"

살드멜리크 자작이 나직이 말했고, 티리아는 자기도 모르게 언성을 높였다.

"……나는 근위기사단 단장, 황녀 전하는 제1 황위 계승자. 분수에 맞지 않은 지위에 앉아 있던 나하고 황녀 전하는 입장이 달라. 똑같이 취급해서는 안 돼."

으그극, 하고 티리아는 신음했다. 말하고 싶은 바는 이해하지만, 좀 더 마음 씀씀이가 필요하지 않을까. 과연, 불만이 분출할 만도 하다.

"……단장 지위를 잃기 전에 어떻게 처신할지 생각해야만 해."

"잠깐, 군을 그만둘 생각이냐?"

"……현재 상황에서는 연구가 불가능해. 그러니, 어쩔 수 없어."

"너는 아버님께 우대받던 과거가 있지 않나. 그런데 자의로 군을 그만두겠다니, 너무 의리가 없는 짓이 아닌가?"

"……물론, 라마르 5세 폐하께는 신세를 졌어. 무척 감사하고 있어. 하지만, 받은 은혜는 갚았어. 게다가 라마르 5세 폐하는 이제 계시지 않아."

"……."

티리아는 말없이 살드멜리크 자작을 쳐다봤다. 그녀가 하는 말은 지당하지만, 너무 냉담한 것 아닐까. 이 상태라면 대우 여하에 따라 신성 아르고 왕국으로 갈지도 모른다. 어쩔 수 없다. 조금 속을 떠볼까.

"군은 그만둔다고 치고, 이후는 어쩔지 생각해 둔 건 있나?"

"……에라키스 후작 밑에서 일할 수 있으면 좋겠어. 하지만, 그렇다고 황녀 전하가 걱정할 건 없어. 딱히 입김은 기대하지 않아."

크으, 하고 티리아는 신음했다. 마치 티리아한테 아무런 힘도 없다는 것 같은 말투다. 나도 쿠로노한테 제안 정도는 할 수 있다고! 하고 속으로 생각하며 참고 이야기를 계속했다.

"쿠로노의 어디가 마음에 들었지?"

"……황녀 전하는 에라키스 후작을 어떻게 생각해?"

"어, 어떻게라니, 사랑하고 있다."

꺄앗~! 하고 환성이 일어난다. 메이드 둘의 목소리다. 이런 곳에서 쿠로노를 사랑한다고 말하다니, 조금 부끄럽다. 하지만──.

"……그런 건 묻지 않았어. 황녀 전하는 무척 유감스러워."

"내가 유감스럽다고?!"

"……에라키스 후작은 하셀 남쪽에 밭을 만들고 있어."

"그 정도는 나도 안다."

티리아는 부루퉁해져서 받아쳤다.

쿠로노는 하셀 남쪽에 밭을 만들어, 설탕의 재료가 되는 비트와 종이의 재료가 되는 나무를 기르고 있다. 비트만 길러도 충분하지 않나 생각했지만, 종이의 재료가 되는 나무가 고갈되는 것을 염려한 결정인 듯했다. 역시나, 다른 세계에서 온 남자. 착안점이 다르다.

"……에라키스 후작은 종래와는 다른 방법으로 설탕을 만들려 하고 있어. 이건 기득 권익을 파괴하는 행위. 종이나 염전도 마찬가지. 무척 개화적인 인물. 게다가 드워프한테 공방을 내려줘서 기술을 개발하고 있는 점도 감안하면, 나도 후대해 줄 가능성이 높아."

"그런가."

이 여자는 후대해도 쉽사리 배신할 것 같군, 이라는 감상을 품으며 티리아는 수프를 입가로 옮겼다.

※

깡, 깡, 하는 소리가 울린다. 망치를 두드리는 소리다. 골디의 공방에서는 드워프들이 분주하게 움직이고, 종이 공방에서는 비릿한 수증기가 피어올랐다.

한편에서는 아인들이 대화하며 정원 한구석—— 학교로 향한다. 처음 찾아왔을 때는 조용했었는데, 어느새 이토록 소란스러워졌다. 하지만 쿠로노가 이 시끌벅적함을 가져왔다고 생각하니 딱히 시끄럽게 느껴지지 않았다.

티리아는 목검을 중단으로 드는 자세를 취했다. 호흡을 가다듬고 의식을 집중한다. 가상의 적은 케이론 백작이다. 발을 내디뎌 목검을 내찌른다. 목을 노린 공격이었다. 하지만, 목검은 허공을 꿰뚫었다. 뒤돌아보는 동시에 옆으로 휘두르는 일격을 내지른다. 목검이 공중에 있던 나뭇잎을 절단했지만——.

"안 되겠군."

작게 고개를 가로저었다. 이전에 싸웠을 때, 케이론 백작은 뒤로 돌아 들어와 자신을 공격했다. 그걸 감안하여 전투를 상상했지만, 아무래도 영 느낌이 확실하게 오지 않았다. 방금 움직임은 예측이라기보다는 희망 사항에 가까웠다.

"……하지만, 할 수 있는 건 아직 있다."

티리아는 재차 목검을 중단 자세로 들었다. 발을 내디디고 목검을 내리쳤다. 셀 수 없을 만큼 반복해 온 동작 중 하나다. 케이론 백작의 움직임을 상상할 수 없더라도, 자신의 동작을 세련되게 만들 수는 있다. 같은 동작을 반복하며 문제점을 수정하고, 최적의 동작을 구축한다. 끝이 보이지 않는, 아니, 끝이 없는 작업이다.

이전이라면 모티베이션을 유지하지 못했을 게 분명하다. 하지만 지금은 목적이 있다. 케이론 백작을 격파하고 머리를 짓밟는다는 목적이. 이 목적을 달성하고 나서야 비로소 상처 입은 프라이드를 치유할 수 있다. 몸에 땀이 흥건히 나기 시작했을 즈음, 목검을 손에 든 소년이 다가왔다. 페이의 제자── 토니다.

"너도 연습인가?"

"응, 스승님의 지시야. 농땡이 피우면 그만큼 기술이 녹슨댔어."

그렇게 말하고 토니는 목검을 들어 자세를 취했다. 이전에 비하면 상당히 나아졌지만, 아직도 개선해야 할 점이 많다. 티리아는 주제넘다고 생각하면서도 말을 걸었다.

"원한다면 가르쳐 줄 수도 있다만?"

"괜찮아."

"어째서지?"

티리아가 묻자, 토니는 자세를 풀었다.
"다른 사람한테 배우면 스승님이 삐치거든."
"말하지 않으면 어차피 모를 텐데?"
"나도 그렇게 생각했는데, 스승님은 검술에 관해서는 감이 예리하더라고~."
토니는 긁적긁적하며 머리를 긁었다.
"그러니까 됐어."
"그런가, 너도 고생이 많군."
"그래도 뭐, 스승님이 나쁜 사람은 아니니까."
토니는 한숨을 섞으며 말했다. 제법 성가신 사제관계인 모양이다. 여기서 이야기하고 있어도 괜찮은지 걱정된다. 하지만 장소를 바꾸는 것도 부자연스럽다. 어떻게 하면 좋을지 생각한 그때, 후작 저택에서 살드멜리크 자작이 나왔다. 방치되어 있던 나무 상자에 앉아 가죽 주머니에서 책을 꺼냈다. 나이스 타이밍이다.
"토니, 힘내라."
"황녀 전하도. 뭘 힘낼지는 모르겠지만."
티리아는 토니한테 말을 건네고, 살드멜리크 자작이 있는 곳으로 향했다. 티리아를 알아차린 것이리라. 이쪽으로 시선을 향했다.
"지금, 한가한가?"
"……나는 책을 읽느라 바빠."
"책은 방에서 읽으면 되지 않나."

"……청소가 끝날 때까지 밖에 나가 있으래. 청소가 끝나는 대로 방에 돌아갈 거야."

"그러면 잠깐은 시간이 있다는 말이로군."

"……."

살드멜리크 자작은 말없이 한숨을 내쉬었다. 그런 점이 밉보이는 거라고, 하고 마음속으로 딴지를 걸었다.

"나와 싸워 보지 않겠나?"

"……거절할게. 싸울 이유가 없어."

"이유는 있다. 한번, 나는 너와 싸워 보고 싶었다."

"……."

살드멜리크 자작은 말이 없다. 말없이 한숨을 내쉬었다. 그 꼴을 보자니 짜증이 났다. 장소를 바꾸려는 방편이었지만, 그녀의 태도에 결심이 섰다. 그녀와는 육체 언어로 대화를 나눌 필요가 있다.

"자, 한다."

"……내가 진심을 발휘하면 후작 저택이 무너져."

"그럼 연병장으로 이동하지. 그곳이라면 문제없다."

"……그 점에는 동의해. 하지만, 거절하겠어. 나는 싸워서 얻을 게 없어."

"네가 이기면 쿠로노한테 추천해 주마."

"……."

티리아의 말에 살드멜리크 자작은 눈을 가늘게 떴다. 평가하는 듯한 시선이다. 티리아한테 그만한 힘이 있는지 생각하고 있는 것이리라. 한숨을 내쉬고는 책을 가죽 주머니에 넣었다. 아무래도 할 생각이 든 모양이다.

"……알았어. 지금의 황녀 전하라도 그 정도의 힘은 있겠지."

"바로 그런 점이 문제다."

"……?"

결국 참지 못하고 지적하자, 살드멜리크 자작은 고개를 갸웃했다.

티리아는 깊이 한숨을 내쉬고는 목검을 어깨에 둘러멨다.

"뭐, 됐다. 가지."

"……알았어."

살드멜리크 자작이 나무 상자에서 일어났고, 티리아는 몸을 돌려 걷기 시작했다. 후작 저택 정원을 가로질러 정문을 통해 부지 밖으로 나갔다. 잠시 걷자 상업구로 나왔다. 제국 유수의 상회 지점이 늘어선 만큼, 무척 조용한 구역이다.

그 도중에서 걸음을 멈췄다. 낯선 가게가 있었다. 올려다보니 '시너 무역조합 2호점'이라는 간판이 있었다. 시너 무역조합—— 쿠로노가 출자한 상회 이름이다. 가게 정면이 유리로 되어 있어 호기심이 자극된다. 하지만 아직 문을 열지 않은 모양이다. 어쩔 수 없다. 문을 열고 나서 오기로 하자. 그런 생각을 하고 있자, 뭔가가 부딪쳤다. 그리고 한 박자 늦게——

"……꺄앗."

귀여운 비명이 일었다. 뒤돌아보니 살드멜리크 자작이 엉덩방아를 찧은 채 주저앉아 있었다. 불만스러운 듯이 티리아를 노려보고는 느릿느릿 일어났다.

"미안하다."

"……괜찮아. 하지만, 다음부터는 주의해 줬으면 해."

"그리하지."

티리아는 고개를 끄덕이고는 살드멜리크 자작에게 등을 돌리고 걷기 시작했다. 상업구를 빠져나와, 그 너머에 있는 노점이 늘어선 광장으로. 낯선 노점을 발견하여 달려가고 싶은 충동에 휩싸였지만, 꾹 참았다. 살드멜리크 자작한테 주의하라는 말을 들은 참이다. 달려갔다간 무슨 말을 들을지 알 수 없다.

게다가 이제부터 살드멜리크 자작과 싸울 예정이다. 뭘 팔고 있는지 확인하는 건 그 뒤에 하면 된다. 미련이 남는 심정으로 광장을 지나치고 거주구로 들어갔다. 거주구는 어지럽게 뒤섞여 있다. 집이 늘어서 있는가 싶더니 노점이 홀연히 모습을 나타내는 것이다. 구빈원과 여주인의 전 가게 앞을 지나 성문에 도착했다. 그러자——.

"황녀 전하, 왔다."

"드문 일."

늑대 수인—— 시로와 하이이로가 달려왔다.

"어디, 간다?"

"먼 곳, 위험."

"살드멜리크 자작과 연병장에서 모의전을 할 생각이다."

""살드멜리크 자작?""

"뒤에 있지 않나."

시로와 하이이로가 고개를 갸웃했다. 티리아는 뒤돌아봤다. 하지만 그곳에 살드멜리크 자작의 모습은 없었다. 뭐지? 도중에 의욕이 사라져서 돌아갔나?

""있다!""

"어디지?"

시로와 하이이로가 전방을 가리켰고, 티리아는 그곳을 응시했다. 확실히 있었다. 3, 40m 떨어진 곳을 터덜터덜 걷고 있다. 잠시 후――.

"……기다리게 했네."

"숨을 헐떡거리는 것 같다만?"

"……문제없어."

살드멜리크 자작은 숨을 헐떡이며 대답했다. 후작 저택에서 성문까지 걸은 것만으로 숨이 끊일락 말락 할 거라고는 생각하지 못했다. 이 정도 체력으로 싸울 수 있을지 걱정된다. 하지만 여기서 싸우는 걸 그만두겠다고 말하면 부전패가 될 뿐이다. 그것만큼은 사절이다.

"그럼, 간다."

"……알겠어."

"조심, 한다."

"바깥, 위험, 가득."

등 뒤로 시로와 하이이로의 목소리를 들으며 티리아와 살드멜리크 자작은 성문을 빠져나갔다. 성벽을 따라 난 길을 나아가 연병장으로 향한다. 도중에 어깨너머로 뒤를 확인하자 또 살드멜리크 자작과의 거리가 벌어져 있었다. 어쩔 수 없이 신 병영 앞에서 멈춰 섰다.

살드멜리크 자작이 따라붙었고, 티리아는 말을 걸지 않고 걷기 시작했다. 잠시 후 연병장에 도착했다. 그러자 그곳에서는 쿠로노의 부하가 목검이나 나무 창으로 서로 대련하고 있었다. 이만큼 격렬한 훈련을 하는 대대는 근위기사단을 제외하면 여기 정도일 것이다.

"괴로워 보이는 표정 짓지 마라! 죽을 생각으로 해라! 죽을 생각으로!!"

연병장에 목소리가 울렸다. 쿠로노가 없는 동안 이곳을 맡은 미노타우로스—— 미노의 목소리다. 티리아와 살드멜리크 자작을 알아차린 것이리라. 미노가 달려왔다.

"황녀 전하, 무슨 일이십까?"

"살드멜리크 자작과 시합하러 왔다."

"살드멜리크 자작과?"

미노는 의아한 듯이 살드멜리크 자작을 봤다. 연병장에 막 도착했기 때문이리라. 가볍게 달린 뒤처럼 호흡이 흐트러져 있다.

"괜찮습까?"

"……걱정할 필요는 없어."

으음~, 하고 미노는 굵은 팔로 팔짱을 끼고는 신음했다. 마음은 이해한다. 이렇게나 숨이 끊일락 말락 하는 소녀가 싸울 수 있을지 걱정되는 것이리라.

"알겠습다. 하지만, 너무 무리하지는 마십쇼."

"……알았어. 무리는 안 해."

"휴식!"

살드멜리크 자작이 작게 고개를 끄덕였고 미노가 큰 목소리로 외쳤다. 그 큰 목소리에 움찔하고 말았다. 살드멜리크 자작이나 주위에 있던 아인도 마찬가지였다.

"황녀 전하와 살드멜리크 자작이 모의 전투를 한다! 그때까지 휴식이다!!"

"……휴식은 성벽 옆에서 해줬으면 좋겠어. 말려들 우려가 있어."

"성벽 옆으로 이동해라! 말려들 거다!!"

살드멜리크 자작의 충고를 듣고 미노가 재차 목소리를 높여 외쳤다. 아인들은 티리아와 살드멜리크 자작을 둘러싸는 것처럼 움직이고 있었지만, 미노의 명령에 따라 성벽을 향해 걷기 시작했다.

"……황녀 전하는 성벽에서 떨어져 줬으면 해."

"알았다."

주문이 많은 녀석이군, 하고 생각하며 살드멜리크 자작의 말에 따랐다. 티리아는 10m 정도 거리를 두고 살드멜리크 자작을 향해 돌아섰다. 그녀의 등 뒤에는 미노, 그 뒤에는 아인들, 한층 그 뒤에는 성벽이 우뚝 서 있다.

"제가 시작이라고 말하면 시작해 주십쇼!!"

"알았다!"

"……알겠어."

미노가 큰 목소리로 외쳤고, 티리아와 살드멜리크 자작은 고개를 끄덕였다. 반칙이나 승리 조건을 정하지 않아도 괜찮은 걸까. 그런 의문이 뇌리를 스친다. 아니, 티리아한테는 신위술이 있다. 어지간한 일로는 밀리지 않는다.

오히려 불리한 건 살드멜리크 자작이다. 그녀의 전문은 마술식과 매직 아이템 개발이다. 게다가 평범하게 걷는 것만으로도 숨을 헐떡일 정도로 체력이 없다. 세세한 조건을 정하면 싸우지 않고도 티리아가 이길지도 모른다.

"시작——!!"

미노가 전투 개시를 신호했다. 우선은 가볍게, 라며 티리아는 목검을 휘둘렀다.

"……전력으로 가겠어. 가상 인격 기동, 술식 목록 개시(開示), 술식 선택 · 염탄난무, 궤도 및 탄수 변경—— 설정 완료, 술식 해동!"

"——!!"

티리아는 눈을 휘둥그레 떴다. 아니, 누구든 눈이 휘둥그레질 것이다. 화염의 벽이 홀연히 모습을 드러냈으니까. 눈을 가늘게 떴다. 화염의 벽이 흔들린 듯한 느낌이 든 것이다. 아니다. 흔들린 게 아니다. 이쪽으로 기울고 있다.

"신이여!"

티리아는 신위술 · 활성으로 신체 능력을 끌어올려 지면을 박찼다. 살드멜리크 자작과의 거리를 좁히기 위해서가 아니다. 옆으로—— 화염의 벽에서 벗어나기 위해서다. 피부가 따끔따끔하며 아프다. 화염의 벽이 가까이 다가온 것이다.

이게 염탄난무라고? 웃기지 마라!! 하고 마음속으로 악다구니를 내뱉었다. 염탄난무는 여러 개의 화염탄을 쏘는 마술이다. 화염의 벽을 만들어 내는 마술이 아니다. 지면을 강하게 박찼다. 착지 같은 건 생각하지 않았다. 오로지 그저 거리를 벌리기 위한 도약이었다. 벽이 지면에 쓰러지는 동시에 열풍이 불어닥쳤다. 다행이다. 아슬아슬하게 화염의 벽에서 벗어날 수 있었다. 이런 무시무시한 짓을 하다니. 다른 사람이었으면 꼼짝없이 죽었다.

티리아는 몸을 일으키다가 어떤 사실을 알아차렸다. 머리카락 끝이 그을렸다. 어머님에게서 물려받은 머리카락에 잘도, 하고 입술을 꽉 깨물고는 고개를 들었다. 흔들리는 대기 너머로 살드멜리크 자작의 모습이 보였다. 그 밖에도 뭔가가 보인다. 눈을 가늘게 떴다. 불꽃이다. 푸르스름한 불꽃이 살드멜리크 자작 주위에서 파직파직 터지고 있다.

"……뇌정난무."

"죽일 생각이냐아아아아!!"

푸르스름한 빛의 격류가 밀어닥치자, 티리아는 큰 목소리로 외쳤다.

※

푸르스름한 빛의 격류는 흙먼지를 일으키며 돌진했고, 티리아 황녀를 집어삼켰다. 아니, 흙먼지가 자욱하게 끼었기에 집어삼킨 장면은 보지 못했다. 하지만 집어삼켜졌다고 판단해도 좋으리라.

"……승리."

"아무리 그래도 지나쳤습다!"

에릴이 주먹을 번쩍 쳐들자 미노타우로스가 비명 같은 목소리를 질렀다.

"……황녀 전하는 싸움을 원하고 있었어."

아, 하고 에릴은 목소리를 냈다. 아뿔싸. 이래서는 에라키스 후작한테 추천해 달라고 할 수 없다.

"……곤란해."

"곤란하다니……."

에릴이 나직이 중얼거리자 미노타우로스가 신음하듯이 말했다. 아인들이 웅성거렸다. 무슨 일 있는 것일까. 고개를 들었다. 그러자 흙먼지 속에서 빛이 보였다. 하얀빛이다. 아마도 신위술 · 성순(聖盾). 과연, 저걸로 뇌정난무를 막은 건가. 하지만 뇌정난무는 뇌격을 내뿜는 마술이다. 직격은 막았어도 몸이 저릴 터다.

"……다행이야. 하지만, 승부는 승부."

어떤 마술을 써야 할지 생각한 그때, 바람이 불었다. 흙먼지가 쓸려나가고, 에릴은 눈을 휘둥그레 떴다. 흙먼지가 걷힌 그곳에 있었던 건 빛의 방패뿐. 티리아 황녀는 없다.

"……어디?"

"여기다!"

에릴이 시선을 이리저리 움직이자, 목소리가 울렸다. 티리아 황녀의 목소리다. 목소리가 난 쪽을 봤다. 바람에 휩쓸려 가는 흙먼지 속에서 티리아 황녀가 뛰쳐나오던 참이었다. 휴, 하고 안도의 한숨을 내쉬었다. 죽이지 않고 그친 건 물론이거니와, 티리아 황녀는 20m나 떨어진 곳에 있다. 이만큼 거리가 있으면 마술을 쏠 수 있다.

"근성!!"

티리아 황녀가 소리치며 무언가를 던졌다. 그건 목검이었다. 목검은 빙글빙글 회전하며 날아와, 에릴의 머리에 직격했다.

※

목검이 직격하여 살드멜리크 자작은 그 자리에 쓰러졌다. 꿈쩍도 하지 않지만, 방심하지 않았다. 죽은 척하고 있을 가능성이 있다. 신중하게 다가가자 미노가 살드멜리크 자작 옆에 무릎을 꿇고 앉았다. 이쪽을 보고는 머리 위로 팔을 교차했다. 아무래도 전투 속행은 불가능한 모양이다. 티리아는 한숨을 후우 내쉬고는 걷는 속도를 높였다.

"죽는 줄 알았다."

"저도 죽었다고 생각했습다."

티리아가 멈춰 서서 말하자, 미노는 가슴을 쓸어내렸다.

"살드멜리크 자작의 상태는 어떻지?"

"이마에 멍이 있습다만, 생명에 지장은 없습다."

"그런가. 만일을 위해 확인차 병원에 데리고 가다오."

"알겠습다. 어이!!"

미노는 고개를 끄덕이고는 부하를 불렀다. 티리아는 지면에 떨어져 있던 목검을 주워서 들었다. 피로가 확 몰려온다. 장소를 바꾸려고 시작한 일이 터무니없이 커지고 말았다. 하지만 덕분에 육체 언어로 이야기를 나눌 수 있었으니, 만족하기로 했다.

"나는 하셀로 돌아가지."

"예입, 수고하셨습다."

미노가 머리를 꾸벅 숙였고, 티리아는 하셀을 향해 걷기 시작했다. 원래 왔던 길을 따라 성문으로 돌아갔다. 그러자 시로와 하이이로가 짐마차를 체크하고 있었다.

"둘 다 고생이 많군."

둘에게 말을 건네고 성문을 지났다. 큰길을 나아가자, 주민이 이쪽에 시선을 향했다. 무리도 아니다. 전신이 흙투성이다. 쳐다보지 말라고 하는 건 억지다. 거주구를 빠져나가 노점이 늘어선 광장으로 나오자――.

"혹시, 황녀 전하 아니십니까?"

뒤에서 누군가가 말을 걸었다. 뒤돌아보니 수수한 옷을 입은 여자가 서 있었다. 전혀 모르는 사람이라면 사람 잘못 봤다며 가 버렸겠지만, 본 기억이 있었다.

"엘레인 시너인가."

"제 이름을 아십니까?"

여자—— 엘레인이 놀란 것처럼 눈을 휘둥그레 떴다. 아마도 연기이리라.

"음, 몇 번인가 후작 저택에서 봤으니까 말이지."

"영광입니다."

"사람으로서 당연한 일이다. 감사를 표할 필요는 없다."

아서 와이즈먼의 모습이 뇌리를 스쳤다. 하지만 티리아는 당연한 일을 하지 못했던 기억을 마음속 깊은 곳에 봉인하며 고개를 끄덕였다.

"그런데, 무슨 용건이지?"

"입고 있으신 옷이 더러워져 있었기에 외람되지만 말을 걸었습니다. 괜찮으시다면 제 가게에 들러 주십시오."

"가게라 함은, 시너 무역조합 2호점을 말하는 건가?"

"그렇습니다. 잘 알고 계시는군요."

"당연하다."

흥, 하고 티리아는 코에서 콧김을 뿜었다. 엘레인이 조용히 입을 열었다.

"어떠실는지요?"

"고마운 제안이다만, 오늘은 돈을 갖고 나오지 않았다."

"이번에는 서비스로 해드리겠습니다."

어떠실는지요? 라고 묻는 것처럼 엘레인은 고개를 살짝 기울였다. 서비스라고 말하지만, 상인이 무료로 상품을 제공할 리는 없다. 의도가 있을 터다.

"사실대로 말씀드리자면 상품을 선전할 기회라고 생각하고 있습니다."

"아 과연, 그런 건가. 그렇다면 제안에 응하도록 하지."

"감사합니다. 그럼, 이쪽으로."

엘레인이 걷기 시작하자 티리아는 그 뒤를 따랐다. 새로운 노점에서 뭐가 팔리고 있는지 신경 쓰였지만, 참고 광장을 가로질렀다. 엘레인은 시너 무역조합 2호점 앞에서 멈추더니 문을 열었다. 도어차임의 맑은소리가 울린다.

"자, 들어가 주십시오."

"음."

티리아는 의젓하게 고개를 끄덕이고는 가게에 발을 들여놓았다. 걸으면서 시선을 이리저리 움직였다. 문을 열 준비 중인지, 여성 종업원 여러 명이 일하고 있다. 되도록 방해하지 않도록 가게 중간 정도까지 가서 멈춰 섰다.

"어떠신지요?"

"어떠냐고 물은들, 상회에 들어온 건 오늘이 처음이다."

엘레인의 말에 가볍게 어깨를 으쓱였다. 노점에 관해서라면 상당히 자세히 안다는 자부심이 있지만, 상회에 관한 건 모른다.

"그렇습니까."

"하지만, 알아차린 게 있다. 네 가게는 복식이 메인이로군."

티리아는 시선을 이리저리 움직였다. 시너 무역조합 2호점에는 옷을 입은 인형이 여러 개 놓여 있다. 봉제는 확실하게 되어 있으며 장식도 아기자기하다. 가격은── 노점을 돌며 기른 감각으로 보자면 비싼 편이다. 엘레인이 살짝 머리카락을 쓸어올렸다.

"향신료 등도 취급하고 있습니다만, 당 조합은 개업한 지 얼마 되지 않았기에."

"기득 권익을 무너뜨리지 못하고 있다는 말인가."

"부끄럽게도 그렇습니다. 그런데, 황녀 전하는 어떠한 옷을 선호하시는지요?"

"이 가게에서 가장 싼 것으로 괜찮다."

"그렇다면 저쪽입니다."

엘레인이 손으로 가게 안쪽을 가리켰다. 음, 하고 티리아는 고개를 끄덕인 뒤 가게 안쪽으로 향했다. 가게 안쪽에는 격자 형상 선반이 설치되어 있었다. 선반에 따라 옷 디자인은 다르지만, 세심하게 개켜 놓여 있는 점은 공통적이다. 가격을 확인하고──.

"흠, 이쪽에 놓인 것들은 비교적 저렴하군?"

"그것은 기성복이라 그렇습니다."

"기성복?"

"예. 기성복은 상품의 규격을 S, M, L 세 종류로 정해서 만들고 있습니다. 이 방식의 최대 장점이 바로 가격입니다. 규격을 정하고 작업을 분담하여 생산성을 올리고 가격을 낮추는 것이지요."

티리아가 앵무새처럼 되풀이하며 중얼거리자, 엘레인은 기성복에 관해 설명해 주었다.

"혹시, 쿠로노의 아이디어인가?"

"꼭 그렇지만은 않습니다."

"무슨 뜻이냐?"

"처음 아이디어는 쿠로노 님이 주셨습니다만――."

"과연, 네가 쿠로노의 아이디어를 옷에 적용했다는 건가."

"그렇습니다."

티리아가 엘레인의 말을 가로막고 말하자, 엘레인은 만족한 듯이 미소 지었다.

"……역시, 내 생각이 옳지 않았더냐."

티리아는 작게 중얼거렸다. 이전―― 다른 세계에서 온 것을 자백시켰을 때, 쿠로노는 별 대단한 지식을 가지고 있지 않다고 말했다. 하지만 실제로는 벌써 가격 파괴를 초래하고 있다.

"황녀 전하?"

"아니다. 신경 쓰지 마라."

엘레인이 염려스러운 듯이 말을 걸었지만, 티리아는 얼버무렸다. 선반에 다가가 블라우스에 손을 뻗었다. 거기서 손이 더러워져 있다는 걸 알아차렸다.

"엘레인, 물과 수건을 내줄 수 있겠나?"

"조금만 기다려 주시면 따뜻한 물을 내오겠습니다."

"아니, 찬물이면 된다."

"알겠습니다."

엘레인은 공손하게 고개 숙여 인사하고는 가게 안쪽으로 향했다.

※

낮—— 티리아는 피팅룸에 설치된 전신거울을 바라보았다. 거울에는 스커트와 블라우스를 입은 티리아의 모습이 비쳤다. 벽에 걸린 볼레로를 손에 들고, 그 자리에서 한 바퀴 빙글, 돌았다. 피팅룸에서 나와 엘레인에게 말을 걸었다.

"이걸로 하지."

"잘 어울리십니다."

엘레인은 싱긋 미소 지으며 말했다. 그녀 옆에 있는 책상을 힐끔 봤다. 거기에는 입어 봤던 옷이 산더미처럼 쌓여 있다.

"내가 너무 번거롭게 했는가?"

"황녀 전하께서 입어봐 주셔서 직인들도 기뻐할 것입니다."

"음."

티리아는 작게 고개를 끄덕였다. 인사치레로 하는 말이겠지만, 조금이나마 마음이 편해졌다. 불현듯 더러워진 군복을 떠올렸다. 일단 후작 저택에 돌아가겠지만——.

"괜찮으시다면 후작 저택으로 대신 전달하겠나이다."

"그래 주겠나?"

"물론입니다. 후작 저택을 찾아갈 구실이 되기에."

엘레인은 작게 미소 지었다. 이렇게나 의도를 술술 말해 버려도 괜찮은 걸까 싶었지만, 이것이 그녀의 수법이리라. 애초에, 그녀가 진심을 말한 건지 어떤지 알 수 없다. 듣는 사람이 제안을 받아들이기 쉽도록 그럴듯한 말을 했다고 생각하는 편이 자연스럽다. 그러면, 어째서 그런 행동을 하는가. 은혜를 파는 것이다. 의도가 있더라도 이만한 서비스를 받았으니, 차후에 무슨 일이 있었을 때 조금 정도는 편의를 봐주자는 마음이 드는 것이다.

그런 생각을 하고 있자, 엘레인이 입을 열었다.

"무슨 문제라도 있으신지요?"

"너는 만만찮은 장사꾼이로군."

"네? 아, 네, 감사합니다."

엘레인은 곤혹스러운 듯 고개를 끄덕였다. 이것조차 연기라면, 이 자는 타고난 거다. 어느 쪽이든 티리아가 진실을 확인할 방도는 없지만——.

"그러면 군복은 제가 맡아 잘 전달하겠습니다."

"그래. 신세를 졌군. 또 오겠다."

"네, 또 찾아주시기를 기다리겠습니다."

엘레인이 공손하게 머리 숙여 인사했고, 티리아는 문으로 향했다. 도중에 걸음을 멈추고 뒤돌아봤다. 그러자 엘레인은 의아한 듯이 고개를 갸웃했다.

"더 분부하실 일이 있으신지요?"

"그런 건 아니다만……. 시너 무역조합 1호점은 어디에 있지?"

"1호점은 카도 백작령에 있습니다. 미리 말씀드리자면, 1호점은 음식이 메인입니다."

"흠, 1호점이 음식이고, 2호점이 복식인가. 재미있는 구성이로군."

"감사합니다."

"그럼, 이번에야말로 실례하지."

"네, 또 찾아주시기를 기다리겠습니다."

몸을 돌려 걷기 시작했다. 그러자 바람이 바로 옆을 불어 지나갔다. 아니, 바람이 아니다. 사람이다. 여성 종업원이 티리아를 앞지른 것이다. 여성 종업원이 문을 열었다. 그러지 않아도 되는데, 하고 생각했으나 후의는 감사히 받아들여야 하리라.

"고맙다."

"또 찾으시기를 기다리겠나이다."

티리아는 여성 종업원에게 감사를 전한 뒤 가게를 나섰다. 가게에서 나오자, 점심 무렵이라 그런지 구수한 냄새가 감돌았다. 문득 오는 길에 본 새로운 노점이 떠올렸다.

"하지만, 돈이……."

티리아는 팔짱을 꼈다. 족히 10초 정도 고민하고는――.

"좋아, 가자."

새로운 노점에서 뭘 파는지 확인하기로 했다. 내일도 노점이 영업한다는 보장은 없다. 오늘 확인할 수밖에 없다. 노점이 있는 광장을 향해 걸음을 내디딘 다음 순간, 가벼운 충격이 티리아를 꿰뚫었다. 누군가와 부딪친 것이다.

"이거이거, 미안하네 같은. 잠깐 한눈팔고 있어서── 으극."

"언니가 부딪쳐서 죄송해요. 조심하도록 잘 일러두── 으극."

두 사람── 아리데드와 데네브는 신음했다. 곧바로 도망치려나 싶었는데, 티리아를 쳐다본 채 움직이지 않았다. 둘은 시선만을 움직여 서로를 쳐다봤다. 몇 번이고 눈을 깜박인다. 아이콘택트를 취하고 있는 듯하다. 신호하면 동시에 도망치자든가 하는 그런 느낌이 틀림없다. 두 사람이 조용히 호흡한다. 들이쉬고 내쉬고, 들이쉬고 내쉬고, 들이쉬고──.

"""지금!!"""

두 사람은 좌우로 점프하여 그대로 뛰기 시작했다. 하지만 움직임을 턱 멈췄다. 티리아가 뒤돌아서 둘의 목덜미를 붙잡았기 때문이다.

"갸히이이이익! 비번이었는데 이건 너무하고!!"

"게다가 쉽사리 붙잡혔어 같은!!"

두 사람이 비명 같은 목소리를 냈다.

"마침 좋을 때 만났군."

"고, 공주님, 우리는 일하는 중이야 같은."

"그, 그렇고."

"'비번이었는데 이건 너무하고'라고 방금 말한 참이다."

티리아는 작게 한숨을 내쉬었다.

"아, 아니, 그건……. 그래! 공주님과 맞닥뜨려서 당황했던 거야 같은!"

"그런 거고! 당황해서 영문을 알 수 없는 말을 해버리고 만 거야 같은!"

"그런가. 뭐, 그럴 수도 있지."

그럴 리 있겠냐고 생각했지만, 입 밖으로는 꺼내지 않았다. 그 대신 동의했다. 여기서 딴지를 걸면 괜히 발끈해서 정색할 것임을 알고 있기 때문이다.

"그래! 당번과 비번을 착각하는 건 자주 있는 일이야 같은!"

"그런 점이 우리의 매력 포인트야 같은!"

아니나 다를까 두 사람은 맞장구를 쳤다. 보기 좋게 미끼를 문 모양이다.

"그런데, 쿠로노의 부하는 당번 날에도 군것질을 하나?"

"바보 같은 말은 하면 안 돼요 같은."

"쿠로노 님의 부하 중에 당번 날에 군것질을 하는 괘씸한 녀석들은 없고."

"바보 같은 걸 물어봐서 미안하군."

"우리랑 공주님 사이니까 용서해 주는 거야 같은. 그래도, 우리는――."

"……."

티리아가 사과하자 아리데드는 우쭐대서는 자기들이 얼마나 우수한 병사인지를 이야기하기 시작했다. 데네브는 어떤가 하면 입을 꾹 다물고 있다.

"즉, 우리는 사랑의——."

"입가에 육즙이 묻어 있다만?"

"——!!"

티리아가 나직이 중얼거리자, 아리데드는 정신이 화들짝 든 것처럼 입가를 눌렀다. 아~, 하고 데네브가 목소리를 냈다.

"이상한데? 쿠로노의 부하 중에 당번 날에 군것질하는 괘씸한 녀석들은 없다고 하지 않았나?"

"그, 그건……."

"언니 바보."

"언니한테 바보라니 무슨——!"

"싸움은 그만둬라."

티리아는 아리데드의 말을 가로막았다. 자신들에게는 다툼보다도 중요한 것이 있다.

"비번인 걸 알았으니, 노점에 간다. 물론 너희들이 사는 거다."

""쿠로노 님, 빨리 돌아와 줘.""

티리아가 둘의 목덜미를 붙잡은 채 나아가자, 두 사람은 울 것 같은 목소리로 말했다.

※

저녁――.

“새로운 노점은 기대에서 어긋났군.”

“남한테 사게 해놓고서는 너무하고.”

“10곳이나 돌아보다니 말도 안 되고.”

티리아가 감상을 입에 담자, 아리데드와 데네브는 투덜투덜 불만을 표했다.

“자, 그럼 해도 기울기 시작했으니.”

““풀어주는 거야?!””

“당연히 향차를 마셔야지 않겠나.”

““그렇게 나올 거라 생각했고.””

아리데드와 데네브는 어깨를 풀썩 떨구고는 걷기 시작했다. 노점을 돌 때도 몇 번이나 도망치려고 했는데, 이제야 마음이 꺾인 모양이다. 내일이 되면 또 반항심을 되찾겠지만.

““여기서 마실 거고.””

“또 여기인가.”

아리데드와 데네브가 멈춰 섰고, 티리아는 가게를 올려다봤다. 여주인의―― 현재는 토니오라는 엘프 퇴역군인이 경영하는 가게다. 둘은 터덜터덜 가게로 다가가 문을 열었다.

“어서 오십―― 뭐냐, 너희들이냐.”

“토니오, 지금은 농담에 어울려 줄 여유가 없고.”

“그렇고. 우리 마음은 우지끈 꺾였어 같은.”

토니오가 낙담한 것처럼 말하자, 아리데드와 데네브는 깊은 한숨을 내쉬었다.

"뭐, 됐다. 빈자리에 앉아라."

토니오가 턱짓하여 가게 안을 가리켰다. 가게 안은 한산했다. 그럭저럭 벌고 있다는 이야기를 들었던 거 같은데, 거짓말이었나. 아니, 그저 손님이 뜸한 시간대일 수도 있다. 아리데드와 데네브는 짐짓 티가 나게 한숨을 내쉬고는 창가 테이블석에 앉았다. 티리아는 두 사람 맞은편에 앉았다.

"제일 싼 거면 되냐?"

""그걸로 부탁해 같은.""

토니오의 물음에 둘은 한숨을 내쉬는 것처럼 대답했다. 갑자기 데네브가 파우치에 손을 뻗었다. 파우치에서 종이와 깃펜, 잉크통까지 꺼내 글자를 쓰기 시작했다.

"뭘 쓰는 거지?"

"까먹기 전에 공주님한테 사준 걸 메모하고 있는 거야 같은."

흐음, 하고 티리아는 맞장구를 쳤다. 거기에 토니오가 다가왔다. 테이블 위에 컵을 올려놓고는 카운터로 돌아갔다. 티리아는 컵을 손에 들고 입가로 옮겼다. 향차의 질이 좋지 않은 것이리라. 맛이 옅다. 컵을 내려놓았다. 1초, 2초, 3초, 4초, 5초——.

""흐음이라니, 그것뿐입니까 같은?!""

갑자기 아리데드와 데네브가 언성을 높였다.

"어차피 금방 정산할 수 있잖나?"

"이러니까 공주님은……."
"경리 담당한테 투덜투덜 불평을 듣는 이쪽 입장이 되어 봤으면 하고."
"정산할 수 있다면 괜찮지 않나."
""후핫! 이 무슨 말투!""
아리데드와 데네브가 어깨를 풀썩 떨궜다. 그리고 이쪽을 힐끔힐끔 쳐다본다. 우물우물하며 입을 움직였다.
"하고 싶은 말이 있다면 분명하게 말해라."
"공주님, 우리는 똑바로 일하고 있어요 같은."
"우리 같은 가난뱅이더러 사게 하고는, 마음이 아프지 않나요 같은."
"아프지 않군."
""크!!""
티리아가 즉답하자, 둘은 괴로운 듯이 신음했다.
"이, 이것이 황족……. 착취하는 것에 완전히 익숙해져서 마음이 마비되었어 같은."
"공주님도 일을 하면……. 그래! 일을 해서 사람의 마음을 되찾는 거야 같은!"
"나는 충분히 일했다."
""——!!""
티리아가 당당하게 말하자, 둘은 놀란 것처럼 눈을 크게 떴다.
"뭐냐, 그 얼굴은? 이 몸은 황녀다. 태어났을 때부터 의무를 다

해 왔다는 말이다."

"말은 하기 나름이라는 느낌이고."

"지금은 배우지 않고, 일하지 않고, 그럴 의사도 없어 보이는 것 같은."

"실례로군. 나는 비가 내리면 책을 읽고자 생각하고 있었다. 청경우독은 사람의 기본이니까 말이지."

티리아가 받아치자, 둘은 떫은 표정을 지었다.

"그런 사치스러운 생활, 나도 해보고 싶고."

"공주님은 황위 계승권을 되찾겠다는 야심이 없어? 같은."

둘은 테이블에 엎드려 푸념하는 것처럼 말했다. 아마 깊은 의미는 없으리라. 그래서, 깊이 생각하지 않고 대답했다.

"야심은 없다."

"""헤~."""

둘은 흥미 없다는 듯이 맞장구를 쳤다.

"반대로 묻고 싶다만, 너희는 내가 황위 계승권을 되찾고 싶다고 말하면 같이 싸워 줄 거냐?"

"바보 같은 말을 하시면 곤란합니다 같은."

"어째서 우리가 공주님을 위해 목숨을 걸어야만 하는 건가요 같은."

둘은 몸을 벌떡 일으키고 말했다. 크윽, 하고 티리아는 신음했다. 예상했던 대답이지만, 면전에서 대놓고 들으면 울컥한다.

"칫……. 뭐, 됐다. 이게 내 분수인 거다."

“자, 자, 그렇게까지 비하하지 않아도 되고.”
“그래그래, 지금부터라도 마음을 바꿔 먹어 준다면 조금 생각해 볼지도 같은.”
티리아는 둘을 쳐다봤다.
“공주님이 상냥하게 대해 주면 우리는 보답하겠어요 같은!!”
“이건 미래에 대한 투자야 같은! 속았다고 생각하고 상냥하게 대해 줬으면 하고!!”
“각하다.”
““어째서?!”
“상냥하게 대해 줘도 쿠로노가 더 상냥했다느니 그런 말을 하면서 떼어먹을 것 같으니까 말이지.”
“그, 그렇지 않고.”
“그, 그렇고. 의, 의외로 우리는 의리가 굳건해 같은.”
티리아가 비아냥거리는 것처럼 말하자, 둘은 시선을 피하며 말했다. 쿠로노가 없더라도 투자한 상냥함을 떼어먹힐 것 같다.
“그러고 보니 공주님은 쿠로노 님이 언제 돌아올지 알고 있어 같은?”
“쿠로노 님이 걱정되어서 밤에도 잠들지 못하고 있고.”
“나도 모른다.”
후우, 하고 티리아는 한숨을 내쉬었다. 그때, 아리데드와 데네브가 창문 쪽을 봤다. 그에 이끌려서 봤더니, 주민이 성문 쪽으로 달려가던 참이었다. 혹시——. 가슴이 크게 고동친다. 아리데드와 데네브의 귀가 쫑긋, 쫑긋 움직였고——.

""쿠로노 님이——."

돌아왔어! 라고 둘이 말하는 것보다도 빠르게 티리아는 가게를 뛰쳐나갔다. 성문을 향해 달린다. 하지만, 느리다. 너무 느리다. 신위술을 쓰고 싶지만, 사람의 왕래가 잦다. 부딪치면 대참사다. 답답한 마음에 애를 태우며 간신히 성문에 도착했다. 하지만 그곳에는 인파로 울타리가 생겨 있었다. 인파를 밀어 헤치며 나아갔고, 어찌어찌 맨 앞줄로 나왔다. 그러자 상자형 마차가 성문을 지나던 참이었다.

티리아를 알아차린 것이리라. 마부—— 사브가 놀란 것처럼 눈을 크게 떴고, 고삐를 당겼다. 마차 속도가 느려지고, 곧 멈췄다. 티리아는 설레는 심정으로 그때를 기다렸다. 문이 열리고, 쿠로노가 내렸다. 이쪽으로 시선을 향하고는——.

"티리아, 오랜만이야."

"너는……."

티리아는 어깨를 풀썩 떨궜다. 이런 남자라는 건 알고 있었지만——.

"달리 뭔가 할 말은 없는 거냐?"

"그 옷, 어디서 샀어?"

"그런 말을 하라고는——!"

울컥해서 발을 내디뎠다. 그 찰나, 오한이 등줄기를 타고 지나갔다. 반사적으로 잽싸게 물러나자, 무언가가 떨어져 내려왔다.

소녀다. 창을 든 소녀가 내려온 것이다.

"쿠로노, 접근한다, 용서하지 않는다."

"너는 누구냐?!"

"나, 루 족의 수, 쿠로노의 아내."

창을 든 소녀—— 수는 콧김을 흥 내뿜으며 당당하게 말했다. 티리아가 노려보자, 쿠로노는 몸을 움찔 떨었다.

"쿠로노! 설명해라!!"

"네, 넵!!"

티리아가 소리치자 쿠로노는 등을 쭉 펴고 말했다.

※

밤—— 티리아는 화장대 거울을 바라봤다. 거울에 비친 건 네글리제 차림의 티리아다. 몸을 앞으로 숙이거나, 그 자리에서 한 바퀴 돌거나 했다. 마지막으로 한 걸음 물러나 생긋 웃어 봤다. 반할 것 같은 미소다. 이거라면 쿠로노도 구속하려고 생각하지 않을 터다. 그건 그렇다 치고——.

"실컷 걱정시킨 끝에, 여자를 데리고 돌아오다니 대체 뭐냐."

티리아는 팔짱을 끼고 불만을 입에 담았다. 확실히 공적은 대단하다. 남변경 주둔군과 에크론 남작령 자경단의 충돌을 막고, 적대하고 있던 야만족—— 루 족을 설득하여 함께 걸어간다는 결단을 시켰으니까. 앞으로의 일을 생각하면 족장의 딸을 아내로

맞이하는 것도 어쩔 수 없다고 생각한다. 하지만, 연락 정도는 했어야 하는 거 아닌가.

"도대체가 쿠로노는……."

한층 더 불만을 말하려다가 입을 다물었다. 하고 싶은 말은 산더미처럼 있지만, 지금은 참을 때다. 석 달 만의 만남이다. 불만은 잔뜩 정을 나눈 뒤에 말해도 된다.

"좋아! 출진이다!!"

티리아는 주먹을 꽉 쥐고 방을 나섰다. 희뿌연 빛이 복도를 비추고 있다. 매직 아이템의 빛이다. 긴장으로 인해 심장이 빠르게 고동친다. 가슴에 손을 대고 심호흡한다. 그걸로 조금이나마 평상심을 되찾을 수 있었다. 그런 느낌이 든다.

쿠로노의 방을 향해 걷기 시작했다. 그럴 생각이었는데, 걸음걸이가 조금씩 빨라져, 깨닫고 보니 껑충껑충 뛰어가고 있었다. 정신이 화들짝 들어 발을 멈췄다. 안 되지, 안 돼. 아무리 그래도 너무 들떴다. 너무 들뜨는 건 좋지 않다.

평상심이라며 자신에게 되뇌고는 복도를 나아가 쿠로노의 방 앞에서 멈춰 섰다. 문 틈새로 빛이 새어 나오고 있다. 다행이다. 쿠로노는 아직 일어나 있는 모양이다. 방에 들어가니 쿠로노는 책상을 마주하고 앉아 있었다. 일을 하는 중인 듯 사각사각하는 소리가 울렸다. 앨리사가 가지고 온 것인지, 책상 위에는 물병과 잔이 놓여 있었다.

방해하면 안 되지, 하고 문에 기대었다가 벽 쪽에 소파가 있는 걸 알아차렸다. 그 위에는 나무 상자가 네 개 놓여 있다. 뭘까. 의아하게 여기며 재차 쿠로노에게 시선을 향했다. 쿠로노는 아직 알아차리지 못했다. 어쩔 수 없이 헛기침했다. 그러자 사각사각 하는 소리가 멈추고 쿠로노가 뒤돌아봤다.

"어서 와. 기다리고 있었어."

"그, 그런가."

쿠로노는 의자에서 일어서 티리아에게 다가왔다. 언제나 '일하는 중이외다'라며 좀처럼 방에 들여보내 주지 않기에 마음이 들뜬다. 오늘은 구속당하지 않고 그칠 것 같다고 생각하다가, 잠깐, 하고 다시 생각했다.

너무나도 형편이 좋다. 쿠로노는 이렇게나 다정한 남자였을까. 아니, 쿠로노는 다정한 남자가 아니다. 뭔가 꾸미고 있을 게 틀림없는 것이다. 게다가, 하고 소파 위에 놓인 나무 상자를 봤다. 안 좋은 예감이 든다. 아니, 사악한 기운이 느껴진다.

"자, 이쪽으로 와."

쿠로노가 티리아의 손을 잡고 이끌었다. 이대로 따를 수 있다면 얼마나 좋을까. 하지만 들떠서 무덤을 팔 수는 없는 노릇이다. 손을 뿌리치고 쿠로노의 어깨를 붙잡았다.

"……쿠로노, 무슨 생각을 하고 있지?"

"아, 아무 생각도 안 하고 있어."

쿠로노는 살짝 뒤집힌 목소리로 말했다. 그뿐만이 아니다. 시선도 피하고 있다. 확정이다. 쿠로노는 뭔가를 꾸미고 있다. 티리아는 부드럽게 미소 지었다.

"화내지 않을 테니 말해 봐라."

"정말로?"

"물론이다."

"정말로 화 안 내?"

"그래, 정말로 화 안 낼 거다."

"정말로, 정말로——."

"끈질기다!"

"벌써 화냈잖아."

티리아가 역정을 내자, 쿠로노는 시무룩한 기색으로 말했다. 미안한 짓을 했다고 생각하지만, 이건 쿠로노의 책략이다. 풀이 죽은 척을 해서 죄책감을 심으려는 속셈이다. 그 수법에는 넘어가지 않는다.

"됐으니까 말해 봐라. 뭐, 저 나무 상자랑 연관이 있겠지만……."

"역시나, 총명하네."

"칭찬은 됐고, 얼른 말해라."

티리아가 손을 놓자, 쿠로노는 소파에 다가갔고, 가장 오른쪽에 있는 나무 상자에 손을 댔다.

"자, 이 안에 든 건——."

"설명도 필요 없다."

"알았어."

티리아가 쿠로노의 말을 가로막고 말하자, 쿠로노는 마지못한 느낌으로 나무 상자를 들어 올렸다. 나무 상자 안에서 나타난 것은 세심하게 개켜진 천이었다.

"그건 뭐냐?"

"직접 확인하는 게 어때?"

티리아는 소파에 다가가 천을 손에 쥐었다. 들어 올려 보니 천이 펼쳐졌다. 그건 프릴이 달린 하얀 에이프런이었다.

"에이프런?"

"예스! 자, 그럼 다음은——."

"이제 됐다."

티리아는 쿠로노의 말을 가로막고는 옆에 있는 나무 상자를 들어 올렸다. 수갑과 족쇄가 나타났다. 구속당했을 때의 일을 떠올리고는 얼굴을 찌푸렸다. 다음이다, 하고 나무 상자를 등 뒤로 던져 버린 뒤 옆에 있는 나무 상자를 들어 올렸다. 그 안에서는 검은 천이 나타났다.

"이건?"

천을 집어 들어 올려 보니, 팬티였다. 소파를 봤다. 검은 천이 한 장 더 있다. 팬티를 소파에 내려놓고, 다른 한 장의 검은 천을 집어서 들어 올렸다. 이쪽은 브래지어다. 브래지어를 소파에 내동댕이치고, 마지막 나무 상자를 들어 올렸다.

"……군복?"

티리아는 얼굴을 찌푸렸다. 게다가, 하얀 군복이다. 이전에 입었던 군복과 비슷하다.

"내 건 아니겠지?"

"설마. 제도에서 새로 산 거야."

"그런 거냐?"

군복을 펼쳐 관찰했다. 확실히 군복과 비슷하지만, 세부는 상당히 다르다. 문득 티리아는 소파 위에 종이 다발이 놓여 있는 것을 알아차렸다. 군복을 소파에 내려놓고, 종이 다발을 손에 들었다. 문장이 적혀 있다. 소설인가?

"이건 뭐지?"

"읽어 봐."

"큭, 죽여라! 나는 영예로운——."

"음독은 안 해도 되니까."

"그런가? 어디어디."

티리아는 눈으로 종이에 적힌 문자를 좇았다. 10페이지 정도 읽고 나서——.

"어때?"

쿠로노가 쭈뼛쭈뼛 감상을 물어봤다. 티리아는 생긋 미소 짓고는——.

"흥!"

"갸아아아악!"

종이 다발을 둘로 찢어 버렸다. 그러자 쿠로노는 비명을 질렀다. 한층 더——.

"흥!!"

"히이이이익!"

종이를 포개서 찢었다. 쿠로노가 재차 비명을 질렀다. 신이여, 하고 중얼거린 뒤 종이를 내던졌다. 그러자 종이에 하얀 불꽃이 붙었고, 단숨에 불타올랐다.

"너, 너무해! 악마야!!"

쿠로노는 바닥을 기며 재를 그러모았다. 비참한 모습이다. 하지만 사랑하는 마음이 식지는 않았다. 사랑은 맹목이라던데, 정말 그 말대로였다.

"어, 어째서, 이런 짓을?"

"쿠로노, 알겠나?"

티리아는 쿠로노를 내려다보고──.

"자작 에로 소설을 나한테 읽히지 마라!"

"그렇지만, 포로로 사로잡힌 여군인과 심문관 플레이를 하고 싶어서……."

고개를 숙인 쿠로노의 어깨가 떨리고 있었다. 아마도 거짓 울음이다. 티리아는 작게 한숨을 내쉬고 소파를 봤다. 에이프런, 수갑과 족쇄, 검은 팬티와 브래지어, 그리고 군복.

"즉, 어느 하나를 고르라고?"

"할 거야?"

"거절한다!"

"어째서?!"

"이런 것이 없어도 할 수 있는 일 아닌가."

흥, 하고 티리아는 콧방귀를 끼는 듯한 소리를 내고는 침대에 앉았다.

"쿠로노, 와라."

"……네."

쿠로노는 일어서서 티리아한테 다가왔다. 단, 조금씩. 아무래도 경계하는 모양이다. 두 번이나 덮쳤으니 당연한 반응이었다.

"쿠로노?"

"——!"

말을 걸자, 쿠로노는 걸음을 멈췄다. 겁을 먹고 있는 듯하다. 조금 상처받는다. 하지만 어쩔 수 없다. 자기가 뿌린 씨앗이다. 책임지고 수확해야만 한다.

"쿠로노, 나는 반성했다."

"뭘?"

"감정을 폭주시켜서 쿠로노를 덮친 것을 말이다. 나는 다른 여자와 마찬가지로 쿠로노와 부드럽게 사랑을 나누고 싶다. 나한테 다시 시작할 기회를 주지 않겠나?"

"다시 시작하겠다니, 어디부터?"

"물론, 키, 키스부터다."

티리아는 뺨이 뜨거워지는 것을 느끼며 말했다.

"키스부터?"

"그래, 키스부터다."

"……그거라면."

쿠로노는 약간 뜸을 두고 고개를 끄덕였다. 경계심이 느슨해진 것이리라. 큰 보폭으로 다가왔다. 쿠로노가 멈춰 섰고, 티리아는 아래턱을 살짝 들었다. 조금씩 조금씩 둘의 거리가 좁혀져 간다. 그리고 입술이 닿기 직전에――.

"――!"

티리아는 쿠로노를 침대에 메어쳤다. 쿠로노는 놀라서 눈을 희번덕거리고 있지만, 그건 자기도 마찬가지다. 부드럽게 사랑을 나누고 싶다. 그렇게 생각하고 있었을 터인데도. 후회는 괴롭다. 하지만, 후회하면서도 티리아는 쿠로노를 깔아뭉개고 있었다.

"키스부터 다시 시작하는 거 아니었어?!"

"음, 키스부터 다시 시작하고 싶다고 생각했다. 하지만, 내 본능은 쿠로노를 덮치는 걸 선택한 모양이다. 약한 나를―― 뭣이이이?!"

티리아는 소리를 질렀다. 쿠로노가, 깔아뭉개져 유린당하는 것을 기다릴 수밖에 없었던 쿠로노가 몸을 젖혀 티리아를 튕겨낸 것이다. 공중에서 눈을 휘둥그레 떴다. 칠흑색 빛이 야만족의 전투 화장처럼 쿠로노를 단장하고 있었다. 각인술―― 야만족이 여섯 색깔의 정령과 동화하기 위해 고안해 낸 주법이다. 티리아는 엉덩이부터 침대에 떨어졌고, 쿠로노가 티리아를 깔고 눌렀다.

"후후후, 내 승리인 것 같네."

"큭! 설마 각인술을 습득했을 줄이야. 어째서……."

말하지 않고 있었지? 라는 말을 아슬아슬한 데서 삼켰다. 말할 필요까지도 없다. 이때를 위해 말하지 않은 것이다. 하지만——.

"무르군! 나한테는 신위술이 있다!!"

하얀빛이 솟아올라 신체 능력이 강화된다. 단숨에 밀어내려 했지만, 쿠로노도 지지 않을세라 힘을 주었다. 일진일퇴의 공방이 계속된다. 하지만 싸움의 추세는 티리아한테 기울기 시작했다. 조금씩 조금씩 쿠로노를 밀어내 간다.

"왜 그러지? 벌써 끝인가?"

"큭……."

쿠로노가 분한 듯이 이를 간 다음 순간, 우득, 하는 소리가 울렸다. 티리아는 힘을 빼고 잽싸게 뒤로 뛰어 그 자리에서 물러났다. 그러자——.

"으아아아아악!"

쿠로노는 비명을 지르고는 침대에서 굴러떨어졌다. 고통으로 몸부림치고 있는 것인지, 버르적버르적 뒹구는 소리가 울린다. 갑자기 소리가 멎어, 티리아는 침대에서 몸을 내밀었다. 쿠로노는 위를 보는 상태로 바닥에 누워 있었다. 참고로 각인술은 사라진 상태다.

"괜찮나?"

"몸이 엄청나게 아픕니다."

그렇게 말하고 쿠로노는 휘청휘청 몸을 일으켰다. 아무래도 각인술을 쓰면 몸에 과도한 부하가 걸리는 모양이다. 결국은 야만족의 주법이구나 싶지만, 신위술에도 부작용은 있다. 정령의 힘도 신의 힘도 인간의 몸에는 과하기는 마찬가지다.

쿠로노는 작게 한숨을 내쉬고 걸음을 내디뎠다. 이쪽—— 침대 쪽이 아니라 책상이었다. 그대로 책상에 다가가 물병과 잔을 손에 들었다.

"뭐가 들어 있는 거지?"

"향차야. 티리아도 마실래?"

"음, 받도록 하지."

티리아가 몸을 일으켜 침대 가장자리에 앉자, 쿠로노는 물병과 잔을 들고 다가왔다. 눈앞에서 향차를 따라 잔을 내밀었다.

"자."

"미안하군."

티리아는 잔을 받고는 입가로 옮겼다. 한 모금 마시자 상쾌한 맛이 퍼졌다. 방금 막 운동한 참이기도 해서 단숨에 다 마셔 버리고 말았다. 쿠로노가 비어 버린 잔에 허겁지겁 향차를 따랐다.

"자."

음, 하고 고개를 끄덕인 뒤 향차를 마셨다. 그러자 쿠로노는 또 다시 향차를 따랐다. 모처럼 따라 준 거니까, 하고 향차를 마셨다.

"자."

"네 잔째는 필요 없다."

못을 박아 두고는 석 잔째 향차를 마시고, 빈 잔을 돌려줬다. 쿠로노는 잔을 받자, 물병과 같이 사이드 테이블에 내려놓았다.

"그럼, 한다."

"그전에 수갑이랑 족쇄를."

"또냐. 어째서 너는 날 구속하고 싶어 하는 거지."

"방금 막 믿었다가 메쳐진 참인데 당연하지 않을까……."

"읏……."

쿠로노가 한숨 섞인 어조로 말하자, 티리아는 신음했다. 신음할 수밖에 없다.

"알았다. 단, 손을 뒤로 돌려 구속하는 건 없기다."

"응, 알았어."

티리아가 양손을 내밀자, 쿠로노는 사이드 테이블 서랍에서 수갑과 족쇄를 꺼냈다. 내심 고개를 갸웃했다. 수갑과 족쇄는 소파 위에 있었을 터다. 그런데도, 어째서 사이드 테이블 서랍에 있는 것일까. 하지만, 의문을 입에 담을 틈도 없이 쿠로노는 티리아한테 수갑과 족쇄를 채우고 말았다. 게다가 무슨 생각을 하는 것인지 창문을 열었다. 차가운 바람이 불어 들어와 티리아는 몸을 부르르 떨었다.

"쿠로노, 창문을 닫아라."

"나는 더운데 말이야."

쿠로노는 삐친 듯이 입술을 삐죽 내밀고는 창문을 닫았다. 하지만 일단 내려간 실내 온도는 그리 쉽게 되돌아오지 않는다. 몸을 움츠리고 견딜 수밖에 없다.

"옆에 앉을게."

그렇게 말하고 쿠로노가 옆에 앉았다. 하지만, 아무것도 하지 않는다.

"아무것도 안 하는 거냐?"

"좀 더 옆에 앉아 있고 싶었는데……."

쿠로노는 거리를 좁히더니 살며시 티리아의 하복부를 만지기 시작했다. 조금씩 힘이 강해진다. 이건 만지고 있는 게 아니라 누르고 있는 것 아닌지? 하고 생각했지만, 입 밖으로는 내지 않는다. 하복부가 눌리고 있는 사이에 어떤 감각이 솟구쳐 오르기 시작했다. 그 감각은 조금씩 커져 간다.

"……쿠로노."

"뭔데~?"

이름을 부르자, 쿠로노는 다정한 목소리로 대답했다.

"실은, 그……."

"안 들리는걸?"

"그러니까……."

너무나도 부끄러워 모깃소리 같은 목소리가 나오고 말았다. 그러는 동안에도 쿠로노는 티리아의 하복부를 누르고 있다. 감각이 점점 강해진다. 이대로는 곤란하다. 터지고 만다. 더는 부끄럽다고 가만히 있을 수 없다. 결의를 굳히고 입을 열었다.

"그러니까, 화장실이다! 화장실에 가고 싶단 말이다!!"

"그렇구나."

"——!!"

쿠로노가 사악한 미소를 띠었고, 티리아는 숨을 삼켰다. 이거 쿠로노의 책략이다. 처음부터 이럴 생각이었던 게 틀림없다. 그런데도 감쪽같이 책략에 빠지고 말았다. 지릴 수밖에 없는 건가. 아니, 포기하기는 아직 이르다. 이 수갑은 버튼을 누르면 풀리는 것이다. 수갑을 내려다봤고, 경악했다. 버튼이 없었다.

"쿠로노, 너── 꺄앗!"

티리아는 작게 비명을 질렀다. 쿠로노가 티리아를 밀쳐 자빠뜨린 것이다. 쿠로노의 손이 티리아의 팬티 안으로 파고들어, 자극해서는 안 되는 장소를 자극한다.

"멈춰라, 쿠로노! 정말로 위험하단 말이다!!"

"뭐가 위험해?"

"그러니까, 지린── 아니, 내가 지리면 너도 곤란하지 않나?!"

"──!"

티리아가 외치자, 쿠로노는 퍼뜩 깨달은 듯한 표정을 띠었다. 그리고 사이드 테이블을 봤다. 거기에는 물병과 잔이 있다. 좋지 않은 예감이 들었다.

제 2 장 『실바항』

아침── 티리아는 똑똑, 하는 소리에 잠에서 깼다. 그렇기는 하지만, 의식이 분명한 상태라고는 말하기 힘들다. 꿈과 현실 사이에서 흔들리고 있는 상태다. 조금만 더 자고 싶다고 생각하면, 재차 꿈속 세계로 여행을 떠날 수 있으리라. 아니, 다른가. 잠에서 깰 이유가 없다면 재차 꿈속 세계로 여행을 떠나게 될 것이다. 이쪽이 올바르다.

과거의 자신이라면 오기로라도 일어났으리라. 다른 사람의 위에 서는 자는 우선 스스로를 규율해야만 한다고 믿고 있었기 때문이다. 하지만 지금의 티리아는 다른 사람 위에 서는 자가 아니다. 알코르의 책략으로 황위를 빼앗기고, 에라키스 후작령으로 추방당한 신분이다.

즉, 모든 의무에서 해방된── 자유의 몸이다.

그러니까, 조금 정도 늦잠을 자도 문제없다. 이성과 본능의 의견이 일치하여 꿈의 세계로 유혹당한다. 불현듯 어젯밤의 기억이 되살아났다. 어젯밤, 쿠로노와 돈독하게 정을 나눴다. 구속당하는 건 불만스러웠지만──.

"물병!!"

"실례하겠습니다."

선택을 강요당했던 걸 떠올리고 벌떡 일어나자, 문이 열렸다. 문을 연 것은 앨리사였다. 앨리사는 갸우뚱한 표정으로 움직임을 멈췄다.

“황녀 전하?”

“아아, 응, 들어와도 좋다.”

“실례하겠습니다.”

앨리사가 공손하게 고개 숙여 인사했고, 티리아는 침대에서 내려와 책상으로 향했다. 의자에 앉자, 잠시 후 기척을 느꼈다. 앨리사가 등 뒤에 선 것이리라.

“실례하겠습니다.”

앨리사는 그렇게 말하고는 서랍에서 화장 거울을 꺼내 책상 위에 올려놓았다.

“머리카락을 빗겨 드리도록 하겠습니다.”

“음, 부탁하마.”

“실례하겠습니다.”

앨리사는 공손하게 고개 숙인 뒤 티리아의 머리카락을 만졌다. 그리고 빗으로 세심하게 머리카락을 빗기기 시작했다. 티리아는 작게 한숨을 내쉬었다. 어쩐지 아침부터 지쳤다.

“그러고 보니 쿠로노는 어쩌고 있지?”

“항구 완성이 머지않았다고 하여 카도 백작령을 시찰하러 가셨습니다.”

“고생하는군.”

"네, 남변경에서도 큰일을 겪으셨다고 하니 조금 정도는 느긋하게 지내셔도 괜찮을 것으로 생각합니다만……."

손의 움직임이 둔해진다. 화장 거울로 등 뒤── 앨리사의 모습을 확인했다. 그러자 그녀는 수심에 차 보이는 표정을 띠고 있었다. 어딘지 모르게 색기가 느껴진다.

"큰일을 겪었다고 하는데, 어떤 일을 겪은 거지?"

"듣지 못하셨나요?"

"아니, 대략적인 건 들었다만……. 쿠로노는 늘 중요한 것을 말하지 않으니 말이지."

앨리사가 반문하자 티리아는 투덜거렸다.

"저도 셰라한테서 들은 이야기입니다만……."

"셰라? 아아, 안주인 말이군. 뭐라고 하더냐."

"그러시다면──."

앨리사는 여주인한테서 들은 남변경에서의 사건을 이야기하기 시작했다. 그렇기는 해도 여주인은 본가에 돌아가 있었던 듯하기에, 쿠로노의 이야기에 비하면 정보량이 적었다. 새로운 정보는 쿠로노가 죽음의 시련을 받고 죽을 뻔했다는 것과 제도에서 케이론 백작과 데이트하느라 여주인이 만든 점심을 먹지 않고 제쳐버렸다는 것 정도다. 이야기를 다 듣고 나서 얼굴을 찌푸렸다.

"나 참, 어째서 죽을 뻔했다는 사실을 말하지 않는 거지."

"그건 저도 잘 모르겠습니다."

티리아가 아주 약간 짜증을 내며 말하자, 앨리사는 난처한 듯이 말했다. 잠시 말없이 머리카락을 빗긴다. 그리고——.

“주인님은 황녀 전하께 걱정을 끼치고 싶지 않았던 것이 아닐까요?”

“그런가?”

“분명, 그렇습니다.”

티리아가 되묻자 앨리사는 어조를 강하게 하여 말했다.

“주인님은 사랑하는 사람에게 걱정을 끼치고 싶지 않았던 것입니다.”

“그, 그런가.”

티리아는 뺨을 긁적였다. 화장 거울을 보니 뺨이 빨갛게 물들어 있었다. 나한테 걱정 끼치고 싶지 않았던 건가, 하고 생각하다가 잠깐, 하고 생각을 고쳤다. 죽음의 시련은 하룻밤 만에 각인을 새기는 의식이라는 듯하다. 그렇다는 건——.

“아니, 그런 게 아니군. 쿠로노는 각인에 관한 걸 비밀로 해두고 싶었던 것뿐이다.”

“그건…… 어째서인지요?”

“뻔하지. 날 함정에 빠뜨리기 위해서다.”

“…….”

앨리사는 말이 없었다. 말없이 머리카락을 빗기고 있다. 화장 거울로 확인하니 미묘한 표정을 띠고 있었다. 피해망상이라고 생각하고 있을 것 같다.

“그런데, 그 야만족—— 루 족 여자애는 어쩌고 있지?”

"주인님과 함께 식사하신 뒤에는 방에서 얌전히 지내고 계십니다."

"그런가. 잘 적응하면 좋으련만……."

"적응이라 하심은?"

"음, 알레오스 산지와 여기는 모든 게 다를 테니."

앨리사가 앵무새처럼 되풀이하며 중얼거렸고, 티리아는 작게 고개를 끄덕였다.

"나도 이곳에 왔을 때는 고생깨나 했지."

"……."

앨리사는 말이 없었다. 화장 거울을 들여다보고 확인했다. 그러자 놀란 듯한 표정을 띠고 있었다. 이럴 때는 불쌍히 여기는 듯한 표정을 띠어야만 하지 않을까.

"조금 신경 써주는 편이 좋을까?"

"괜찮지 않을는지요."

"어째서지?"

"셰라를 잘 따르고 있는 듯 합니다."

호오, 하고 티리아는 감탄의 목소리를 냈다. 에릴도 여주인을 잘 따르고 있었고, 여주인한테는 어린애를 끌어당기는 매력이 있는 것이리라. 어린애라고 하면――.

"너의 딸 말이다만……."

"앨리슨 말인가요? 앨리슨이 무슨 문제라도?"

"앨리슨은 안주인을 잘 따르고 있나?"

"잘 따르고 어쩌고 이전에 접점이 없으니까요. 아아, 그래도 세라가 만든 과자를 가지고 돌아가면 기뻐합니다. 언젠가 만나서 감사 인사를 하고 싶다고도 말했었습니다."

"흠, 예의 바른 아이로군."

"감사합니다."

앨리사는 희색을 드러내며 말했다. 잠시 말없이 머리카락을 빗기다가, 나직이 중얼거렸다.

"저, 여쭙고 싶은 것이 있습니다만……."

"뭐지?"

"문을 열었을 때 물병이라고 외치신 것 같습니다만……."

윽, 하고 티리아는 신음했다. 아무래도 똑똑히 듣고 있었던 모양이다.

"음, 어젯밤의 일이다만…… 뭐라고 하면 좋을지. 쿠로노가 내게 향차를 권했다. 마셔도 계속 권하는 건 이상하다고 생각했지만, 거절하는 것도 미안하다 싶어서 말이지."

"……네."

앨리사는 약간 뜸을 두고 대답했다. 하지만 어째서 쿠로노가 향차를 권했는지 알 수 없는 것이리라. 곤혹스러워하는 듯한 느낌이 있다.

"그 뒤에 구속당해서 하복부를 만져지고 있는 사이에 덮쳐온 거다."

"주인님이, 말인가요?"

"아니, 요의가."

"설마——!!"

앨리사는 숨을 삼켰다. 어지간히 놀란 것인지 머리카락을 빗기는 손이 멈췄다.

티리아가 화장 거울로 앨리사의 표정을 확인했다. 그러자 그녀는 황홀한 표정을 띠고 있었다.

"지금 그 표정이 나오는 건 이상하지 않나?"

"——!! 죄송합니다. 손이 멈추고 말았습니다."

앨리사는 숨을 삼키고는 당황한 기색으로 재차 티리아의 머리카락을 빗기기 시작했다. 딱히 손이 멈췄다고 지적한 건 아닌데——.

"황녀 전하는, 아뇨, 아무것도 아닙니다. 하지만, 물병이라고 외치신 이유는 알겠습니다."

"음, 눈치가 좋아서 다행이군."

티리아는 의젓하게 고개를 끄덕였고, 한숨을 내쉬었다. 거절하기 미안해서 향차를 마셨는데, 지금 와서 생각해 보면 거절해야 했다. 그럴 때는 어떻게 대응해야 할까.

"앨리사라면 어떻게 대응할 건가?"

"저, 저 말인가요?"

"그래, 기탄없는 의견을 들려다오."

"저는……."

앨리사는 말을 머뭇거리며 손을 멈췄다. 잠시 후 결의를 굳힌 듯이 입을 열었다.

"주, 주인님께서 꼭 보고 싶다고 말씀하신다면 방——."

"그쪽이 아니다."

"네?!"

티리아가 앨리사의 말을 가로막고 말하자, 앨리사는 놀란 것처럼 목소리를 냈다.

"나는 향차를 권유받았을 때 어떻게 거절할지를 묻는 것이다."

"처, 처음부터 그렇게 말씀해 주셨더라면……."

화장 거울을 보니 앨리사는 창피한 듯이 고개를 숙이고 있었다. 확실히 설명이 부족했다.

"그래서, 어떻지?"

"주인님께서 몸소 달여주신 향차라면 거절하지 못할 거라고 생각합니다."

앨리사는 난감한 듯이 미간을 찡그리며 말했다.

"만일을 위해 확인차 말해 둔다만, 조금 전에 한 이야기는 비밀로 해라."

"잘 알겠습니다."

앨리사가 고개를 끄덕였고, 티리아는 작게 한숨을 내쉬었다. 창밖을 봤다. 카도 백작령을 시찰하러 갔다고 했는데, 지금 쿠로노는 어디쯤 있을는지.

※

아래쪽에서 쳐올리는 듯한 충격에 쿠로노는 잠에서 깼다. 아니, 아직 눈을 뜨지 않았기에 각성했다고 해야 할까. 눈을 뜨고자 생각했지만, 졸음에 져서 꾸벅꾸벅하기 시작했다. 재차 충격이 덮쳐와, 균형이 무너져 옆으로 쓰러졌다. 다행히도 무언가가 받쳐 주었다. 부드럽고, 다다미 같은 냄새가 난다. 킁킁, 하고 냄새를 맡자 히익, 하는 소리가 났다. 무슨 소리인지 확인할 새도 없이 옆 방향으로 가해지는 충격이 쿠로노를 덮쳤다.

반대쪽으로 쓰러졌다. 그러자 또 부드러운 것이 받쳐 주었다. 달콤한 냄새가 난다. 졸린 눈을 비비며 몸을 일으켜 시선을 이리저리 움직였다. 그곳은 짐마차의 짐칸이었다. 다다미 같은 냄새가 난 쪽에 시온이, 달콤한 냄새가 난 쪽에 엘레인이 앉아 있다. 맞은편에는 골디의 모습이 있었다. 참고로 사브는 마부를 맡았고, 레이라, 페이, 알바, 그라브, 게이너 다섯 명은 말에 탄 채 주위를 경계하는 중이다. 그리고 쿠로노 일행이 탄 짐마차보다 더 뒤쪽에는 몇 대의 짐마차가 뒤따르고 있다.

쿠로노는 작게 고개를 흔들었다. 막 일어난 참이기 때문인지, 아니면 어젯밤 티리아와 왕성하게 하여 그다지 자지 못한 탓인지 머리가 멍했다. 하지만 시간이 지남에 따라 의식이 또렷해지기 시작했다. 그에 따라 기억도 선명해졌다.

그렇다. 항구가 완성 직전이라는 이유로 카도 백작령을 시찰하기로 한 것이다. 항구가 완성된 후의 일을 미노의 부친—— 하츠를 비롯한 미노타우로스들에게 설명할 수 있도록 시온에게 동행을 부탁했고, 항구에 크레인을 설치한다는 이유로 골디의 동행이 결정되었으며, 후작 저택에서 출발하는 상황이 되었을 때 어디서 들어서 알았는지 엘레인도 동행하게 되었다.

쿠로노는 팔을 문질렀다. 충격이 덮쳐 온 쪽—— 시온이 앉아 있는 쪽 팔이다.

"팔이——."

"어딘가에 부딪힌 거 아니야?"

엘레인이 쿠로노의 말을 가로막는 것처럼 말했고, 쿠로노는 그녀에게 시선을 향했다. 그녀가 입고 있는 건 노출도가 높은 드레스가 아니라, 수수한 옷이다.

"……엘레인 씨."

"왜?"

이름을 부르자 엘레인은 짧게 대답했다. 어딘가 재미있어하는 듯한 느낌이 있다.

"어제는 티리아한테 옷을 줘서 감사합니다."

"가게 선전을 위해서니까 감사 인사는 필요 없어."

쿠로노가 가볍게 머리를 숙이자 엘레인은 어깨를 살짝 으쓱였다.

"선전 효과는?"

"문의가 몇 건 들어왔어."

"제법 빨리 효과가 나타나는군요."

"그럴 리가. 쿠로노 님이 남변경에 간 사이에도 부지런히 선전하고 있었어. 물론, 이것도 선전의 일환. 남자들은 아쉽게 생각할 지도 모르지만."

엘레인은 옷을 살짝 집고, 곁눈질로 쿠로노를 봤다. 요염한 몸짓이다.

"반응이 희미하네. 상처받아."

"평소에는 보여주지 않는 모습을 보여주는 쪽이 기쁩니다."

"남자는 다들 비슷한 말을 하네."

엘레인은 어처구니없다는 듯이 말했다. 갑자기 시야에 그늘이 졌다. 뒤돌아보니 페이가 짐마차와 나란히 달리고 있었다. 곁눈질로 이쪽을 보고 있다.

"왜 그래?"

"무슨 이야기를 하고 있는지 신경 쓰인 것입니다."

쿠로노가 묻자, 페이는 엘레인에게 시선을 향하며 대답했다.

"엘레인 님에게 묻고 싶은 내용이 있는 것입니다."

"내가 대답할 수 있는 거라면."

"남성분과 사귈 때의 마음가짐을 가르쳐주셨으면 하는 것입니다."

"으음~."

엘레인은 생각에 잠기는 것처럼 팔짱을 꼈다. 문득 시선을 느껴 정면을 향해 돌아보자, 레이라가 짐마차와 나란히 달리고 있었다. 시선은 진행 방향으로 향해 있지만, 의식은 이쪽을 향해 있는 것이리라. 귀가 쫑긋쫑긋 움직이고 있다.

"성실하게 사귀는 게 제일이지 않을까?"

"그런 일반론을 듣고 싶은 게 아닌 것입니다."

페이가 불만스러운 듯이 말했고, 레이라가 휴, 하고 안도의 한숨을 내쉬었다. 직후, 풉, 하는 소리가 났다. 소리가 난 쪽을 보니 사브의 어깨가 작게 떨리고 있었다.

"사브 씨, 뭔가 하고 싶은 말이 있는 것입니까?"

"아닙다, 하고 싶은 말 따위 있지 않습다."

"……그렇다면 된 것입니다."

페이는 약간 뜸을 두고 말했고, 엘레인이 작게 한숨을 내쉬었다.

"나름 진지하게 대답한 건데, 구체적으로 뭘 알고 싶은 거야?"

"남성분이 기꺼이 부탁을 들어줄 만한── 대놓고 말해서! 필살기인 것입니다!!"

"없어, 그런 거."

"없는 것입니까, 그런 것입니까……."

엘레인이 매몰차게 내치는 것처럼 말하자, 페이는 고개를 푹 떨구고 후방으로 물러났다. 레이라는 어떤가 하면 아직 귀를 기울이고 있다. 엘레인이 작게 한숨을 내쉬었다.

"나 참, 그런 게 있으면 내가 썼을 거야."

"그야 그렇겠지요."

"그렇다니까. 게다가 성실하게 사귀는 편이 즐거워. 분명."

쿠로노가 동의하자 엘레인은 한숨을 내쉬는 것처럼 말했다. 응응, 하고 레이라는 만족스러운 듯이 고개를 끄덕이고는 짐마차를 추월했다.

“사랑받고 있네.”

“예, 고마운 일입니다.”

엘레인이 절실히 느끼는 듯한 어조로 말했고, 쿠로노는 고개를 끄덕였다. 하품이 솟아오른다. 손으로 입가를 누르고 하품하자, 골디가 눈을 가늘게 떴다.

“꽤 지치신 모양이군요.”

“남변경에서 막 돌아온 참이니까 말이지.”

쿠로노는 손등으로 눈가를 비비며 골디에게 대답했다.

“느긋하게 쉬셔도 아무도 뭐라 하지 않는다고 생각합니다만?”

“쉬고 싶은 마음은 산더미 같은데, 마지막으로 시찰한 지 넉 달이나 지났으니까.”

쿠로노는 작게 한숨을 내쉬었다. 물론 항구 건설을 지휘하고 있는 실바에 관해서는 신용하고 있다. 그라면 성공적으로 항구를 완성할 것이다. 하지만, 어떻게 해도 불안감을 완전히 씻어낼 수는 없다. 못 믿고 있잖냐, 라고 지적받을 것 같지만, 이건 이미 천성이라고밖에 말할 도리가 없다.

“그러고 보니 크레인 건 말인데…….”

“무엇입니까?”

“완성하는 데 어느 정도 걸릴 것 같아?”

“현지에서 조립하는 것뿐이니까 뭐, 한나절만 있으면.”

“좀 더 빨리는 안 될까?”

"으음~, 글쎄 말입니다."

무슨 이유에서인지 엘레인이 골디에게 물었다. 그는 난처한 듯이 미간을 찡그렸고, 의견을 묻는 것처럼 쿠로노 쪽으로 시선을 향했다. 쿠로노한테 맡기겠다는 뜻인가.

"서두르는 이유가 뭡니까?"

"슬슬 우리 배가 항구에 도착할 무렵이거든."

쿠로노가 묻자 엘레인은 태연하게 말했다.

"항구는 아직 완성되지 않았습니다만……?"

"그건 알아. 하지만, 제일 먼저 항구에 들어오고 싶었어."

으음~, 하고 쿠로노는 신음했다. 엘레인의 의도를 영 알 수가 없다. 하지만 시너 무역조합에 출자한 걸 생각하면 조금 정도는 무리해도 괜찮으려나 하는 생각이 든다. 게다가 항구에 미흡한 점이 있다면 가능한 한 빨리 개선하고 싶다.

"골디, 가능하겠어?"

"크레인을 조립하는 시간을 단축하는 건 어렵겠지요."

골디는 팔짱을 끼고, 역시 난처한 듯이 미간을 찡그렸다.

"어떻게든 안 될까?"

"글쎄 말입니다~."

엘레인의 말에 골디는 수염을 훑었다.

"질문입니다만, 엘레인 님은 가장 먼저 항구를 쓰고 싶다는 것으로 이해하면 되겠습니까?"

"그래, 맞아."

"그러면, 잔교에 설치할 소형 크레인을 먼저 조립하는 건 어떻습니까?"

"그렇게 하면 곧바로 짐을 내릴 수 있다는 말이네."

"그 말씀대로입니다."

골디는 그것이 곧 자기가 하고 싶었던 말이라는 것만 같이 입꼬리를 추켜올렸다.

"어떻겠습니까?"

"좋은 생각이야."

"쿠로노 님은?"

골디는 쿠로노에게 시선을 향했다.

"응, 그걸로 부탁해."

"잘 알겠습니다."

골디는 가슴을 텅 두드렸다. 대화가 끊기고, 바퀴 소리만이 울린다. 문득 시온이 신경 쓰였다. 대화에 끼지 않는데, 무슨 일일까. 옆을 보니 시온은 손깍지를 낀 채 고개를 숙이고 있었다. 심각하게 고민하는 듯한 표정을 짓고 있다.

"왜 그래?"

"——!!"

말을 걸자 시온은 숨을 삼키고 이쪽을 쳐다봤다. 하지만——.

"아, 아뇨, 아무것도 아니에요."

말을 더듬은 뒤, 재차 고개를 숙이고 말았다. 아무것도 아니라는 태도가 아니고, 그걸 보고 내버려 둘 정도로 무신경하지도 않다.

"고민거리가 있다면 들어줄게."

"……."

시온은 말없이 고개를 숙이고 있다. 바퀴 소리가 덜그럭덜그럭 울린다. 잠시 후――.

"실은, 그게, 그분들이 이야기를 들어주실지 불안해서……."

시온은 우물우물하며 말했다. 그런 거였나 싶었지만, 그녀는 심약하다. 역시 처음 보는 미노타우로스와 이야기하는 건 긴장되는 것이리라.

"그렇게 나쁜 사람들은 아니야."

"하지만, 성미가 거칠다고……."

누구한테 들었어? 라는 말을 아슬아슬한 데서 삼켰다. 마차 뒤쪽을 힐끔 봤다. 그곳에는 페이의 모습이 있다. 페이이려나? 하고 생각했지만, 아무래도 감이 팍 오지 않는다. 누구한테서 들었을지 생각하고 있자, 시온이 입을 열었다.

"쿠로노 님의 부관―― 미노 씨가 그렇게 말씀하셨어요."

"아아, 미노 씨인가."

그제야 납득이 갔다. 확실히 미노라면 그렇게 말할 것 같다. 하지만――.

"미노 씨는 시온 씨한테 겁을 주려던 게 아니라 '성미는 거칠지만, 기분 상하지 말아 주십시오'라고 말하려 했던 거야."

"그런가요?"

"응, 아마도."

"아마도, 인가요."

시온은 고개를 숙이고는 불안한 듯이 말했다.

"뭐, 조금 전에 엘레인 씨도 비슷한 말을 했지만, 상대에게 뭔가 전하고 싶다면, 성실하게 마주 볼 수밖에 없다고 생각해. 구빈원에서도 그랬잖아?"

"그렇죠."

쿠로노의 말에 시온은 수긍했지만, 아직 고개를 숙인 채다. 구빈원 원장을 맡아 자신감이 붙었다고 생각했는데, 천성이라는 건 좀처럼 변하지 않는 모양이다.

하핫, 하고 쿠로노는 웃었다. 그러자 시온은 원망스러운 듯이 이쪽을 봤다.

"왜 웃으시는 거죠?"

"아니, 천성은 좀처럼 변하지 않는구나 싶어서."

"……그게 저니까요."

시온은 삐친 것처럼 입술을 삐죽였다.

"나는 문제 없다고 생각해. 지금까지 줄곧 그렇게 한 시온 씨는 어떻게 생각하는지 모르지만, 결과적으로 일은 잘 돌아가고 있어."

"그런가요?"

쑥스러워하고 있는 건지, 시온은 쿠로노한테서 눈을 돌리고는 머리카락을 쓸어올렸다. 그때, 엘레인이 쿡쿡 웃었다.

"젊다는 건 좋네. 옛날이 떠올라."

"엘레인 씨도, 그, 불안하거나 하시나요?"

"나도 사람인걸. 새롭게 무언가를 시작할 때는 언제든 불안해."

시온이 쭈뼛쭈뼛 묻자, 엘레인은 부드러운 어조로 대답했다.

"어떻게 하면 좋을까요."

"불안해서 미칠 것 같아도, 우선은 한 걸음을 내디디는 거야."

"한 걸음을……."

"그래, 내딛는 거야. 내디뎌 보면 별것 아니기도 한 법이고, 실수했다고 생각하면 계획을 다시 짜면 돼."

"하지만……."

시온은 몸을 일으키고 우물우물 말했다. 잘 알아들을 수 없지만, 실수했을 때가 불안한 모양이다. 마음은 잘 이해된다.

"그렇게 걱정하지 않아도 괜찮아. 실수해도 쿠로노 님이 어떻게든 할 거야."

그치? 하고 엘레인이 물었다. 아무리 그래도 이 상황에서 매몰차게 내치는 듯한 말은 할 수 없다.

"가능한 한 도와줄게."

"이럴 때는 '나한테 맡겨'라고 해야지."

"너무 호언장담하는 건 좀……."

엘레인은 어이없다는 듯이 말했고, 쿠로노는 말을 머뭇거리며 대답했다. 풉, 하는 소리가 났다. 시온이 웃음을 터뜨린 것이다. 시선을 향했다.

"그러네요. 우선은 한 걸음을 내디뎌야 알 수 있겠죠."

시온은 고민을 떨쳐 버린 것처럼 웃었다. 역시나 엘레인이다

맨몸으로 창부 길드의 길드 마스터로까지 올라간 만큼 설득력이 다르다. 그렇긴 해도, 어디까지가 본심인지 알 수 없기에 불안하다고 하면 불안하지만——.

"슬슬 도착함다!"

사브가 큰 목소리로 외쳤다. 짐마차가 진행하는 방향으로 시선을 향하자, 50채 가까운 집이 늘어서 있었다. 미노타우로스의 집락이다. 그 안쪽에는 창고처럼 커다란 리자드맨들의 숙박 시설이 세워져 있다. 그보다 더 안쪽에는 3층 건물이 있고——. 응? 하고 쿠로노는 고개를 갸웃했다. 눈을 가늘게 뜨고 3층 건물을 봤다.

"왜 그래?"

"집락 안쪽에 있는 건물 말입니다만……."

"그게 뭐 어쨌는데?"

"엄청나게 세련됐네요?"

"당연하지. 엄청나게 설계에 고집했는걸."

흐흥, 하고 엘레인은 콧소리를 냈다.

"저거, 사옥이지요?"

"맞아, 어엿한 사옥이야."

"저렇게 생겼는데?"

"엄청나게 세련된 사옥이야."

엘레인은 가슴을 펴고 말했다. 침묵이 내리깔린다. 들려오는 건 바퀴 소리와 새가 지저귀는 소리뿐이다. 엘레인이 견딜 수 없어진 것처럼 입을 열었다.

"음식점을 겸하고 있어."

"아하~ 어쩐지."

"시너 무역조합 1호점이야."

엘레인은 자랑스러운 듯이 말했다. 정보상이라는 직함이 있는 걸 생각하면 음식점을 경영하는 것도 부자연스럽지 않다.

재차 침묵이 내리깔린다. 바퀴 소리와 새가 지저귀는 소리가 울린다. 약간 지나서——.

"신사의 사교장이기도 해."

"예? 혹시, 창관입니까?"

"신사의 사교장이야. 맛있는 술과 요리, 환담 장소를 제공해. 교양 있는 여성과의 지적인 대화나 사랑의 줄다리기 같은 것도 즐길 수 있어."

"같은 말 아닌지?"

"그런 표현은 좋아하지 않아서."

쿠로노가 힘주어 말하자, 엘레인은 머리카락을 쓸어올렸다. 또 다시 침묵이 내리깔린다.

"…………창관이라고도 불러."

"왜 솔직하게 인정하지 않은 겁니까?"

"창관이라고 하면 화낼 거잖아?"

"설마요."

쿠로노는 약간 부루퉁해지며 대답했다. 단지, 하고 뒷말을 이었다.

"탄식은 하겠지만."
쿠로노는 허리를 띄운 뒤——.
"가장 먼저 창관이 생겨 버렸어!"
"그렇게 큰 목소리로 외칠 거 없잖아."
무릎을 꿇고 풀썩 엎드린 자세가 되어 외치자, 엘레인이 투덜거렸다. 심정은 이해가 된다.
하지만, 그러나 하지만, 항구 건설은 대사업이다. 솔직히 영주로서 랜드마크를 세우고 싶었다. 그런데, 하필, 가장 먼저 만든 게 창관이라니! 탄식이 나오지 않을 수가 없다.
"창관이 뭐 어때서. 땅값도 냈고, 건축 허가도 받았잖아?"
"언제요! 2층짜리 사옥을 짓는다는 이야기였지 않습니까?"
"쿠로노 님이 남변경에 가 있어서 연락이 닿지 않았는걸. 어쩔 수 없잖아. 게다가 설계 변경에 관한 조항은 계약서에 적혀 있지 않았어."
"우와, 악마."
"지금까지 수많은 남자가 같은 대사를 했었지."
흐흥, 하고 엘레인은 코웃음을 쳤다. 그때, 충격이 짐마차를 덮쳤다. 돌부리에 걸려 올라간 것일까. 몸을 일으켜 주위를 둘러보자, 집락이 바로 근처까지 다가와 있었다. 과연, 그런 건가. 집락이 가까워지기 시작했기에 짐마차의 속도를 낮춘 것이다. 짐마차는 속도를 낮추며 집락을 나아갔고, 리자드맨의 숙박 시설 앞에서 멈췄다. 일어서서 짐마차 뒤쪽으로 뛰어내렸다.

다시금 주위를 둘러봤다. 점심때가 가깝기 때문일까. 굴뚝에서 연기가 솟아오르고 구수한 냄새가 감돌고 있다. 하지만 하츠를 비롯한 미노타우로스들의 모습은 없다. 아마, 항구에서 작업 중인 것이리라. 갑자기 쿵, 하는 소리가 울렸다. 놀라서 뒤돌아보니 골디가 지면에 쭈그리고 앉아 있었다. 조금 전의 쿵, 하는 소리는 골디가 착지한 소리였던 모양이다. 쿠로노의 시선을 알아차린 것이리라. 겸연쩍은 듯이 머리를 긁적이며 일어섰다.

"놀라게 해서 죄송합니다. 창을 다루지 않게 된 탓인지 살쪄서 말입니다."

"신경 안 써도 돼."

"그럼, 곧바로 크레인 조립에 착수하겠습니다."

"맡길게."

"책임지고 맡도록 하겠습니다."

골디는 그렇게 말한 뒤 쿠로노 앞을 지나갔다. 후속 짐마차를 향해 크게 손을 흔들며 가까이 다가갔다. 마차가 멈췄고, 드워프들이 지면에 뛰어내렸다. 쿵, 쿵, 하는 소리가 간헐적으로 울린다. 그 때문이리라. 미노타우로스들이 문을 열거나, 창문을 열어 이쪽을 보고 있다. 살짝 미안한 기분이 든다.

"손을 내밀어 주지 않겠어?"

위쪽에서 목소리가 들렸다. 고개를 드니 엘레인이 짐마차 가장자리에 서 있었다.

"잡으시죠."

"고마워."

쿠로노가 손을 내밀자 엘레인은 그 손을 잡고 짐마차에서 뛰어내렸다. 가벼운 점프다. 손을 내밀어 도와줄 필요는 없었다. 하지만 리오도 데이트했을 때 손을 내밀어 줬으면 좋겠다고 했었으니, 이런 건 모양새가 중요한 것이리라.

"시온 씨도."

"괘, 괜찮아요!"

시온에게 손을 내밀었다. 그러자 그녀는 양손을 좌우로 내저으며 말했다. 어린애 같은 귀여운 몸짓이다. 시온은 에잇! 하고 목소리를 내며 짐칸에서 뛰어내렸다. 하지만——.

"꺄앗!"

비명을 지르며 엉덩방아를 찧었다. 중심을 잃은 탓이다. 자기도 모르게 표정이 싱글벙글해졌다. 엉덩방아를 찧으면서 스커트가 말려 올라갔기 때문이다. 훌륭한 M자 다리 벌리기다. 무심코 새하얀 허벅지와 심플한 팬티를 경건하게 보고 싶어졌다.

하지만 경건하게 보고 싶은 충동을 꾹 참았다. 물론, 핥는 것처럼 보고 싶은 충동도 감춰야 했다. 얼굴을 돌리자, 또다시 귀여운 비명이 일었다. 바스락바스락하는 소리도 났다. 시온이 망측한 모습을 드러내고 있는 걸 알아차리고 스커트를 누른 것이리라.

"시온 님, 괜찮으신가요?"

목소리가 울렸다. 레이라였다. 목소리가 난 쪽을 보니 레이라와 페이가 다가오던 참이었다. 레이라는 말에서 내리더니 고삐를 짐마차 짐칸에 맸다. 그리고 쿠로노의 시야에서 사라졌다. 이미 일으켜 세워준 것이리라 생각하여 시선을 향하자, 시온이 레이라의 손을 잡고 일어나던 참이었다.

"가, 감사합니다."

"아뇨, 당연한 일을 한 것뿐이니까요."

시온이 부끄러운 듯이 감사 인사를 하고, 레이라는 평소와 다름없는 기색으로 대답했다. 엘레인이 소리도 없이 다가와 팔꿈치로 쿠로노의 옆구리를 찔렀다.

"다행이네. 들키지 않아서."

"무슨 말인지 모르겠군요."

엘레인이 속삭이는 듯한 목소리로 말했고, 쿠로노는 가볍게 어깨를 으쓱였다. 그런 걸로 해줄게, 라며 엘레인은 웃었다.

"자, 그럼 항구를 시찰하러——."

"사브 씨, 흑왕이랑 레이라 님의 말을 부탁하는 것입니다!"

페이는 쿠로노의 말을 가로막는 것처럼 외치더니 말에서 내려 고삐를 짐마차 짐칸에 묶었다.

"알겠습다!"

"그러면 우리 마구간을 쓰도록 해. 그리고, 내 이름을 대면 가게 안에서 쉴 수 있을 거야."

"그렇다는 듯한 것입니다!"

페이가 큰 목소리로 외치자, 쿠로노는 한숨을 내쉬었다. 사브가 몸의 방향을 바꾸어 이쪽을 봤다. 의견을 묻고 있는 것이리라.

쿠로노는 엘레인 쪽을 보고 돌아섰다.

"그럼, 제안을 감사히 받아들이도록 하겠습니다."

"괜찮아. 우리는 비즈니스 파트너니까."

엘레인이 싱긋 웃었다. 매력적인 미소다. 하지만 잊어서는 안 된다. 그녀는 계약의 틈을 찔러 창관을 세우는 악마다.

"사브, 매너 있게 행동해."

"알고 있슴다."

사브는 이를 드러내며 웃었고, 정면을 향해 돌아섰다.

"알바, 그라브, 게이너, 시너 무역조합 1호점까지 이동한다."

""""옙!""""

사브의 말에 알바, 그라브, 게이너가 대답했다. 짐마차가 움직이기 시작했고 말 두 마리가 얌전히 따라간다. 말은 머리가 좋은 생물이라고 들은 적이 있다. 아마, 쿠로노 일행이 한 대화를 이해하고 있는 것이리라.

"자, 그럼 이번에야말로 항구에——."

가자고 말하려던 그때, 가까이에 있던 집의 문이 열렸다. 문을 연 것은 스커트를 입은 미노타우로스—— 미노의 여동생 아리아다. 아리아는 놀란 것처럼 눈을 크게 뜨고는, 잰걸음으로 다가왔다.

"쿠로노 님, 오랜만이에요."

"오, 아리아. 오랜만이야."

"어머! 제 이름을?"

아리아가 입가에 손을 대며 말했다.

"그런데, 오늘은 어떠한 용건이신가요?"

"항구가 거의 다 완성됐다고 해서, 시찰하러 왔어. 그리고 하츠 씨나 다른 미노타우로스들이랑 앞으로의 일에 관해 이야기를 나누려고 하는데……."

"아버지랑 다른 사람들은 항구에—— 앗! 마침 돌아오셨네요! 아빠~! 쿠로노 님이 이후의 일에 관해 이야기를 나누고 싶으시대요!!"

아리아가 까치발로 서서 손을 크게 흔들었다. 역시나 미노타우로스라고 해야 할까. 상당한 성량이다. 뒤돌아보니 수많은 미노타우로스와 리자드맨이 계단을 올라 이쪽으로 오고 있던 참이었다. 선두에 서 있는 건 척안(隻眼)의 미노타우로스—— 미노의 아버지 하츠와 붉은 기가 감도는 비늘을 가진 리자드맨이다.

붉은 기가 감도는 비늘을 가진 리자드맨은 '만다'라고 한다. 서 있는 위치에서 알 수 있는 대로, 50명 있는 리자드맨을 규합하는 역할을 맡고 있다. 하츠와 만다는 걷는 속도를 약간 높여 다가왔다. 쿠로노 앞에서 멈춰 서서, 어깨너머로 뒤를 봤다.

"쿠로노 님의 상대는 내가 할 테니까 너희들은 집으로 돌아가라!"

"……해산."

하츠가 큰 목소리로 외치자, 만다가 나직이 말했다. 그러자 100명 정도 되는 미노타우로스와 리자드맨은 제각기 다른 방향—— 자기 집으로 향했다.

"쿠로노 님, 오랜만입니다."

"……인사."

하츠와 만다는 가볍게 무릎을 굽혀 쿠로노한테 머리를 숙였다. 두 사람이 엘레인에게 시선을 향했다.

"그쪽의——."

"엘레인이야, 엘레인 시너."

"아아, 그랬지, 그랬지. 엘레인 씨도 오랜만입니다."

엘레인이 하츠의 말을 가로막고 이름을 대자, 하츠는 미안한 듯이 머리를 긁적였다.

"둘이 아는 사이였어?"

"식량은 쿠로노 님이 지급하고 있으니까, 그 외의 부분을 맡았지. 나뿐만이 아니라 다른 상회나 행상인도 움직이고 있지만……."

헤에, 하고 쿠로노는 목소리를 냈다. 자기가 모르는 곳에서 세상일은 돌아가고 있구나 하는 생각이 들었다.

"그래서, 이후의 일이라 하심은?"

"항구가 완성된 뒤의 일이야."

"그거 좋을 때 오셨습니다."

"좋을 때라니?"

"마침 항구가 완성된 참입니다. 아아, 아니, 아직 조정이 필요한 듯하지만 말입니다."

하츠는 쿠로노의 말을 가로막고 말했다. 무오, 하고 이를 드러내며 웃는다.

"이제부터 저희는 뭘 하면 됩니까?"

"그것 말인데……."

쿠로노는 시너 무역조합 1호점—— 그 너머에 있는 원생림을 바라봤다. 항구를 만들기 위해 나무를 베어냈기 때문에 원생림 한구석이 사라진 상태다.

"원생림을 개간해서 밭농사를 맡기려고."

"개척하시는 겁니까?"

"그렇지. 물론 무급으로 할 수는 없는 노릇이니까, 적어도 3년간은 지금이랑 같은 대우를 유지할 거야. 농한기에는 항구에서 짐을 옮기는 일을 해도 상관없어. 그리고……."

"그리고?"

하츠가 쿠로노의 말을 따라 중얼거렸다.

"아직 구체적으로는 아무것도 정해지지 않은 상태지만, 항구와 하셸을 잇는 가도를 정비하려고 생각 중이야. 이 공사도 도와주면 좋겠어."

"……."

하츠는 말이 없다. 생각에 잠기는 것처럼 팔짱을 낀다. 그때, 만다가 움직였다. 혀를 날름거리며 검지로 자신을 가리켰다. 자신들은 어떻게 되는지 묻고 싶은 것이리라.

"항구가 완성됐으니까 노예 신분에서 해방하고 싶은데……."

"……."

만다는 고개를 좌우로 가로저었다. 무심코 눈을 휘둥그레 떴다.

"어…… 해방을 반대하는 거야? 아아! 혹시, 여기서 일하고 싶다는 말인가?"

"……긍정."

쿠로노의 말에 만다는 고개를 끄덕끄덕했다. 듣고 보니, 하는 생각은 든다. 자유로워져도 먹고 살아갈 수 있다는 보장은 없다. 그러기는커녕 또 노예가 될 가능성도 있다. 여기서 일하고 싶다고 생각해도 이상하지는 않다.

"엘레인 씨, 어떨까요?"

"그걸 왜 나한테 물어?"

쿠로노가 묻자, 엘레인은 쿠로노에게 되물었다.

"엘레인 씨 가게에서 일하게 해준다면 좋지 않나, 하고 생각해서 말이죠."

"……공짜로?"

엘레인은 약간 뜸을 두고 말했다.

"급료는 주셔야죠."

"그걸 물어본 게 아니야. 사람을 뭘로 보고."

쿠로노가 한숨을 섞으며 말하자, 엘레인은 발끈한 것처럼 대꾸했다.

"나한테 리자드맨을 노예로 팔 생각은 아닌 거겠지? 라고 묻는 거야."

"물론 아니죠. 노예 신분에서 해방할 생각이니까요."

"그렇다면야…… 아니, 잠깐만."

엘레인은 들뜬 목소리로 말하다가, 갑자기 미간을 찡그렸다. 왜 그러는 것일까.

"리자드맨은 추위에 약하지 않나?"

"망토를 걸치고, 온석을 주면 평범하게 일할 수 있습니다."

"나름 비용이 든다는 소리네."

으음~, 하고 엘레인은 팔짱을 끼고 신음했다. 반응이 부정적인 것 같다.

"말수가 적지만, 마음씨가 좋은 사람들입니다. 지금 계약하시면 인원수만큼의 온석을 세트로 달아 드리죠."

"그건 이득인 것이네요! 리자드맨을 고용할 수밖에 없다는 느낌인 것입니다!"

"이득이라니, 단순한 돌멩이잖아."

페이가 손뼉을 치며 말했지만, 엘레인은 넘어오지 않았다. 반응이 시원찮다.

"그리고 실바식 입체 염전도 달아 드리겠습니다."

"실바식 입체 염전? 아아, 그 집 골조 같은 거 말이지?"

"어떨까요?"

"소금이라. 그것도 판매망을 만드는 데서부터 시작해야 하는데……."

"그럼 어업권도 세트로."

"그건 받아도 물고기를 잡는 법을 모르잖아."

"……."

엘레인이 투덜거리듯이 말하자, 만다가 말없이 손을 들었다.

"물고기 잡는 법을 알아?"

"……특기."

"알았어. 그렇게까지 말한다면 고용할게."

"감사합니다. 나중에 인원수만큼의 온석을 전달하겠습니다."

"돌멩이 정도는 우리도 주울 수 있어."

엘레인은 한숨 섞인 어조로 말았다. 가열하면 깨지는 경우도 있기에 온석에 적합한 돌을 찾는 건 제법 힘든 일인데――.

"그럼, 고용 조건 등은 나중에 상세히 협의하는 것으로."

"지극정성이네."

"불리한 조건으로 계약하면 곤란하니까 말이죠."

"그런 짓 안 해."

엘레인은 부루퉁해진 것처럼 입술을 삐죽였다. 그래서, 하고 하츠에게 시선을 향했다.

"그쪽은 어떻게 할 생각이야?"

"원생림을 개간하는 것에는 익숙해졌습니다만, 밭농사라는 게 아무래도 영."

엘레인의 물음에 하츠가 애매한 태도로 대답했다.

"아, 그건 걱정할 필요 없어."

"대책이 있습니까?"

"황토 신전의 신관분이 기술 지도를 해줄 거야."

쿠로노는 손바닥으로 시온을 가리켰다.

"이쪽은 황토 신전의 신관분으로, 시온 씨입니다. 시온 씨, 인사를."

"녜, 녜헷! 저는 황토 신전의 신관장으로 시온이라고 합니댜!"

시온은 한 걸음 앞으로 나와서 인사했다. 혀를 깨물어 말이 이상하게 나온 건 제쳐 두고——.

"어? 신관장으로 출세했구나."

"아, 네, 보고가 늦어져서 죄송해요. 요전에 정식으로 임명받아서, 신관 두 명이 부하로 파견 오게 되었어요."

쿠로노가 중얼거리자, 시온은 미안한 듯이 말했다.

"기술 지도를 받을 수 있는 건 고맙지만, 돈이……."

"돈은 내가 낼 테니까 괜찮아."

으음~, 하고 하츠는 팔짱을 낀 채 신음했다. 약간 지나서, 엘레인이 입을 열었다.

"그러고 보니 베어낸 나무는 어떻게 할 생각이야?"

"그건 왜…… 혹시, 시너 무역조합에서 취급하려고요?"

"그렇지. 어떨까?"

"독점이나 과점 상태는 피하고 싶은데요."

"딱히 독점시키라는 말이 아니야. 우리 가게에서도 취급하고 싶다는 말이야."

"그 정도라면……."

"그럼, 결정이네!"

쿠로노가 머뭇거리며 말하자, 엘레인은 손뼉을 쳐서 소리를 냈다. 이야기가 순조롭게 진행되는 건 좋지만, 너무 순조롭게 진행되어서 불안하다. 그때, 시온이 쭈뼛쭈뼛 손을 들었다.

"왜 그래?"

"아뇨, 원생림 개척 말인데요……."

쿠로노가 묻자, 시온은 말끝을 흐리며 원생림 쪽으로 시선을 향했다. 그에 이끌려 원생림을 보고는, 어떤 사실을 깨달았다.

"제법, 거리가 있네."

"네, 원생림을 개간하게 되면 한층 더 안쪽으로 들어갈 필요가 있기에……."

"그런가, 집이 여기 있으면 불편하구나."

네, 하고 시온은 조용히 고개를 끄덕였다.

"이사비를 내주는 건 문제없는데……."

"아무리 그래도 그렇게까지 해주시는 건……."

시선을 향하자, 하츠가 면목 없다는 듯이 말했다. 마음은 이해한다. 그들은 자신들의 손으로 미래를 붙잡기 위해 이주를 결심한 것이다. 뭐든지 전부 받는 건 경우가 아니다. 게다가 언젠가 미노가 말했던 것처럼 호의에 경계하는 부분이 있는 것이리라. 뭔가 좋은 아이디어는 없나 하고 이리저리 궁리하다가 어떤 아이디어가 번뜩였다.

"집과 토지를 파는 건 어때?"

"쿠로노 님한테요?"

"아냐, 아냐."

쿠로노는 그렇게 말하며 손을 좌우로 내저었다.

"상회 유치에 성공하면 여기에 가게를 세우고 싶다는 사람들이 나올 거야. 그때, 하츠 씨나 다른 사람들은 그들에게 토지의 권리—— 차지권(借地權) 또는 집의 권리를 팔면 돼."

"저쪽이 싼값을 매기면?"

"마음에 안들면 안 팔면 돼."

아아, 하고 하츠는 납득이 갔다는 듯이 주먹으로 손바닥을 두드렸다.

"시세를 모르겠으면 엘레인 씨가 상담에 응해 줄 거고."

"마음대로 약속하지 마……. 그래도, 그런 상담이면 응해 줄게."

엘레인은 '줄게'라는 부분을 조금 강조해서 말했다.

"어떠려나?"

"저 혼자서는 대답을 드릴 수가 없습니다."

"알았어. 모두와 상담해서 결정하도록 해."

"죄송합니다. 모처럼 이것저것 이야기해 주셨는데."

"인생이 걸려 있으니까 당연해."

죄송합니다, 하고 하츠는 깊숙이 머리를 숙이고는 걷기 시작했다. 약간 늦게 아리아가 뒤따랐다. 만다는 어떤가 하면 어느샌가 사라지고 없었다.

"제법 이야기에 열중해 버렸네. 내 가게에서 차라도 마시고 가지 않을래?"

"아뇨, 항구를 시찰하고 싶기에."

"일에 열심이네~."

엘레인은 기가 막힌다는 듯이 말했다. 쿠로노는 자기들이 타고 온 짐마차 뒤쪽을 봤다. 골디나 다른 사람들의 모습은 없다. 크레인을 설치하기 위해 항구로 간 것이다.

"게다가 부하가 일하고 있는데 농땡이를 피울 수는……."

"아쉽네. 그럼, 시찰이 끝나면 와. 신관장님은?"

"저는 원생림의 상태를 보러 가려고 해요."

"그래, 아쉽——."

"저요인 것입니다!"

엘레인의 말을 가로막고, 페이가 기운차게 손을 들었다.

"뭘까?"

"저한테는 물어봐 주지 않는 것입니까?"

"가게에, 올래?"

"물론인 것입니다!"

엘레인이 주저하는 기색으로 묻자, 페이는 즉답했다.

"접대라는 것을 한번 받아 보고 싶었던 것입니다."

""접대?""

페이가 흥분한 표정으로 말했고, 쿠로노와 엘레인의 목소리가 겹쳤다. 의아하게 생각한 것이리라. 페이가 고개를 갸우뚱하며 엘레인을 쳐다봤다.

"접대인 것이지요?"

"뭐, 접대이긴 하지."

“그럼 문제없는 것입니다. 이야~, 두근두근하는 것입니다. 무엇을 숨기랴, 한번 접대라는 걸 받아 보고 싶었던 것입니다.”

저 스스로 날아서 불 속으로 들어가는 여름의 날벌레—— 그런 말이 뇌리를 스쳤다. 엘레인에게 시선을 향하자, 그녀는 미묘한 표정을 띠고 있었다.

“페이, 만약을 위해 확인차 묻겠는데, 접대라는 말의 의미 알고 있어?”

“식사를 대접받는 일인 것입니다!”

쿠로노가 묻자, 페이는 힘차게 말했다.

“무료로 밥을 얻어먹을 수 있다니 최고인 것이네요!”

“언제나 후작 저택에서 밥 먹고 있으면서.”

“그건 노동의 대가고, 무료가 아닌 것입니다.”

쿠로노가 한숨을 섞으며 말하자, 페이는 부루퉁해진 듯이 대꾸했다. 시온의 호위를 부탁하고 싶었는데, 말을 꺼내기 미묘해졌다.

“죄송합니다. 페이한테 밥을 먹여 주세요.”

“밥이 아니라 접대인 것입니다.”

“페이를 접대해 주세요.”

“당신도 고생이 많네.”

쿠로노가 부탁하자 엘레인이 동정하듯 말했다.

“뭐, 됐어. 가자.”

“네인 것입니다!”

엘레인이 걷기 시작했고 페이가 그 뒤를 따랐다. 약간 지나 시온이 입을 열었다.

"그럼, 저도 가볼게요."

"조심하도록 해."

"괜찮아요. 이래 보여도 밭일로 단련하고 있으니까요."

시온은 알통을 만들며 말했지만, 조금 전의 M자 다리 벌리기를 떠올리니 불안해진다. 시찰이 끝나면 시온의 상태를 보러 가도록 하자. 시온이 고개를 숙이며 멀어졌고, 쿠로노는 레이라 쪽을 향해 돌아섰다.

"그럼, 항구를 시찰하러 갈까?"

"네, 호위는 맡겨 주십시오."

레이라의 말에 쿠로노는 고개를 끄덕였고, 항구를 향해 걷기 시작했다.

※

항구가 가까워짐에 따라 바람이 강해진다. 쿠로노는 바다 냄새를 머금은 바람에 얼굴을 찡그리며 항구로 향했고, 계단이 있는 곳에서 멈춰 섰다. 약간 늦게 레이라가 옆에 섰다.

"굉장하네."

"네, 굉장해요."

레이라는 쿠로노의 말에 동의했다. 처음 찾아왔을 때, 쿠로노와 레이라가 서 있는 장소는 낭떠러지 위였고, 그 밑으로는 해안이 펼쳐져 있었다. 그랬던 것이 지금은 어떤가. 지금, 눈앞에 있는 건 훌륭한 항구다. 한때 해안이었던 장소는 수백 미터(설계도에 의하면 500m)나 되는 안벽으로 변했고, 바닥이 납작한 돌로 포장되어 있다. 물론 그뿐만이 아니다. 목제 잔교가 여럿 설치되었고 그 위에서는 골디를 비롯한 사람들이 크레인을 조립하는 중이다.

그리고 그보다 한층 너머에는 방파제가 있다. 방파제 또한 수백 미터는 되는 길이다. 분명 설계도에서는 300m로 되어 있었을 터인데, 실제로 눈으로 보니 길이가 그 이상 되는 것처럼 보인다. 표면은 황토 신전 근처에 있었던 돌을 부숴서 만든 걸 알 수 없을 만큼 매끈하게 다듬어져 있고, 끝부분에 등대가 세워져 있다. 한 동뿐이지만 창고도 완성된 모양이다.

"실바는 정말로 지형을 바꿨구나."

"쿠로노 님이 항구를 만들겠다는 결의를 하셨기 때문이에요."

시선을 향하자, 레이라는 쑥스러운 듯이 눈을 내리깔았다.

"고마워. 그래도, 모두의 힘이 있었기에 가능했던 일이야."

"하지만……. 아뇨, 아무것도 아닙니다."

"미안해."

레이라가 풀이 죽어 고개를 숙였고, 쿠로노는 손을 뻗었다. 귀를 만지자 레이라는 황홀한 표정을 띠었다. 그녀의 마음은 기쁘지만, 상회를 유치해야 진짜 완성이다. 여기서 우쭐거리다가 상회를 유치하지 못하면 대미지가 크다. 손을 놓자, 레이라는 아쉬워하는 듯한 목소리를 냈다.

"갈까?"

"……네."

레이라가 약간 뜸을 두고 고개를 끄덕였고, 쿠로노는 걸음을 내디뎠다. 계단을 내려가 주위를 두리번두리번 둘러보며 잔교로 향했다. 지면은 탄탄하게 다져져 있고, 낭떠러지는 토사 붕괴를 막기 위해 옹벽으로 뒤덮여 있다. 정말로 항구를 만들었구나 하는 실감이 솟아오른다. 잔교 앞에서 걸음을 멈췄다. 그러자――.

"왜 그러시나요?"

레이라가 의아한 듯이 말을 걸었다.

"아니, 괜찮으려나 싶어서."

"무엇이 말인가요?"

레이라는 잔교를 쳐다봤다. 목제 잔교 위에는 골디를 비롯한 여러 사람―― 10명 정도 되는 드워프와 크레인의 부재(部材)가 있다. 잔교가 기울어진 건 아니지만, 올라가도 될지 조금 불안하다.

"어머? 쿠로노 님이잖아."

뒤에서 목소리가 울렸다. 들은 적이 있는 목소리다. 뒤돌아보니 적동색 머리카락을 아무렇게나 대충 묶은 드워프 여성이 다가오던 참이었다. 분명 이름은――.

"폴라?"

"기억하고 있네. 고마워."

드워프 여성―― 폴라는 쿠로노 앞에서 멈춰 서더니 빙그레 웃

었다. 어딘가 어린애 같은, 애교 있는 얼굴이다.
"그런 곳에서 멈춰 서서는, 무슨 일 있어?"
"올라가도 괜찮으려나 싶어서."
"올라가?"
폴라는 의아하다는 듯이 고개를 갸웃했고, 잔교로 시선을 향했다. 아아, 하고 납득이 갔다는 듯이 목소리를 냈다. 눈치가 빠르다.
"어때?"
"괜찮아."
폴라는 쿠로노 옆을 지나 잔교 위에 섰다. 가볍게 점프했지만, 잔교는 흔들리지도 않는다. 폴라는 괜찮지? 라고 말하는 것만 같이 윙크했다.
"응, 괜찮아 보이네."
"자, 올라와."
쿠로노가 중얼거리자 폴라가 옆으로 비켰다. 이제 돌이킬 수 없다. 두근두근하며 발을 내디뎠다. 잔교에 한쪽 다리를 올리고 체중을 실었지만, 삐걱거리는 소리조차 나지 않았다. 안심하고 두 발째를 내디뎠다. 두 발째도 마찬가지다.
"거봐, 괜찮지?"
"그러네."
그러고 보니, 하고 쿠로노는 폴라 쪽을 향해 돌아섰다.
"실바는 어디에 있어?"
"저기에."

쿠로노가 묻자 폴라는 엄지로 등 뒤를 가리켰다. 돌바닥 위에 허술한 텐트가 설치되어 있다. 저기서 쉬고 있다는 말인가. 공로를 치하하는 말 한마디라도 건네야지. 그렇게 생각하고 발을 내디디자, 폴라가 앞을 가로막았다.

"지금은 내버려 두는 편이 좋아."

어째서일까? 하고 쿠로노는 고개를 갸웃했고, 어느 가능성에 짐작이 갔다.

"설마……."

"그 설마야. 항구가 완성된 순간, 쓰러져 버렸어."

쉬라고 말했는데 바보란 말이야, 하고 폴라는 투덜거리는 것처럼 말하며 얼굴을 찌푸렸다.

"책임을 느끼네~."

"쿠로노 님이 책임을 느낄 필요는 없어. 몸 상태를 관리하지 못하는 그 녀석이 미숙한 거야."

흥, 하고 폴라는 콧방귀를 끼는 듯한 소리를 냈다. 제법 신랄한 말이다. 만약 쿠로노가 실바의 입장이라면 마음이 꺾이고 말리라. 실바가 의식을 되찾으면 자기만이라도 다정하게 대해 주자고 마음속으로 맹세했다.

"실바를 잘 부탁해."

"부탁받을 정도로 돌봐줄 필요는 없다고 생각하지만……. 뭐, 알았어."

"고마워."

"됐어. 그 대신, 내가 공방을 세울 때는 잘 부탁해?"

"할 수 있는 범위 내에서는 최대한 할게."

"부탁할게."

폴라가 빙긋 웃었고, 쿠로노는 그녀에게 등을 돌리고 걷기 시작했다. 잠시 후 레이라가 쿠로노 옆에 나란히 섰다.

"실바, 괜찮으려나?"

"모르겠습니다. 하지만, 쉬라는 말을 들었음에도 불구하고 쉬지 않았던 것이니, 쿠로노 님이 걱정하실 필요는 없다고 생각해요."

"뭐, 그렇긴 한데……."

레이라도 신랄하네, 하고 생각하며 쿠로노는 두근두근하는 심정으로 잔교를 나아갔다. 역시 자기만이라도 다정하게 대해 주자는 결의를 새로이 다졌다. 골디를 비롯한 사람들의 모습이 가까워진다. 골디는 다른 드워프들에게서 떨어진 위치에 서서 작업을 지켜보고 있다. 이쪽을 알아차린 것이리라. 골디가 뒤돌아보고는 뛰어왔다.

"쿠로노 님, 협의는 끝나셨습니까?"

"응, 상세한 조건은 나중에 정해야 하겠지만……."

그래서, 하고 쿠로노는 드워프들—— 정확하게는 드워프들과 잔교 위에 놓인 부재를 쳐다봤다. 목제인 것이 많지만, 금속으로 보강된 것도 있다.

"그게 크레인?"

"그렇습니다."

골디는 자랑스러운 듯이 가슴을 폈다.

"배에서 짐을 내리기 위한 것이니 말이지요. 회전할 수 있도록 만들었습니다."

"……그런 것 같네."

쿠로노는 잔교 위에 놓인 부재를 보며 중얼거렸다. 머릿속에서 부재를 조립한다. 크레인이라기보다도 고사포 같은 실루엣이 될 것 같다.

"실바에 관해서 말인데, 들었어?"

"들었습니다. 나 참, 몸 관리에 소홀하다니, 한심하기도 정도가 있는데 말입니다."

반쯤 예상했지만, 골디도 신랄했다. 나는 영지를 블랙 기업처럼 만들고 싶지 않았는데, 왜 이렇게 된 걸까.

"너무 타박하지는 마."

"그리 말씀하신들, 제대로 쉬라고 말했는데도 쓰러진 것 아닙니까. 엄하게 꾸짖지 않으면 같은 일이 반복될 겁니다."

골디는 난감한 듯이 눈살을 찌푸렸다.

"아, 골디도 쉬라고 말했구나."

"물론입니다."

"다행이다."

가슴을 쓸어내린 그때, 뒤에서 쿵쿵거리는 소리가 울렸다. 뒤돌아보니 실바가 이쪽으로 달려오던 참이었다. 눈에 핏발이 서 있어서 무섭다. 마음이 전해졌는지, 레이라가 쿠로노를 지키는 것처럼 앞으로 나섰다. 실바는 레이라 앞에서 멈춰 서서——.

"어떠냐! 내 항구는!!"

큰 목소리로 외쳤다.

"굉장해. 깜짝 놀랐어."

"그렇지, 그렇지? 이날을 위해 노력했으니까. 그래, 그건——."

쿠로노가 솔직한 감상을 입에 담자, 실바는 어째서 자신이 건축가를 목표로 했는지, 건축가가 되기 위해 어떤 노력을 해 왔는지를 거침없이 이야기하기 시작했다.

"——라는 거다."

"실바, 직인은 말이 아니라 실력으로 보여주는 겁니다."

"큭, 형님."

골디가 한숨을 쉬으며 말했고, 실바는 신음했다.

"자, 자, 이만큼 훌륭한 항구를 만들어 줬으니 너그럽게 봐주자."

"쿠로노 님이 그리 말씀하신다면야."

"그렇다고, 형님."

골디가 마지못한 느낌으로 물러나자, 실바는 우쭐거렸다. 어째서 페이와 사이가 좋은지 의문스럽게 느끼고 있었는데, 그 이유의 일부분을 살짝 엿본 듯한 느낌이 들었다.

"항구가 완성되었으니 이름을 붙여야겠지."

"그럼, 쿠로노항은 어떨까요?"

실바가 콧김 거칠게 말하자, 레이라가 항구 이름을 제안했다.

"오오, 좋은 이름이군요."

"저도 그렇게 생각합니다."

골디의 말에 레이라는 만족스러운 듯이 미소 지었다. 실바는 어떤가 하면 아쉬워하는 듯한 표정을 짓고 있다. 쿠로노항이라는 이름이 마음에 들지 않는 모양이다. 쿠로노도 같은 의견이지만, 실바의 경우에는 싫음의 뉘앙스가 다른 모양이다. 어렴풋이 실바의 생각을 알 수 있다.

"쿠로노 님, 어떨까요?"

"으음, 나쁘지 않지만……. 실바항은 어떨까?"

"실바항! 좋은 이름이군!! 이것밖에 없다는 느낌이다!"

쿠로노가 말을 꺼내자, 실바는 몸을 불쑥 내밀며 말했다. 레이라는 불만스러운 듯한 표정을 지었고, 골디는 머리가 아픈지 손가락으로 관자놀이를 누르고 있다.

"그럼, 뭐어, 실바항이라는 걸로."

"이의 없음!"

실바는 큰 목소리로 외쳤다.

"도시 이름은 어떻게 되는 걸까요?"

레이라가 나직이 말했다.

"도시?"

"네, 머잖아 실바항 주변으로 도시가 생길 거예요. 그 도시의 이름은 어떻게 되는 걸까, 하고."

"뭐, 그것도 실바와 연관된 이름으로 하면 되지 않을까?"

"연관된다는 거면 실반, 실바탄, 실바톤, 실바튼, 실바——."

"실바튼, 좋네."

레이라가 중얼중얼 말했고, 쿠로노는 들었을 때의 느낌이 가장 좋았던 것을 입에 담았다. 뒷부분이 무엇에서 유래하고 있는지 모르겠지만, 좋은 이름이라고 생각한다.

"——! 죄송합니다. 주제넘은 짓을 해서."

"아니, 사과하지 않아도 돼."

레이라가 이쪽을 향해 돌아서서 머리를 숙이려 했지만, 쿠로노는 손으로 제지했다.

"도시 이름은 실바튼으로 하자."

"정말인가?!"

"떨어져 주세요."

실바가 바싹 다가붙었지만, 레이라가 사이에 끼어들었다.

"항구는 실바항, 도시는 실바튼이라는 걸로."

"이의 없음!"

실바는 큰 목소리로 외쳤고, 털썩 쓰러졌다. 살짝 회복된 체력을 완전히 다 써버린 것이리라. 하지만 레이라도 골디도 가까이 다가가려 하지 않았다. 어쩔 수 없다. 내가 일으켜 세워주자. 그렇게 생각하여 발을 내디디자, 폴라가 다가왔다.

"남의 충고를 듣지 않으니까 그렇게 되는 거야."

"하지만 무리한 보람은 있었다. 이 항구에 내 이름이 붙었다고! 도시에도 나와 연관된 이름이 붙었다! 역사에 이름을 남긴 거야!"

"기왕 남길 거라면 일하는 모습으로 이름을 남기란 말이야."

흥, 하고 폴라는 콧방귀를 끼고는 무릎을 굽혔다. 부축해 주려는 건가 싶었는데, 실바의 목덜미를 붙잡고는 질질 끌고 갔다. 문득 조금 전의── 실바가 털썩 쓰러진 광경을 떠올렸다. 그래서 실바튼*인 건가 생각한 그때, 하아~, 하는 소리가 났다. 한숨을 내쉬는 소리다. 뒤돌아보니 골디가 면목 없다는 듯한 태도를 보여주고 있었다.

"죄송합니다. 실바는, 그, 조금 별나서 말입니다."

"예술가 기질인 거야, 분명."

"그렇다면 좋겠습니다만……."

골디는 재차 한숨을 내쉬었다. 형제도 큰일이구나 하는 생각이 들었다. 하물며 두 사람 다 물건을 만드는 것을 생업으로 삼았다. 견해 차이에 따른 알력도 있으리라.

"형제끼리 사이좋게 지내."

"알고 있습니다."

골디는 힘차게 고개를 끄덕였다. 쿠로노는 다시금 조립 작업을 바라봤다. 아직 시간이 걸릴 것 같지만, 여기에 있어도 도움이 되지는 않는다.

"우리는 시온 씨가 있는 곳에 갔다 올게. 그 뒤에는……."

쿠로노는 시너 무역조합 1호점으로 시선을 향했다.

"엘레인 씨 가게에 얼굴을 내비칠 생각이야."

"크레인이 완성되면 부르러 가겠습니다."

---

*일본어에서 쓰러진 때의 소리를 묘사하는 의성어 표현이 이와 비슷하다.

"부탁해."
그렇게 말하고, 쿠로노는 걸음을 내디뎠다.

※

레이라가 활을 손에 들고 천천히 길을 나아갔다. 베어낸 나무를 운반하기 위한 길이다. 간이로 만든 길이었지만, 하츠나 다른 사람들이 몇천 번이나 왕복한 탓이리라. 가도로 보일 만큼 표면이 단단해졌다. 쿠로노는 그런 길을 레이라한테 앞장서게 하고 나아가고 있는데――.

"너무 경계하는 거 아니야?"

"……여긴 사람이 사는 곳과 떨어진 토지입니다. 뭐가 튀어나올지 알 수 없습니다."

쿠로노가 말을 걸자, 레이라는 약간 간격을 두고 대답했다. 듣고 보니, 너무 방심하고 있었던 듯한 느낌이 든다. 게다가, 하고 레이라가 뒷말을 이었다.

"남변경에서 실수를 저질러 쿠로노 님이 야만…… 아니, 루 족에 납치당했습니다."

"그건 어쩔 수 없었어."

루 족에게는 지리적 이점이 있었고, 우리는 정보가 부족했다. 그런 상황에서 누구 한 사람 죽는 일 없이 벗어난 것이다. 오히려 잘했다. 하지만――.

"쿠로노 님이 경사면으로 대피하라고 말씀하셨을 때, 저는 망설이고 말았습니다. 곧바로 따랐더라면 쿠로노 님이 납치당하지는 않았을 겁니다."

레이라는 분한 듯이 말했다. 그렇게 신경 쓰지 않아도 되는데. 하지만 그런 말을 한들 그녀는 납득하지 않으리라. 무겁게 생각하는 타입이다.

그런 생각을 하는 사이에 원생림에 도착했다. 항구를 만들기 위해 나무를 베어냈기에 사방 200m가 벌채지로 되어 있다. 이렇게나 나무를 베어내도 괜찮은 걸까 하고 불안감이 솟아올랐다. 하지만 쿠로노는 불안감을 마음속 깊은 곳에 가두어 두고 시선을 이리저리 움직였다. 시온의 모습은 없다.

"시온이 안 보이는데?"

쿠로노가 중얼거렸지만, 레이라는 반응이 없다. 말없이 원생림으로 다가간다. 쿠로노는 약간 거리를 두고 레이라 뒤를 쫓았다. 혼자 있는 게 불안했기 때문이 아니다. 무슨 일이 있었을 때 각인술이 도움이 되지 않을까 하고 생각한 것이다.

갑자기, 레이라의 귀가 쫑긋 움직였다. 멈춰 서서, 전방 수풀을 향해 활을 겨누었다. 정적이 내리깔린다. 시온은 어디로 간 것일까. 설마, 곰한테—— 하고 생각한 그때, 수풀이 바스락바스락 흔들렸다. 긴 시간은 아니다. 불과 2, 3초 정도다. 문득 원래 세계에서 본 호러 영화를 떠올렸다. 호러 영화라면 방심한 상황에서 몬스터나 살인귀가 뛰쳐나올 느낌이다. 긴장이 높아진다.

1초가 지나고, 2초가 지나—— 딱 30초가 경과하고, 쿠로노는 갑갑함을 느꼈다. 당연한가. 너무 긴장한 나머지 호흡이 멎어져 있었으니까. 깊이 호흡한 다음 순간, 수풀에서 누군가가 뛰쳐나왔다. 갑작스러운 일에 깜짝 놀라고 말았다.

"잠깐만요! 쏘지 마세요!!"

누군가—— 시온은 양쪽 손바닥을 이쪽으로 향하며 외쳤다. 그럼에도 불구하고 레이라는 화살을 쐈다. 화살은 시온의 귓가를 스쳐, 뒤에 있는 수풀로 날아갔다. 갑작스러운 흉행에 머리가 새하얘진다. 직후, 크오오오오, 하고 외치는 소리가 울렸다. 부스럭부스럭하는 소리가 한층 더 울렸다. 비명의 주인이 무엇이었는지는 알 수 없지만, 소리는 쿠로노 일행에게서 멀어져 갔다. 아무래도 레이라는 뒤에서 무언가가 가까이 다가오고 있다는 걸 알아차리고 화살을 쏜 모양이다. 퍼뜩 정신이 들어 시온을 봤다. 그러자 그녀는 눈물이 그렁그렁해져서는 주저앉아 있었다.

"괜찮아?!"

"쏘지 말라고 말했잖아요."

달려가서 말을 거니 시온은 당장이라도 울 것 같은 목소리로 항의했다.

"아니, 그건……."

"죄송합니다. 무언가가 접근하고 있었기에."

쿠로노가 말을 머뭇거리자, 레이라가 설명해 주었다.

"무언가라니, 뭔가요?"

"알 수 없습니다만, 곰이나 다른 무언가가 아닐까 하고."

시온이 이 또한 울 것 같은 목소리로 묻자, 레이라는 코를 킁킁거리며 대답했다. 쿠로노도 코를 킁킁거렸다. 짐승 냄새가 나는 듯한 느낌이 들지만, 아무래도 영 확신을 가질 수 없다.

"너무해요."

"설 수 있겠어?"

"한 마디, 하다못해 한 마디……."

쿠로노가 손을 내밀자, 시온은 투덜투덜 말하며 쿠로노의 손을 맞잡았다. 덜덜 떨리는 다리로 일어선다. 거기서 그녀의 옷이 진흙으로 더러워져 있다는 걸 알아차렸다.

"옷이 더러워졌는데, 무슨 일 있었어?"

"저기, 원생림을 조사하고 있었는데요……. 넘어지는 바람에."

시온은 창피한 듯이 눈을 내리깔며 말했다.

"어땠어?"

"풍족한 숲이에요. 나무는 건축 자재로 쓰기에 좋고, 먹을 수 있는 들풀도 있어요."

시온은 쿠로노의 손을 놓고 어딘가 흥분한 표정으로 말했다.

"어느 정도 개간하면 될 거라고 봐?"

"어림짐작이지만 1,000㎡당 밀 150kg 정도 일 것 같아요."

"여기가 사방 200m── 40,000㎡니까……."

"40배인 6,000kg의 밀을 수확할 수 있다는 계산이죠."

쿠로노가 계산하려 하자, 레이라가 곧바로 대답했다.

"6,000kg인가. 꽤……."

수확할 수 있네, 라고 말하려다가 입을 다물었다. 와이즈먼 선생님의 수업을 떠올렸다.

"군량을 계산할 때 병사 한 명당 하루에 밀 1,000g을 소비하고, 하츠 씨를 비롯한 미노타우로스들이 200명 정도 있으니까——."

"연간 73,000kg의 밀을 소비한다는 계산이니, 미노타우로스들이 소비하는 양을 공급하려면 경작지가 지금의 12배는 커야 합니다."

"12배인가."

쿠로노는 자기도 모르게 하늘을 올려다봤다. 2배나 3배라면 또 모를까, 12배쯤 되면 정말로 원생림을 개간할 수 있을지 불안했다.

"쿠로노 님, 사방 700m의 경작지가 있으면 목표를 달성할 수 있습니다."

"사방 700m인가. 그거라면 어떻게든 될 것 같네."

"저기……."

쿠로노가 약간 긍정적인 기분으로 말하자, 시온이 쭈뼛쭈뼛 손을 들었다.

"왜 그래?"

"이전에도 말씀드렸지만, 이 주변은 삼포제 농법을 시행하고 있어서……."

"아, 그랬지. 토지를 셋으로 나눠서 썼었지."

"식량을 전부 밀로 공급할 경우, 단순 계산으로 경작지가 그보다 세 배 더 필요해집니다."

레이라가 곧바로 보충했고, 쿠로노는 시선을 움직여 주변을 둘러봤다. 지금으로도 대규모 자연 파괴를 한 느낌인데, 한층 더 원생림을 개간해야만 한다. 저항감은 있지만, 살아가기 위해서다. 어쩔 수 없다.

"그 정도면 얼마나 걸리려나?"

"집락 규모를 생각하면 3년 정도 있으면……."

쿠로노가 나직이 중얼거리자, 시온은 자신 없다는 듯이 말했다. 내심 가슴을 쓸어내렸다. 못해도 3년은 급여를 지불하겠다고 말해서 다행이다. 이게 시온이 말한 숫자와 큰 폭으로 달랐더라면 신용을 잃었을 것이다. 그건 제쳐 두고——.

"일단 개척은 문제없을 것 같네."

쿠로노는 시온을 쳐다봤다.

"우리는 이제부터 엘레인 씨 가게에 갈 건데, 시온 씨도 어때?"

"저, 저기, 저는 진흙투성이니까……."

시온은 살짝 뒤집힌 목소리로 말하며 고개를 돌렸다.

"신경 쓸 거 없지 않을까?"

"그럴까요?"

"옷도 파는 상회인데."

"하, 하지만……."

자리에 안 어울리지 않을지, 하고 시온은 우물우물 중얼거렸다.

쿠로노는 시온의 손목을 붙잡았다.

"——!!"

"시온 씨는 우리랑 같이 엘레인 씨 가게에 가는 거야—— 결정!"

갑자기 손목을 잡았기 때문이리라. 시온이 숨을 삼켰다. 하지만 쿠로노는 아랑곳하지 않고 걷기 시작했다. 선수필승. 밖에서 기다리고 있겠다고 말하기 전에 데리고 가는 거다.

※

쿠로노는 걷는 속도를 낮추고 엘레인의 가게—— 시너 무역조합 1호점을 바라봤다. 세련된 건물이라는 인상은 변함없지만, 가까이에서 보니 고급스러운 느낌이 느껴진다. 원래 세계라면 커피 한 잔에 1천 엔은 받을 것 같은 가게다.

물론 쿠로노 히사미츠는 그런 가게에 간 적이 없고, 어디에 있는지도 모른다. 커피 한 잔에 1천 엔은 받을 것 같은 가게라는 건 픽션과 다를 바 없다. 요컨대 엘레인의 가게는 그만큼 픽션 같은 느낌이 있다는 말이다.

문까지 앞으로 몇 미터 남았을 때 레이라가 뛰어나갔다. 마이라 밑에서 메이드 수업을 쌓았기 때문인지, 문을 열고 공손하게 머리를 숙인다.

"고마워."

"아뇨."

레이라 곁을 스쳐 가며 감사 인사를 하자, 레이라는 짧게 대답했다. 어딘가 자랑스러워하는 듯한 느낌이 있다. 가게 안으로 들어갔다. 가게 안은 조금 어둑어둑했다. 천장이나 벽에 설치된 조명용 매직 아이템에 불이 켜져 있는데도. 아마도 분위기를 만들어 내기 위해 그렇게 한 것이리라. 시온의 손을 잡은 채 걸어나가 시선을 움직여 주위를 둘러봤다.

안쪽에 카운터가 있지만, 나머지는 전부 테이블이었다. 테이블 높이는 낮은 편. 소파에 높이를 맞췄기 때문이다. 원래 세계에 있었을 무렵, 드라마나 영화 등에서 본 고급 클럽이 이런 느낌이었다. 사브, 알바, 그라브, 게이너 네 사람은 구석에 있는 테이블석에서 향차를 마시고 있었고, 페이는 안쪽 카운터석에 있었다. 아무래도 요리를 먹고 있는 모양이다. 엘레인은 카운터 안쪽에서 졸려 보이는 눈을 한 여성과 서 있었다.

뒤에서 띠링, 하는 청량한 소리가 울렸다. 레이라가 문을 닫은 것이리라. 엘레인은 졸려 보이는 눈을 한 여성과 말을 나누고는 카운터 밖으로 나왔다. 이쪽으로 다가온다.

"시찰은 끝난 모양이네."

"예, 문제없이 끝났습니다."

"그건 다행이야."

엘레인은 쿡쿡 웃었고, 시온에게 시선을 향했다.

"진흙투성이잖니."

"죄, 죄송해요. 넘어져서……."

"사과하지 않아도 돼."

시온이 미안한 듯이 말하자, 엘레인은 쿡 웃고는 카운터로 시선을 향했다. 시선 끝에 있는 건 졸려 보이는 눈을 한 여성이다.

"시아나, 목욕물과 갈아입을 옷 준비를."

"네, 알겠습니다."

엘레인의 말에 졸려 보이는 눈을 한 여성── 시아나는 머리를 꾸벅 숙였다. 카운터에서 나와 가게 안쪽에 있는 계단으로 갔다. 엘레인이 작게 한숨을 내쉬었다.

"시아나, 이 애를 데리고 가."

"……네, 알겠습니다."

엘레인이 한숨을 섞으며 말하자 시아나는 멈춰 서서 이쪽을 향해 돌아봤다.

"만일을 위해 확인차 말해 두겠는데, 이 애를 욕실에 데리고 가서 이 애한테 맞는 옷을 준비하는 거다? 알고 있겠지?"

"…………네, 알겠습니다."

시아나는 꽤 긴 뜸을 두고 고개를 끄덕였다. 이쪽으로 다가와 시온 앞에서 멈춰 섰다.

"욕실로 안내해 드리겠습니다. 자, 이쪽으로."

"자, 잘 부탁드립니다."

"이쪽이야말로, 잘 부탁드립니다."

시아나가 몸을 돌려 걷기 시작하자, 시온이 흠칫흠칫하는 느낌으로 그 뒤를 따랐다.

"쿠로노 님과 레이라는 거기 있는 테이블석에 앉아서 기다리면 돼."

"알겠습니다."

엘레인이 손바닥으로 테이블석을 가리켰고, 쿠로노는 소파에 앉았다. 하지만 레이라는 앉으려 하지 않는다. 통로에 선 채다.

"안 앉아?"

"저는 호위니까요."

쿠로노가 묻자, 레이라는 가슴에 손을 대며 말했다. 역시, 어딘가 자랑스러워하는 듯한 태도다. 카운터석에서 식사하는 페이를 봤다. 맛있는 듯이 요리를 먹는 중이다. 같은 호위인데 왜 이렇게 다를까. 그런 생각을 하고 있자, 엘레인이 다가왔다. 찻주전자와 컵이 얹힌 쟁반을 들고 있었다.

"오래 기다렸지?"

"아뇨, 그 정도는."

"그래, 다행이네."

엘레인은 쿡 웃었고, 쟁반을 테이블 위에 올려놓았다. 찻주전자를 손에 들고 향차를 컵에 따른다. 그러자 김과 함께 향긋한 향기가 일었다.

"자."

"감사합니다."

엘레인이 테이블에 컵을 올려놓았고, 쿠로노는 감사 인사를 한 뒤 받았다. 약간 지나, 엘레인이 레이라에게 시선을 향했다.

"너는——."
"저는 호위이기에 괜찮습니다."
"훌륭하네."
그렇게 말하고, 엘레인도 어깨너머로 페이를 봤다. 그에 비하면 저 애는, 이라는 마음이 전해져 온다. 쿠로노는 묵묵히 컵을 내려다봤다. 제법 비싸 보이는 컵이다. 주눅이 들었지만, 살며시 입가로 옮겨 향차를 마셨다. 깊은 풍미가 입안에 퍼졌다. 가게 분위기에 뒤떨어지지 않는 훌륭한 향차다.
"어때?"
"맛있습니다."
"그래, 다행이네."
엘레인은 쿡쿡 웃으며 쿠로노 맞은편에 앉았다. 우아한 동작으로 컵을 입가로 옮기고는 향차를 마신다. 살짝 움직이는 목이 요염하다. 엘레인은 컵을 테이블에 놓고, 쿠로노를 쳐다봤다. 속마음을 탐색당하는 것 같아서 기분이 불편하다. 잠시 후 생각이 정리되었는지 조용히 입을 열었다.
"시찰은 어땠어?"
"항구가 생각했던 것 이상으로 잘 되어서 안심했습니다. 다만, 개척 쪽이……."
"무슨 일인데 그래?"
쿠로노가 말을 흐리자, 엘레인이 물어봤다.
"지금의 36배 정도 원생림을 더 개간해야 하츠 씨를 비롯한 미노타우로스들이 먹고 살아갈 수 있습니다. 그 작업이 3년 정도 걸린다고 하더군요."

"뭐야, 겨우 3년이잖아."

"그렇긴 한데 말이지요."

엘레인이 맥이 빠졌다는 듯이 말했고, 쿠로노는 작게 한숨을 내쉬었다.

"게다가 이제부터 이 항구 도시는——."

"아, 실바튼이라고 부르기로 했습니다."

"실바튼? 아아, 항구를 설계한 드워프가 실바니까 실바튼이구나. 그렇다는 건 항구 이름은 실바항이려나?"

쿠로노가 엘레인의 말을 가로막고 말하자, 엘레인은 쿠로노의 말을 따라 하는 것처럼 중얼거렸다. 하지만, 곧바로 이름의 유래를 깨달은 모양이다.

"이제부터 실바튼은 발전해 나갈 거야. 목재 수요가 높아져서 만만세인걸."

"엘레인 씨의 주머니도 윤택해지겠군요."

"이익의 3할은 쿠로노 님 품속으로 들어가고 말이지."

쿠로노가 설설히 말하자, 엘레인은 얼굴을 찡그렸다.

"주주로서 성낭한 보수입니다. 불만이 있다면 얼른 주식을 매입해 주세요."

"그러고 싶지만, 쿠로노 님과 연이 끊어지는 건 뼈아프단 말이지."

그런데, 하고 엘레인은 몸을 내밀었다.

"주식 매입 건 말인데……."

"뭐죠?"

"당신, 정말로 팔 생각이 있어?"

"엘레인 씨를 자를 수 있는 최소 지분 이외는 매각해도 상관없습니다."

"자른다니…… 좀 그렇네."

엘레인은 벌레라도 씹은 듯한 떫은 표정을 띠었다.

"저도 그래요."

"그래, 자르는 것도 잘리는 것도 싫어서 견딜 수 없어."

엘레인은 양팔로 자기 몸을 꽉 끌어안고는 몸을 부르르 떨었다.

"그래서, 왜 날 자를 수 있을 만큼 주식을 남겨두는 거야?"

"무엇부터 설명하면 좋을지 모르겠습니다만……. 저는 실바튼 통치를 도시 유력자들에게 맡겨도 괜찮다고 생각하고 있습니다."

"그건…… 상인에게 자치권을 주겠다는 뜻?"

엘레인은 몸을 뒤로 빼고 눈을 가늘게 떴다. 마음속을 탐색하려는 눈이다.

"아뇨, 꼭 상인일 필요는 없습니다."

"그러면?"

"직인도 도시 유력자가 될 수 있다는 말입니다."

쿠로노는 컵을 테이블 위에 올려놓고 소파 등받이에 몸을 기댔다.

"픽스 상회, 베일리 상회, 아사드 상회, 케레스 상회, 이오 상회── 다섯 상회로부터 항구를 사용 희망을 타진 받았습니다만, 저는 어느 상회도 편을 들 생각은 없습니다. 아마 합의제로 자리 잡지 않을까요."

"한 상회를 편드는 게 해나가기 쉽지 않아?"

"물론 그렇습니다만, 독과점 상태면 경쟁 원리가 작동하지 않거든요."

"멀리 내다보고 내린 결정이구나."

"이래 보여도 영주니까요."

쿠로노는 뺨을 긁적였다. 실제로는 원래 세계에 독점금지법이 있었기에, 그걸 따르는 편이 좋으려나 하고 생각한 것뿐이지만, 입 밖으로는 내지는 않았다.

"그래서 날 자를 수 있을 만큼의 주식을 남겨두고 싶은 거고?"

"그런 겁니다."

쿠로노는 작게 고개를 끄덕였다. 이해가 빨라서 정말로 편하다.

그러고 보니, 하고 엘레인이 중얼거렸다.

"행상인들이 조합을 세우려 한다는 이야기가 있던데……."

"귀가 밝으시군요."

"정보상인걸. 귀가 밝아야지."

"그것도 그러네요."

문득 다섯 상회를 떠올렸다. 처음에는 이야기에 관심을 나타내지 않았지만, 최근이 되어서 빈번하게 서한을 보내오게 되었다.

아마도 행상인들이 항구를 이용하기 위해 조합을 세우려 하고 있다는 정보를 입수한 것이리라. 어떤 방해가 들어올지 모르기에 행상인의 유력자인 토머스에게는 가급적 비밀리에 행동해 줬으면 한다고 부탁했지만, 정보를 은닉하기는 어려웠던 모양이다.

"합의제가 되었을 때를 위해 영향력을 남기고 싶은 건 알았는데, 구태여 쿠로노 님이 행상인들에게 손을 쓸 필요가 있었던 걸까?"

"공평한 느낌을 연출하고 싶은 마음도 있었습니다."

"……공평한 느낌이라."

엘레인은 입술을 만지며 작게 중얼거렸다.

"혹시, 쿠로노 님은 상인으로 하여금 실바튼을 개발하게 할 생각이야?"

"잘 아시네요."

"하츠 씨한테 차지권 이야기를 했었잖아? 그걸로 감이 팍 왔어."

엘레인은 대담하게 미소 지었다. 하츠와의 대화를 듣고 감이 왔다고 했지만, 사실은 더 일찍 알아차린 느낌이다.

"즉, 도시 유력자에 의한 자치와 공평한 이미지는 투자 유치를 위한 미끼인 거고."

"미끼라니, 남이 들으면 오해하겠습니다."

쿠로노는 어깨를 으쓱이고는 몸을 내밀었다.

"그래서, 엘레인 씨가 보기에 어떻습니까? 잘될 것 같나요?"

"나쁘지 않다고 봐. 쿠로노 님의 의도가 어떻건, 이익이 있는걸."

그건 그렇다 치고, 하며 엘레인은 우아하게 다리를 꼬며 말을 이었다.

“자치권을 주는 건 생각도 못 했고.”

“자기들 멋대로 움직이면 어쩌나 하고 조금 불안하지만요.”

“그렇게 걱정하지 않아도 괜찮아.”

엘레인은 안심시키는 것처럼 미소 지었지만, 역시 조금 불안했다. 그러나 도시 개발 노하우나 자금이 없기에 맡길 수밖에 없지만. 쿠로노는 작게 한숨을 쉬고는 컵에 손을 뻗었다. 컵을 입가로 옮기고, 완전히 식어 버린 향차를 전부 다 마셨다. 비싼 향차이기 때문일까. 식었어도 맛있다.

컵을 테이블에 올려놓은 그때, 통로에 서 있던 레이라가 몸을 조금 움직였다. 고개를 들자 앞장선 시아나의 안내를 받으며 시온이 내려오던 참이었다. 자기도 모르게 눈을 휘둥그레 떴다. 왜냐면 시온이 노출도가 높은 드레스를 입고 있었기 때문이다. 기장은 짧고, 앞가슴은 트여 있다. 신관인 그녀가 그런 드레스를 입은 것도 충격이지만, 뜻밖의 풍만한 가슴이 제일 충격적이었다. 언제나 낙낙한 옷을 입고 있기에 알아차리지 못했는데, 상당한 거유다. 여주인한테 필적하는 수준 아닌가?

쿠로노의 태도에서 이상함을 알아차린 것이리라. 엘레인은 다리를 꼬던 것을 풀고 뒤로 시선을 향했다. 그리고 깊은 한숨을 내쉬었다. 아무래도 예상 밖의 전개였던 모양이다. 엘레인의 심정이 전해지지 않은 듯 시아나는 쿠로노와 엘레인 앞으로 다가왔다.

“엘레인 님, 오래 기다리셨습니다.”

시아나가 옆으로 비키자 시온은 앞으로 나왔다. 부끄러운 듯이 뭉그적뭉그적하고 있지만, 드레스가 마음에 든 것이리라. 수줍어하는 듯한 미소를 띠고 있다. 생각해 보면 시온도 한창의 여성이다. 예쁘게 꾸미는 데 흥미가 있어도 이상하지 않다.

"어, 어떨까요?"

"굉장히 좋다고 생각합니다."

쿠로노는 솔직한 감상을 입에 담았다. 노출도가 너무 높긴 하지만, 양식(良識)은 가슴 앞에서 무력한 것이다. 엘레인이 깊은 한숨을 내쉬었다.

"확실히 잘 어울리긴 하지만――."

"가, 감사합니다."

"감사합니다."

시온과 시아나한테 말이 가로막혀, 엘레인은 재차 한숨을 내쉬었다.

"나는 '잘 어울리지만'이라고 했어."

"화장도 힘냈습니다."

"아니, 그게 아니라……."

엘레인은 두통을 참는 것처럼 관자놀이를 눌렀다.

"TPO라는 게 있잖아, TPO라는 게."

"어떻게 하면 될까요?"

"비번일 때 입는 옷으로."

"……그렇군요."

시아나는 약간 뜸을 두고 고개를 끄덕였다.

"알았으면——."

엘레인은 끝까지 말할 수가 없었다. 뒤에서 띠링, 하는 소리가 울린 것이다. 뒤돌아보니 골디가 문을 연 채로 서 있었다.

"무슨 일 있어?"

"배가 왔습니다."

"어머? 벌써 왔구나."

쿠로노의 물음에 골디가 대답하자, 엘레인이 일어섰다.

"시아나, 나는 항구에 갔다 올 테니까 너는 신관장님한테 새 옷을 준비해 줘."

"잘 알겠습니다."

시아나는 머리를 꾸벅 숙이고는 시온을 향해 돌아섰다.

"죄송합니다만, 대기실로."

"……알겠어요."

시온은 뜸을 두고 대답했다. 어지간히 드레스가 마음에 들었는지, 조금 불만스러워 보였다.

"따라와 주십시오."

"쿠로노 님, 실례하겠습니다."

시아나가 걷기 시작했고 시온은 머리를 숙인 뒤 그녀 뒤를 쫓았다. 두 사람이 계단을 올라갔고——.

"저 옷은 얼마입니까?"

"설마——."

"아직 손대지 않았습니다."

"흐응~, 그래?"

쿠로노는 부정했지만, 엘레인은 믿지 않는 눈치였다. 아직이라고 말해서 그런가. 그런 생각을 하고 있자, 그녀가 머리카락을 쓸어올렸다.

"일단, 항구로 갈까?"

"그러시죠."

쿠로노는 소파에서 일어섰다.

※

쿠로노는 계단에서 멈춰 서서 항구를 내려다봤다. 잔교에 범선이 측면을 갖다 댄 상태로 정박 중이었고, 그 옆으로 미노타우로스와 리자드맨의 모습이 보였다. 범선을 바라보고——.

"배가 뭔가, 생각했던 거랑 다른데."

"미안하게 됐네, 생각이랑 달라서."

솔직한 감상을 입에 담자, 엘레인이 욱한 듯이 대답했다.

"중고로 산 배야. 저래 보여도 한 척에 금화 700닢이나 한다고. 선원의 급료도 비싸게 들고."

"그렇습니까."

"그래! 게다가 맞바람에서도 앞으로 나아갈 수 있는 좋은 배란 말이야. 그런데도——."

쿠로노가 맞장구를 치자, 엘레인은 여전히 발끈한 것처럼 말했다. 한층 더 투덜투덜하며 불평을 늘어놓았다. 실언이었나. 하지만 정말로 이미지랑 다른 것이다. 잔교에 측면을 갖다 댄 범선은 상상했던 그것보다도 땅딸막했다.

게다가 맞바람에서도 앞으로 나아갈 수 있다고 했는데, 윈드서핑도 할 수 있는 일을 범선이 못해서 어쩌자는 거야, 하는 생각이 든다. 혹시 범선이 맞바람 속에서도 항해할 수 있게 된 건, 의외로 역사가 짧은 걸까.

"……쿠로노 님."

"아아, 미안. 그럼, 갈까."

레이라가 이름을 부르는 소리에 걸음을 내디뎠다. 그러자 골디가 앞으로 나섰다.

"먼저 가 있겠습니다."

"응, 잘 부탁해."

"맡겨주십시오!"

골디는 힘차게 말하고는 잰걸음으로 잔교로 향했다.

호위로서 이번에는 레이라가 앞으로 나섰다. 당연하지만, 아무 일 없이 잔교에 도착했다.

계단에서는 미노타우로스와 리자드맨이 가득했지만, 드문드문 드워프의 모습도 있었다. 다만 실바와 폴라의 모습은 없다. 항구 건설에 종사했던 드워프는 휴식 중일 테니, 저들은 골디의 부하일 것이다.

앞장서 가는 레이라의 인도를 받으며 잔교를 건넜다. 중간 정도까지 나아갔을 때 뒤에서 목소리가 났다. 범선에서 선장 차림의 여성이 나오 천천히 이쪽으로 다가왔다.

여성이 걸음을 멈출 무렵, 쿠로노 일행도 걸음을 멈췄다.

다시금 그 여성을 봤다. 키가 크고, 튼실한 체구를 헐렁헐렁한 의상으로 감쌌다. 해적선 선장을 해도 잘 어울릴 것 같다.

“여어! 오랜만이야!!”

“미라…….”

미라가 이를 드러내며 웃자, 엘레인은 한숨을 내쉬었다. 미라는 아랑곳하지 않고 다가와 엘레인과 악수했다.

“생각보다 더 빨리 왔네.”

“좋은 바람을 잡아서 말이지. 게다가, 여기는 새로 지은 항구라면서? 그러면 당연히 맨 먼저 입항해야지. 그래서 말인데…….”

미라가 말을 끊고, 쿠로노에게 시선을 향했다.

“이분이 쿠로노 님인가? 생각보다 귀여운 얼굴이네. 소개해 줘.”

“그래, 알았어.”

미라의 말에 엘레인은 한숨을 섞으며 대답했다. 악수를 멈추고 이쪽을 향해 돌아섰다.

“그녀는 미라, 보다시피 선장이야. 그리고 이분이── 쿠로노 크로포드 님.”

엘레인이 우선 미라를, 다음으로 쿠로노를 손바닥으로 가리켰다. 쿠로노는 미라에게 다가가 손을 내밀었다. 그러자 미라는 묵묵히 쿠로노의 손을 맞잡았다.

“잘 부탁해, 대장.”

“이쪽이야말로, 미라 선장.”

“선장인가. 좋네, 좋은 울림이야.”

쿠로노의 말에 미라는 미소를 띠었다. 장난꾸러기 같은 미소다. 손을 놓고, 미라와 엘레인을 번갈아 쳐다봤다. 이쪽의 의도를 알아차린 것이리라. 엘레인이 입을 열었다.

“왜 그래?”

“아뇨, 선장과는 어떻게 해서 알게 된 걸까 싶어서.”

“몸뚱이 하나만 가지고 날 찾아왔었지.”

“그때는 어쩔 수 없었어. 아버지가 죽고 오빠들이 배를 전부 가져간 상황이었으니까.”

엘레인이 얼굴을 찌푸리며 말하자, 미라는 부루퉁해진 듯이 입술을 삐죽 내밀었다.

“그뿐이면 또 모르겠는데, 돈은 또 엄청나게 밝혀.”

“난 선원 육성을 하잖아. 그 정도면 싼 거지.”

엘레인이 불평하자 미라도 지지 않을세라 맞받아쳤다. 이런 상태로 잘 지낼 수 있을지 불안하지만, 시너 무역조합의 책임자는 엘레인이다. 믿고 맡길 수밖에 없다. 그때――.

“쿠로노 님! 짐을 내리겠습니다!”

골디의 목소리가 울렸다. 정면을 보니 소형 크레인이 갑판에 쌓인 짐을 들어 올리던 참이었다. 드워프들이 소형 크레인을 회전시키고, 골디가 핸들을 돌린다. 그러자 짐이 천천히 내려오기 시작했다. 짐이 잔교에 내려지고, 드워프들이 환성을 질렀다. 소형 크레인은 문제없이 동작하는 모양이다.

"만다! 첫 일이야!!"

엘레인이 잔교 옆을 향해 외치자, 만다를 비롯한 리자드맨들이 이쪽으로 걸어오기 시작했다. 방해하지 않도록 잔교 가장자리로 비키자, 레이라도 그에 따랐다. 리자드맨이 눈앞을 지나쳐서 갔고――.

"짐은 대부분 옷이지만, 가게에서 쓸 와인도 들어있어. 그러니까 조심해서 창고로 옮기도록 해."

"……알았다."

엘레인이 지시를 내리자, 만다는 짧게 대답하고 짐을 둘러멨다. 그대로 뒤돌아 가려고 했지만, 뒷사람들로 꽉 막혀 있었다. 만다는 고민하더니 U자를 그리다시피 하며 창고로 향했다.

"모처럼이니 테이프 커팅을 하고 싶었는데."

"테이프 커팅이요?"

쿠로노가 짐을 내리는 광경을 바라보며 말하자, 레이라가 물었다.

"응, 고향의 관습이야. 건물이라든가 탈것이 완성되었을 때 테이프를 자르면서 기념하는 거지."

"그런 관습이……."

레이라는 테이프를 자르는 의미를 이해할 수 없는지 미묘한 표정으로 대답했다. 그런 표정을 지을 정도의 일인가 싶지만, 다른 세계의 관습은 애초에 이해할 수 있는 게 아닐지도 모른다.

"요는 식전을 열고 싶었다는 말이야."

"날을 다시 정해서 식전을 여시는 건?"

"으음~ 됐어. 이미 일을 시작했잖아. 다른 사람들이랑 교섭도 해야 하고."

"그러신가요."

레이라는 시무룩해진 모습으로 말했다. 그렇게 테이프 커팅이 보고 싶었나?

"어쨌든, 항구가 무사히 완성되어서 다행이야."

"그러게요."

쿠로노가 안도의 한숨을 휴 내쉬자, 레이라는 작게 미소 지었다.

※

밤—— 엘레인은 하셀에 돌아가 자기 가게로 갔다. 시너 무역조합 2호점이 아니다. 신사의 사교장 쪽이다. 문 앞에는 남자 세 명이 있다. 두 명은 어깨, 나머지 한 명은 바텐더다. 무슨 일이 있었던 것일까. 의아하게 여기고 있자, 어깨 중 한 명이 이쪽으로 시선을 향했다. 그에 이끌리는 것처럼 바텐더가 이쪽을 봤다. 바텐더는 어깨와 짧은 대화를 나누고는 잰걸음으로 다가왔다.

"좋은 하루입니다, 엘레인 님."

"좋은 하루야, 마일즈."

바텐더── 마일즈에게 인사해 주었다. 이런 시간에 좋은 하루고 뭐고 없다고 생각하지만, 밤의 세계에서 이어지고 있는 관습이다.

"무슨 일 있어?"

"베일리 상회의 에드워드 님이 오셨습니다."

"벌써? 성급하기는."

엘레인은 작게 한숨을 내쉬었다. 아마 어딘가에서 쿠로노와 같이 외출했다는 이야기를 들은 것이리라. 마일즈가 쭈뼛쭈뼛 입을 열었다.

"어떻게 하시겠습니까?"

"만나봐야지."

머리카락을 쓸어올리고 걸음을 내디뎠다. 약간 늦게 마일즈가 따라온다. 어깨가 문을 열었고, 신사의 사교장에 발을 들였다. 로비를 지나 홀로 들어갔다. 그러자 쳄발로의 은은한 선율이 맞이해 주었다. 에드워드는 카운터석에 있었다. 마일즈가 카운터 안으로 들어갔고, 엘레인은 에드워드 옆에 앉았다. 그는 잔을 바라보고 있다.

"……대납을 들으러 왔습니다."

"어머, 성미가 급한걸?"

"그런 천성인지라."

에드워드는 쓴웃음 같은 미소를 띠었다. 침묵이 내리깔린다.

첨벌로 소리가 멀게 느껴진다. 마일즈가 카운터에 잔을 올려놓았다. 엘레인은 잔을 손에 쥐고——.

"미안하지만, 쿠로노 님을 배신할 수는 없어."

"유감입니다. 저희가 협력하면 항구의 이권을 독점할 수 있는데 말입니다."

에드워드가 한숨을 내쉬는 것처럼 말하고는 잔을 입가로 옮겼다.

"이유를 물어도 되겠습니까?"

"쿠로노 님이 언제든 자를 수 있도록 할 거라고 하시더라."

"고작 그런 말에 발을 빼실 분은 아니잖습니까?"

그건 그렇지, 하고 엘레인은 웃었다. 얼버무릴 방법은 얼마든지 있다.

"쿠로노 님은 도시 유력자들에 의한 자치를 구상하고 계셨어."

"그렇다면 더더욱 저희와 협력하는 편이 이득 아닙니까?"

"그렇게 해서 이권을 독점할 수 있다면 그렇겠지. 생각해 봐. 도시 유력자들에 의한 자치잖아. 지금 생각나는 사람만 따져도 우리를 포함해서 7명이나 후보가 있어. 우리 둘이 협력해 봤자, 이권을 독점하기는커녕 도시를 좌지우지할 수조차 없어. 오히려 남은 다섯 명이 뭉칠 구실이 될 우려가 있지."

"상황에 따라서 유연하게 협력하는 편이 낫다는 겁니까?"

"그렇지."

엘레인은 잔을 입가로 옮기고 와인으로 입술을 축였다.

"그럼, 아인종 퇴거 건은 어떻게 됩니까?"

"그 건은 협력할게. 너무 편을 봐줄 수는 없겠지만."

"……뾰족한 수가 없군요."

에드워드는 한숨 섞인 어조로 말했다.

"미안해. 대신 목재 매매 허가를 받았으니까, 조금 싸게 공급할게."

호오, 하고 에드워드는 감탄의 목소리를 냈다. 그리고, 하고 엘레인은 뒷말을 이었다.

"리자드맨 50명을 고용하는 조건이긴 했지만, 소금 매매 허가와 어업권도 받았어."

"예?! 그건──!!"

에드워드가 숨을 삼켰다. 쿠로노가 신성 아르고 왕국의 왕실파에 물자를 전달하기 위한 태세를 갖추는 중인 걸 알아차린 것이리라. 주위를 둘러보고, 엘레인에게 시선을 향했다.

"설마, 말씀하셨습니까?"

"그럴 리가. 나는 아무 말도 안 했어. 그래서 더 무서운 거고."

"그렇군요."

에드워드는 살짝 떨리는 목소리로 말했다. 쿠로노는 엘레인과 에드워드의 대화를 듣고 있었던 것만 같이 손을 써 뒀다. 솔직히 살아도 산 느낌이 들지 않았다. 모든 말에 숨겨진 의미가 있는 게 아닌지 의심이 들 지경이다.

"일이 그렇게 됐다면 어쩔 수 없군요."

에드워드는 한숨을 섞으며 말했고, 자리에서 일어섰다.

"생각보다 쉽게 물러나네?"

"저는 상인입니다. 손익을 가늠하는 게 얼마나 중요한지 누구보다 잘 알지요."

에드워드는 미소를 띠었다. 끈적거리게 들러붙는 듯한 느낌의 미소다. 그것만으로도 에드워드, 아니, 소크가 항구의 이권을 포기하지 않았음을 알 수 있다.

"그럼, 실례하겠습니다."

"그래, 또 와."

"예, 또 뵙지요."

에드워드가 계산을 끝내고 가게에서 나갔고, 엘레인은 작게 한숨을 내쉬었다. 일이 성가시게 되었다. 가게 경영뿐만이 아니라 에드워드의 동향도 감시하게 생겼다. 불현듯 쿠로노한테 말을 걸었을 때의 일을 떠올렸다. 그때는 자기 의사로 말을 걸었다고 생각했다. 하지만 이렇게 되고 보니 전부 유도당한 게 아닌가 하는 생각이 들기 시작했다.

뭐, 그래도 상관없지만.

엘레인은 잔을 입가로 옮겼다. 이전에는 그 흐름에 가까이 다가갈 수조차 없었다. 그에 비하면 두 가지 미래── 흐름에 집어삼켜져 사라질 것인지, 흐름을 타고 비약할 것인지가 제시된 지금은 그나마 나은 상황이다.

막 간 『소녀 셋이 모이면——』

제국력 431년 8월 하순 아침—— 수는 발소리에 잠에서 깼다. 귀에 익지 않은 발소리였다. 아마 남편인 쿠로노 밑에서 일하는 여자의 발소리이리라. 메이드라 불리는 그녀들에게 해의가 없다는 건 알지만, 익숙지 않은 발소리를 들으면 경계심이 피어오르는 건 어쩔 수가 없다. 하다못해 고향에 있었을 무렵처럼 일어날 수 있다면 좋겠건만, 그것도 쉽지 않았다. 여기서는 동이 터 올 즈음에 일어나는 건 바람직하지 않은 것이다.

수의 상식에서 보면 말도 안 되는 일이다. 해가 뜰 즈음에 일어나서 어떻게 식량을 구하란 말인가. 하지만 자신은 쿠로노의 아내다. 그것이 제국의 규칙이라면 따라야 한다.

그렇게 해서 지금에 이르게 되었는데, 알아차린 것이 있다. 제국은 루 족 마을과 다른 구조로 움직이고 있다. 그 구조란 분업이다. 루 족 마을에서도 일 분담은 하고 있지만, 제국은 더욱 세세하다. 일의 세분화를 통해 각자의 부담을 경감하고, 효율을 높였다.

루 족 마을에서도 같은 걸 할 수 없을지 생각했지만, 실현은 곤란하다. 인원수가 그만큼 많지 않고, 그런 걸 하지 않아도 생활이 성립한다. 아무런 문제가 일어나지 않았는데 방식을 바꾸기는 어렵다.

일에 따라 부담이 다른 것도 문제다. 일에 따라 부담이 달라지면 불만을 느끼는 사람이 반드시 나온다. 불만을 억누르더라도, 그로 인해 일을 대충대충 하게 된다면 분업의 의미가 없다. 그러면, 제국은 어떻게 하고 있는가 하면 돈── 화폐 제도로 문제를 해결했다. 일을 하면 돈을 받고, 그 돈으로 원하는 것을 사거나, 남한테 일을 시킬 수 있다. 돈이 없으면 아무것도 할 수 없기에 위기감을 안겨줄 수도 있다. 실로 잘 만들어진 제도다.

이렇듯 제국은 분업으로 성립하고 있다. 반대로 말하면 아무것도 하지 않는 자신은 여전히 제국의 틀 바깥에 있다. 이건 중대한 사태다. 루 족은 제국과 함께 걸어가는 길을 모색하겠다고 했는데, 아직도 일원이 되질 못했으니까.

어떻게 하면 틀 안에 들어갈 수 있을지를 생각하고 있자, 졸음이 덮쳐 왔다. 안 된다. 이대로는 잠든다. 일어나야 한다. 그러나 졸음은 강렬하다. 저항할 수 없다. 의식이 끊어질 듯하여, 이윽고──.

"──!!"

수는 정신을 번쩍 차리고 몸을 일으켰다. 침대에서 내려와 거리를 뒀다. 위험했다. 하마터면 잠들, 아니, 이미 몇 초 정도는 의식이 끊겼다. 몹시 위험하다. 숨을 내쉬고 손등으로 땀을 닦았다. 시선을 이리저리 움직여 방의 모습을 확인했다. 알레오스 산지에 있는 자기 집이 들어갈 정도로 넓은데, 지내기가 너무 편하다.

어떻게든 해야 한다고 생각한 그때, 꼬르륵~ 하는 소리가 울렸다. 배에서 나는 소리다. 어느 쪽을 우선해야 할지 고민하다가──.

"밥, 먹는다."

식사를 우선하기로 했다. 배가 고프면 싸울 수 없다. 즉, 그런 거다. 벽에 기대 세워 뒀던 창에 손을 뻗었다가 머리를 내저었다. 안 된다. 또 알레오스 산지에서 지내던 것처럼 자연스럽게 창을 손에 쥐었다.

"여기, 알레오스 산지, 아니다."

상황을 재인식하기 위해 중얼거린 뒤 방을 나왔다. 일직선으로 뻗은 복도를 나아가 문 앞에서 걸음을 멈췄다. 쿠로노 방의 방문이다. 최근, 쿠로노는 어딘가에 나가거나 누군가와 대화하는 등 바쁜 듯이 지내고 있다. 그 탓인지 같이 아침을 먹지 못할 때가 많다. 불만스럽지만, 자신은 어른이다. 참을 수 있다. 그러니 아침에는 쿠로노 님의 방에 들어가서는 안 됩니다, 라는 메이드의 부탁에도 따른다. 재차 다리를 움직였다. 쿠로노 방 앞을 지나쳐, 계단을 내려가고, 또다시 복도를 나아가 식당으로 들어갔다. 그러자──.

"좋은 아침입니다."

메이드라 불리는 여자들의 우두머리── 앨리시가 말을 걸었다. 우두머리라는 입장 때문인지 아니면 자식이 있기 때문인지, 이것저것 여러 가지로 신경을 써 준다.

"좋은, 아침."

"곧바로 아침 식사를 준비하겠으니, 자리에 앉아 기다려 주십시오."

수는 작게 고개를 끄덕인 뒤 시선을 움직였다. 테이블에는 두 명의 인물—— 티리아와 에릴이 서로 마주 보고 앉아 있다. 앨리사의 말에 의하면 티리아는 쿠로노의 정처, 에릴은 티리아의 호위라는 듯하다. 그런 것치고는 같이 있지 않을 때가 많기에 실제로는 다른 것이리라. 수는 빈자리—— 에릴 옆에 앉았다.

"좋은, 아침."

"……좋은 아침."

수가 인사하자 에릴은 약간 뜸을 두고는 수에게 인사했다. 언제나 뚱한 표정이지만, 오늘은 평소 이상으로 뚱한 표정이었다.

"무슨 일 있다?"

"……아무 일 없어."

역시 뜸을 두고 대답했다. 흐흥, 하고 티리아가 코웃음을 쳤다.

"살드멜리크 자작은 안주인이 요리를 만들어 주지 않아서 기분이 안 좋은 거다."

"……황녀 전하는 위기감이 부족해."

"뭐라고?!"

티리아가 일어서서 소리쳤다.

"……황녀 전하."

"알고 있다."

앨리사가 조용히 말을 걸자, 티리아는 마지못한 느낌으로 의자에 앉았다.

“그러면 저는 아침 식사를 준비해 오겠습니다.”

“음, 알았다.”

앨리사는 머리를 깊이 숙이고는 이쪽에 등을 돌리고 걷기 시작했다. 문을 열고, 그 안으로 사라졌다. 약간 지나서——.

“그래서, 나한테 위기감이 부족하다는 건 무슨 의미지?”

“안주인은 밤 시중을 들고 있어.”

“그건…… 어쩔 수 없지 않나.”

티리아는 머뭇거리면서 말했다. 밤 시중이란 아이 만들기를 말하는 것이다. 아내인 자신에게도 자격은 있지만, 아니, 그만두자. 분명 자신에게는 아직 자격이 없는 것이다.

“……황녀 전하는 위기감뿐만이 아니라 다른 요소도 부족해.”

“다른 요소라니, 뭐냐?”

“……몰라.”

티리아가 물었지만, 에릴은 대답하지 않았다. 아니, 대답할 수 없다.

“너, 입에서 나오는 대로 아무렇게나 말하고 있는 것 아니냐?”

“……내가 거짓말을 할 이유는 없어.”

“있지 않나. 너는 안주인이 만드는 요리를 좋아하니.”

“……긍정할게. 안주인이 만드는 요리는 맛있어.”

“그렇기 때문이다. 너는 내가 밤 시중을 드는 횟수를 늘리면 안주인이 만드는 요리를 먹을 기회가 늘어난다고 생각하는 거다.”

"…………그렇지는 않아."

에릴이 상당한 뜸을 두고 부정했다. 약간 시선을 피하고 있다. 이래서는 거짓말을 했다고 자백하고 있는 것이나 마찬가지다. 흥, 하고 티리아는 득의양양하게 콧방귀를 끼었다.

"애초에 나한테 뭐가 부족하다는 거냐."

그렇지? 하고 티리아가 수한테 시선을 향했다. 이쪽으로 화제를 던지지 않으면 좋겠다. 자기 역시 어떻게 하면 밤 시중을 들 자격을 얻을 수 있는지 생각하는 중이니까. 하지만, 좋은 기회다. 비교 대상이 있으면 분석하기 쉽다.

우선 티리아의 가슴을 보고, 자기 가슴을 내려다봤다. 죽음의 시련에 도전할 때, 쿠로노는 살아남으면 손가락 자국이 남을 정도로 가슴을 주물러 주겠다고 족장한테 말했었다. 이 사실로부터 가슴에 강한 집착을 가지고 있음을 엿볼 수 있다. 하지만 가슴 건은 생각하지 않아도 될 것이다. 자신들의 공통점을 찾는 것이다.

으음~, 하고 수는 신음했다. 곤란하게 됐다. 놀랄 정도로 공통점이 없다. 정말로 공통점이 없는 것일까 하고 골똘히 생각하다가, 어떤 점을 깨달았다.

"나, 티리아, 일, 없다."

"——!"

수가 공통점을 말하자, 티리아는 깜짝 놀라 눈을 부릅떴다.

"뭐, 뭐라고?"

"나, 티리아, 일, 없다. 제국, 일, 나눈다. 우리, 왕따."

티리아가 목소리를 쥐어짜 내는 것처럼 말했고, 수는 우울한 기분이 되어 한숨을 내쉬었다. 생각해 보면 간단한 답이었다.

"……제법 예리한 분석."

"당연, 나, 주의(呪醫)."

에릴이 나직이 말했고 수는 아주 약간 가슴을 폈다.

"잠깐, 잠깐 기다려라. 나는 일을 하고 있다만?"

"……황녀 전하, 거짓말은 좋지 않아."

"거짓말 따위 하지 않았다."

에릴의 말에 티리아는 발끈한 듯한 표정을 띠었다.

"……참고삼아 물을게. 어떤 일을 하고 있어?"

"쿠로노의 아이를 가지고자 노력하고 있다."

"……그건 다른 사람도 마찬가지."

티리아가 어딘가 자랑스럽게 말하자, 에릴은 한숨을 섞으며 말했다.

"나는 정처라고. 즉, 나와 쿠로노의 아이가 후계자다. 중요한 일이 아닌가."

"……그 밖에는?"

"…………쿠로노의 대화 상대가 되어 주고 있다."

에릴의 물음에 티리아는 상당한 뜸을 두고 대답했다. 조금 전과 비교하면 목소리가 작다. 혹시, 할 말이 없어 난처하니까 그냥 되는 대로 말한 것일까.

"……황녀 전하는 무척 유감스러워."

"누가 유감스럽다는 거냐?! 애초에, 너도 놀는 건 마찬가지지 않나!"

"……나는 황녀 전하를 감시하는 역할."

티리아가 받아치자, 에릴은 담담하게 대꾸했다. 수는 내심 고개를 갸웃했다. 호위라고 들었는데, 실은 다른가? 뭐, 그건 제쳐두고──.

"에릴, 거짓말, 안 된다."

"──!!"

수의 말에 에릴은 깜짝 놀란 표정을 띠었다.

"……나는 황녀 전하를 감시하고 있어."

"거짓말, 두 사람, 같이, 아니다."

"……."

두 명은 항상 같이 있는 게 아니다. 그 점을 지적하자 에릴은 침묵했다.

"좋아! 더 지적해라!!"

"으……."

티리아가 부추겼고, 에릴이 분한 듯이 신음했다. 아무래도 이 자리 모두가 제국의 틀에서 벗어난 사이였던 모양이다. 가슴을 쓸어내렸다. 동료가 있으니, 조금이나마 기분이 편해진다.

"……황녀 전하와 같다니, 중대 사태."

"뭐라고?!"

에릴이 비지땀을 흘리며 말하자 티리아가 언성을 높였다. 시비가 붙기 직전, 타이밍을 재고 있었던 것처럼 문이 열렸다. 앨리사였다. 그녀가 문 옆에서 멈춰 서자 안대를 착용한 메이드와 키가 작은 메이드가 은쟁반을 들고 다가왔다.

앨리사가 문을 닫았고, 두 메이드가 테이블에 요리를 늘어놓기 시작했다. 오늘의 아침은 빵과 수프, 구운 생선, 그리고 샐러드다. 꼬르륵, 하는 소리가 울렸다. 배에서 나는 소리다. 당장이라도 빵을 입에 넣고 싶지만, 참았다.

메이드 두 명이 요리를 다 늘어놓자, 앨리사가 조용조용 다가왔다. 식당에 감도는, 아니, 이들 사이에 서려 있는 이상한 분위기를 알아차린 것이리라. 의아한 듯이 눈살을 찡그렸다.

"무슨 일 있었나요?"

"아니, 아무것도 아니다."

"……마찬가지."

"……나도."

앨리사가 이유를 물었지만, 티리아와 에릴은 사실을 덮어버렸다. 수는 사실을 말할지 고민했지만, 결국 거짓말을 했다.

"고민거리가 있다면 말씀해 주십시오. 이야기를 들어드릴 수는 있습니다."

"음, 필요하면 그리하지."

"……알았어."

"잘 부탁한다."

그녀에게 말한다고 어떻게 될 문제인가 의문스럽지만, 수는 티리아와 에릴의 대답을 따라 했다.

※

"잘, 먹었다."

"네, 감사합니다."

수가 손을 맞대고 말하자, 앨리사는 빙긋 미소 지었다. 수는 일어서서 시선을 이리저리 움직였다. 에릴의 모습은 없다. 식사를 끝내자 재빨리 어디론가 가 버렸다. 티리아는 느긋하게 향차를 마시는 중이다. 아아, 하고 앨리사가 목소리를 냈다.

"오늘은 방 청소를 하겠으니——."

"알았다. 정원, 청소, 끝난다, 기다린다."

"잘 부탁드립니다."

앨리사의 말을 가로막고 말했지만, 앨리사는 기분 상한 기색도 보이지 않고 머리를 숙였다. 수는 머리를 꾸벅 숙인 뒤 식당에서 나왔다. 그대로 나아갔다. 잠시 후 뒤에서 달칵달칵하는 소리가 들려왔다. 식기를 겹쳐 쌓고 있는 것이리라.

복도를 나아가 현관홀을 빠져나간 뒤 문을 열고 밖으로 나왔다. 정원에서는 수많은 사람이 돌아다니고 있었다. 일을 시작할 준비를 하는 것이다. 이만큼 많은 사람이 틀 안에 들어가 있는데 자신은 틀 밖에 있다.

수는 근처에 있던 나무 상자에 앉아 깊은 한숨을 내쉬었다. 어떻게 하면 틀 안에 들어갈 수 있을까 생각하고, 족장의 말을 떠올렸다. 족장은 제국과 굴하지 않겠다고 말했다. 함께 살아가는 길을 모색할 뿐이라고도.

이 무슨 일인가. 터무니없는 착각을 하고 있었다. 함께 살아가는 길을 모색한다는 것은 틀 안에 들어가는 게 아니다. 제국 안에서 루 족으로서 살아가는 길을 찾는다는 것이다. 당연히 서로 이해하지 못하는 것도 있으리라. 하지만 그때는 서로 지혜를 짜내면 된다. 그걸 위해 우선은 루 족으로서 생활해야만 한다.

"집, 만든다."

수는 일어서서 주위를 둘러봤다. 하지만 목적이 되는 물건은 보이지 않는다. 어디에 있을까 하고 정원을 서성이고 있자——.

"왜 그래?"

누군가가 말을 걸었다. 목소리가 난 쪽을 보니 거기에는 스노우가 서 있었다.

"어째서, 있다?"

"비번이라서 수의 모습을 보러 온 거야. 쿠로노 님한테도 부탁받았고."

우으, 하고 수는 신음했다. 마음 써 주는 것은 고맙지만, 어린애 취급당하고 있는 것 같아서 기분이 썩 유쾌하지는 않다. 하지만, 이것이 지금의 자신에 대한 평가다. 받아들일 수밖에 없다.

"그래서, 수는 뭘 하고 있어?"

"돌, 찾고 있다."

"왜?"

두리번두리번 주위를 둘러보며 대답하자, 스노우가 이유를 물어봤다.

"도끼, 만든다. 나무, 벤다. 집, 만든다."

"안 돼!"

"어째서?"

스노우가 큰 목소리로 말했고, 수는 이유를 물었다.

"왜냐니, 여긴 정원이야. 손질은 안 하고 있지만, 나무를 베면 쿠로노 님이 화낼 거야."

"화내나?"

"응."

우으, 하고 수는 신음했다. 갑자기 계획이 좌절되고 말았다. 아니, 포기하기에는 아직 이르다. 서로 이해하지 못하는 게 있으면 지혜를 짜내면 된다고 결론을 내렸던 참이다.

"어떻게 한다?"

"왜, 나한테 묻는 거야?"

"나무, 벤다, 안 된다, 말했다. 그러니까, 지혜, 내라."

"뭐어~? 나한테 그런 말을 해도……."

스노우는 난처한 듯이 눈살을 찡그렸다. 수는 주위를 둘러보고, 그제야 돌을 발견했다. 큼직한 크기의, 한 아름은 되는 돌이다. 이거라면 좋은 도끼가 되리라. 발을 내디디자, 스노우가 길을 막았다.

"방해."

"지금 생각하고 있으니까 조금만 더 기다려!!"

"알았다."

수는 제안을 받아들이기로 했다. 가능한 한 빨리 집을 만들고 싶지만, 곧바로 만들지 않으면 죽는 상황은 아니다. 으음~, 으음~ 하고 스노우는 신음했다. 그뿐만이 아니라 분주히 눈을 움직이고 있다. 잠시 후――.

"공방에서 나무를 받자."

"공방, 두 개, 어느 쪽?"

"드워프 공방이려나?"

수가 묻자 수는 자신 없는 듯이 대답했다. 드워프 공방이란 석조 탑을 말하는 것이다. 확실히 거기서는 항상 무언가를 만들고 있기에 나무를 받을 수 있을 것 같다.

"간다."

"기다려~."

수가 걷기 시작하자, 스노우가 맥 빠지는 목소리를 내며 따라왔다.

"어라, 무슨 일입니까?"

수와 스노우가 드워프 공방 앞에 도착하자, 공방장―― 골디가 다가왔다.

"나무, 원한다."

"나무를 말입니까?"

스노우가 앞으로 나섰다.

"수가 집을 만들기 위해 나무를 베고 싶다고 말해서……."

"아아, 과연."

스노우가 미안한 듯이 말하자, 골디는 납득이 갔다는 것처럼 고개를 끄덕였다.

"그래서, 어떤 집을 지으려는 겁니까?"

"이거, 만든다."

수는 그 자리에 앉아 지면에 그림을 그렸다. 그러자 골디도 그 자리에 앉았다. 수염을 훑으며 호오, 호오 하고 목소리를 냈다.

"골조를 만들기 위해 나무가 필요하다는 말이군요. 마침 좋은 나무가 있습니다."

"정말인가?"

"예, 종이를 만들 때 나오는 폐목재가 산더미처럼 있으니까 말입니다. 그런데, 골조는 어떻게 고정할 생각입니까?"

"풀, 나무껍질, 꼰다."

"하~, 과연, 과연."

골디는 수염을 훑으며 고개를 끄덕였다. 그때, 스노우가 작게 신음했다.

"왜 그런다?"

"풀은 몰라도, 나무껍질을 벗기면 쿠로노 님은 화내지 않을까 싶어서."

수가 작게 신음한 이유를 묻자, 스노우는 복잡한 듯이 눈살을 찡그리며 말했다. 화낼까? 라고 묻는 듯한 시선으로 골디를 쳐다봤다. 그러자——.

"뭐, 화내실지 어떨지는 알 수 없습니다만, 기뻐하시지는 않겠지요."

"우으, 끈, 없다. 고정, 무리."

"쓰지 않는 천을 잘라 끈으로 만들면 될 거라고 생각합니다."

"좋은 생각."

수는 손뼉을 쳤다. 확실히 천을 자르면 끈을 만들 수 있다. 하지만, 하고 스노우가 중얼거렸다. 이걸로 세 번째다. 안 좋은 예감밖에 들지 않는다.

"쓰지 않는 천이 있을까?"

"끄응……."

안 좋은 예감이 적중하여 수는 신음했다. 어떻게 하면 비관적인 요소를 그렇게나 찾아낼 수 있는 것인가. 신기해서 견딜 수가 없다.

"쓰지 않는 천이라면 공방에 있습니다."

"정말인가?"

"전에 베틀을 만든 적이 있어서 말입니다. 동작 확인을 위해 천을 짜 봤습니다."

수는 가슴을 쓸어내렸다. 이걸로 집을 지을 수 있다. 아니, 안심하기에는 아직 이르다. 스노우한테 시선을 향했다. 그녀는 갸우뚱한 표정을 짓고 있다.

"왜 그래?"

"이제 없다?"

"없냐니 뭐가?"

스노우가 의아한 듯이 고개를 갸웃했다. 세 번이나 부정적인 말을 했으면서, 라는 생각이 안 드는 것도 아니지만, 이건 억지 트집인가.

"어떻게 하시겠습니까?"

"줘."

"알겠습니다."

그렇게 말하고, 골디는 공방으로 갔다.

※

수는 집을 올려다봤다. 골디의 공방에서 받아 온 나무와 천으로 만든 집이다. 재료 사정으로 족장의 텐트처럼 지어졌지만, 자기 집임은 틀림없다. 여기서부터다. 여기서부터 제국과 함께 걸어가는 길을 모색하는 거다. 그런 생각을 하고 있자——.

"이런 짓을 해도 괜찮으려나~."

스노우가 불안한 듯이 중얼거렸다.

"어째서?"

"그도 그럴 게, 방 안에 집을 지어 버렸는걸."

수가 이유를 묻자 스노우는 난감한 듯한 표정을 띠었다. 시선을 이리저리 움직였다. 집은 방 중앙에 세워져 있지만——.

"괜찮다, 방, 넓다."

"그런 의미가 아니야."

스노우가 불만스러운 듯이 입술을 삐죽였다. 하지만 이유는 묻지 않기로 했다. 이유를 물었다간 집을 해체해야 하는 처지가 될 거라는 예감이 있다. 수는 책상에 다가가 가죽 주머니를 손에 쥐었다. 약이나 각인을 새기는 도구가 든 주머니다. 주머니를 짊어지고 집안에 들어가 앉았다. 알레오스 산지의 집에 비하면 미덥지 못하지만, 신기한 안심감이 있다.

"들어온다."

"들어가도 돼?"

"된다."

"에헤헤, 그럼, 실례하겠습니다~."

스노우는 쑥스러운 듯이 웃고는 집으로 들어왔다. 수의 맞은편에 앉았다.

"안은 꽤 넓네. 그러고 보니 어째서 집을 지으려고 생각한 거야?"

"루 족, 제국, 걷는 길, 모색하고 있다."

"헤~, 그렇구나."

스노우가 맞장구를 쳤다. 하지만 그다지 관심이 없어 보인다. 몇 안 되는 친구이기에 지혜를 빌려줬으면 싶었지만, 이 느낌이라면 기대하기는 어려울 듯했다. 그런 생각을 하고 있자 달칵, 하는 소리가 울렸다. 문이 열리는 소리다. 네발로 기는 자세가 되어

집에서 얼굴을 내밀었고, 문 쪽을 봤다. 그러자 에릴이 서 있었다.

"무슨 일이다?"

"……시끄러워서 뭐 하나 보러 왔어."

에릴이 작은 목소리로 대답했다. 거기서 그녀가 책을 껴안고 있다는 걸 알아차렸다. 그녀라면 좋은 지혜를 내줄 터다. 게다가 일을 하고 있지 않은 사람 사이다.

"온다."

"……거절할래. 나는 한가하지 않아."

"너, 거짓말쟁이."

"……나는 사실을 말하고 있어."

에릴은 발끈한 듯이 받아쳤다. 하지만——.

"너, 일, 없다. 백수."

"……알았어. 조금만 어울려 줄게."

에릴은 한숨을 섞으며 말했고 방으로 들어왔다. 수가 집 안으로 들어가자 달칵, 하는 소리가 울렸다. 문을 닫은 것이리라. 잠시 후 그녀가 집 안으로 들어왔다. 어째서인지 스노우가 앉은 자세를 바로 했다.

"어째서?"

"……나는 근위기사단 단장, 그녀는 일반 병사. 내가 위야."

스노우한테 물어본 거였는데, 대답한 건 에릴이었다.

"너, 일, 없다. 스노우, 일, 있다. 제국, 이상하다, 일 없는 녀석, 지위 높다."

"수! 그런 말 하면 안 돼!!"

솔직한 감상을 말하자, 스노우가 비명 같은 목소리를 냈다.

"……괜찮아. 수가 무례한 건 알고 있어."

"괜찮다, 말한다."

"겉치레로 하는 말이야."

스노우가 당장이라도 울 것 같은 목소리로 말했고, 에릴은 깊게 한숨을 내쉬고는 앉았다.

"……어째서, 날 불렀는지, 용건을 알려줬으면 해."

"나——."

수는 지금까지—— 침대에서 눈을 뜨고 나서부터 집을 세우기까지의 경위를 이야기했다. 스노우는 입을 떡 벌리고 멍해져 있지만, 에릴은 진지한 표정으로 고개를 끄덕이고 있다.

"……이해했어. 수는 사회의 일원이 되기를 바라는 거지?"

"와, 에릴 님은 용케 알아듣네?"

"……이래 보여도 나는 근위기사단 단장."

스노우가 감탄한 것처럼 말하자, 에릴은 득의에 찬 듯이 콧방울을 부풀렸다.

"……그리고, 날 부를 때는 에릴이면 돼."

"그래도 일단 귀족인데?"

"……살드멜리크 자작가는 궁정 귀족. 따라서 페이 물리파인과 다를 바 없어."

"페이랑 같다고? 그럼, 에릴네 집도 몰락한 거야?"

"……몰락하지는 않았어."

스노우가 묻자, 에릴은 부루퉁해진 듯이 대답했다. 하지만, 하고 뒷말을 이었다.

"……이대로는 몰락할 가능성이 크지만."

"그렇구나. 살드멜리크 자작가는 몰락한 것 같은 상태구나."

"……이해해 줘서 기뻐."

에릴은 담담하게 말했다. 전혀 기뻐 보이는 얼굴이 아니다.

"그럼, 다시 일으켜 세워야겠네."

"……솔직히, 살드멜리크 자작가가 몰락해도 상관없어."

"몰락했냐고 물었더니 부루퉁해졌으면서? 이상하네."

"……책을 읽거나 연구를 할 수 없게 되는 건 별로 원치 않거든."

스노우가 투덜거렸지만, 에릴은 아랑곳하지 않고 말을 이었다. 그리고 이쪽으로 시선을 향했다.

"……이야기를 되돌릴게. 수가 내게 뭘 바라고 있는지 알려줬으면 해."

"지혜, 낸다."

"……사회의 일원이 되는 방법을 알려주길 바란다는 뜻?"

그렇다, 하고 수는 고개를 끄덕였다.

"……그건 간단해. 생산 활동에 종사하면 돼."

"에릴, 생산 활동이 뭐야?"

"……생산 활동이란 교환, 혹은 거래의 대상이 되는 상품을 만들어 내는 것. 또한, 이 경우의 상품에는 서비스도 포함돼."

스노우는 오호~ 하고 목소리를 냈다. 하지만 영 이해하지 못한 듯하다.

"그런데 왜 생산 활동에 종사하면 사회의 일원이 된다는 거야?"

"……생산 활동이란 경제 활동의 일환이고, 경제는 사회를 구성하는 요소."

"아~ 그렇구나."

역시, 스노우는 영 이해하고 있지 못한 모양이다.

"그래서, 결국 뭘 해야 해?"

"……일을 해."

"뭐야, 그럼 처음부터 그렇게 말하면 됐잖아."

"……그렇게 말했어."

스노우가 타박하자, 에릴은 삐친 것처럼 입술을 삐죽였다.

"그런데 무슨 일을 해? 일은 잔뜩 있는걸?"

"……잔뜩 있지는 않아. 루 족이라는 제약이 있으니까."

"아! 그랬지, 그랬지."

조건을 잊고 있었던 것이리라. 에릴한테 지적받아 스노우는 목소리를 냈다.

"……수는 뭘 할 수 있어?"

"나, 주의. 약, 만들 수 있다. 점괘, 주술, 한다."

"…………점괘랑 주술은 별로 권장하지 않아."

수가 할 수 있는 걸 말하자 에릴은 생각에 잠기는 듯한 기색을 보인 뒤에 말했다. 점괘야 어쨌건, 주술은 주술 도구 제작도 포함해서 할 생각은 없다. 주술은 위험한 것이다. 교환이나 거래의 재료로 삼아도 좋은 게 아니다.

"그럼, 약이네. 의사 선생님한테 진찰받으면 돈이 잔뜩 드니까, 사람들이 기뻐할 거야."

"……하지만, 문제가 있어."

스노우가 기쁜 듯이 말하자, 에릴이 나직이 중얼거렸다. 안 좋은 예감이 들었다.

"문제, 뭐다?"

"……결론부터 말하자면, 장사할 가게가 없어."

수가 무슨 문제인지 묻자, 에릴은 작은 목소리로 대답했다. 듣고 보니, 하는 생각이 든다. 어디에 주의가 있는지 모르면 찾아갈 방도가 없다.

"쿠로노 님한테 부탁하면 마련해 주지 않을까?"

"안 돼."

"왜?"

"나, 어른."

"어른이니까 쿠로노 님의 힘을 빌리고 싶지 않다는 거야?"

그래, 하고 수는 고개를 끄덕였다. 스노우는 떨떠름한 표정을 짓고 있다. 마음은 이해한다. 그러나 이미 쿠로노한테 신세를 지는 상황에 뭘 새삼스럽게 따지는 건가 싶다.

그러나 원래 목적을 생각하면 자기 힘으로 해야 한다는 말도 알 것 같기는 하다.

“그래도, 가게를 빌리려면 결국 돈이 들 텐데? 그건 어쩔 거야?”

“……문제없어. 노점으로 하면 저렴하게 해결돼.”

스노우의 의문에 에릴이 대답했다.

“노점으로 비용이 줄기는 하지만, 영업 허가를 받으려면 결국 돈은 필요한 건 변하지 않는데?”

“나, 약, 만든다.”

“……서류는 내가 쓰겠어.”

“…….”

스노우는 입을 다물었다. 침묵이 내리깔린다. 어색한 침묵이다. 잠시 후 스노우가 입을 열었다.

“잠깐, 설마 나더러 돈을 내라는 말이야?”

“나, 돈, 없다.”

“……나도 없어.”

“수가 돈이 없는 건 그렇다 쳐도, 에릴은 왜 돈이 없어? 귀족 근위기사단 단장이잖아?”

“……조금 전에도 말했듯이, 살드멜리크 자작가는 몰락한 듯한 상태야.”

“근위기사단 단장 급료는?”

“……책을 사느라 다 썼어.”

“돈은 계획적으로 쓰지 않으면 안 돼!”

“……반성하고 있어.”

스노우가 꾸짖자, 에릴은 얌전하게 반성한다고 말했다. 하지만 표정은 평소와 다르지 않다. 이미 몇 번이고 같은 일을 반복한 얼굴이다.

그걸 알아챈 스노우는 불만스러운 듯이 입술을 삐죽였다.

"안 된다?"

"왜 하필 나야?"

"스노우, 친구."

스노우는 떨떠름한 표정을 지었다. 친구라고 말했는데 왜 떨떠름한 표정을 짓는 것일까.

"어른이라고 했으면서."

"나, 어른. 할 수 있는 일, 할 수 없는 일, 안다."

아, 진짜! 하고 스노우는 뺨을 부풀렸다. 잠시 침묵한 뒤 입을 열었다.

"……꼭 갚아야 해?"

"빌린 것, 돌려준다, 당연."

"믿을게."

그렇게 말하고, 스노우는 일어섰다.

※

스노우가 돈을 가지고 돌아온 뒤, 수 일행은 1층 사무실에 가서 노점 영업 허가를 신청했다. 영업 허가가 나와 노점을 여는 건 또 다른 이야기다.

제 3 장 『지금, 있는 것』

제국력 431년 9월 상순—— 티리아는 페이지를 넘겼다. 여섯 신에 관해 적힌 책의 페이지다. 거기에 적힌 문장을 눈으로 좇고 작게 한숨을 내쉬었다. 새로운 발견이 있다면 신위술사로서 성장할 수 있지 않을까. 그런 기대를 품고 책을 손에 쥐었지만, 새로운 발견은 없었다. 당연하다고 하면 당연한가. 손에 쥔 건 평범한 책이다. 돈만 있으면 살 수 있는 걸 읽었다고 신위술사로서 성장할 수 있을 리가 없다.

"……약은 짓 말라는 것이로군."

티리아는 책을 덮고 시선을 움직였다. 지금 있는 곳은 후작 저택의 한 방—— 쿠로노가 사관 교육을 위해 개방한 방이다. 긴 책상이 2열 5단으로 늘어서고, 복도 쪽 벽에는 책장이 설치되어 있다. 책장에 책을 돌려놓고 창문을 봤다. 바깥은 어둑어둑했고, 시야가 부옇게 흐려질 정도로 비가 내리고 있다. 이래서는 노점을 돌아볼 수도 없다.

어쩐다, 하고 팔짱을 낀 그때 달칵, 하는 소리가 났다. 소리가 난 쪽을 보니 앨리사가 방을 들여다보고 있었다. 티리아를 알아차린 것이리라. 앨리사는 방에 들어와 등을 쭉 폈다. 공손하게 머리 숙여 인사한다. 아무래도 자기를 찾고 있었던 모양이다.

"무슨 일이지?"

"주인님으로부터 전언을 맡았습니다."

"그런가, 쿠로노는 뭐라고 말했나?"

"집무실에 와 줬으면 한다고 하십니다."

"흠, 쿠로노가 날 부르다니, 드문 일도 다 있군."

네, 하고 앨리사는 조용히 동의했다. 약간 지나서——.

"어떻게 하시겠습니까?"

"곧장 가지."

"잘 알겠습니다."

티리아가 걸음을 내디디자, 앨리사는 고개를 숙이고는 문을 열었다. 방을 나와 복도를 지나고, 계단을 올라 4층에 있는 집무실 앞에서 멈춰 섰다.

"쿠로노, 들어간다?"

문을 열고 안으로 들어가자, 쿠로노는 책상 앞에 앉아 있었다. 글자를 쓰고 있는 것이리라. 사각사각 하는 소리가 난다. 티리아가 다가가자 쿠로노는 손을 멈추고 고개를 들었다.

"어서 와."

"무슨 용건이지?"

"뭐라고 할지, 할 이야기가 있어서 말이죠……."

티리아가 용건을 묻자, 쿠로노는 우물우물 말했다.

"이야기? 상담이로군. 나와 네 사이다. 사양하지 않아도 좋다."

"다행이다."

쿠로노는 휴, 하고 안도의 한숨을 내쉬고는 앉은 자세를 바로 했다. 상당히 어려운 일이리라. 진지한 표정이다. 자연히 등이 쭉 펴졌다.

"실은 불만 사항이 제기되었어."

"불만 사항이라니?"

티리아는 자기도 모르게 되물었다. 무슨 일인가 싶었는데 심히 맥 빠지는 이야기다. 아아, 아니, 단정 짓는 건 좋지 않다. 일부러 불러냈을 정도다. 큰 트러블일 가능성이 높다.

"대체 무엇이지? 혹시 항구 관련 불만인가?"

"아니, 그런 게 아니야."

"흠, 항구 관련 불만이 아니라면……."

티리아는 팔짱을 끼고 쿠로노가 끌어안을 것 같은 트러블에 관해 이리저리 생각해 봤다. 항구 관련이 아니라고 한다면 여자 관련일 것이다. 이전── 하프 엘프와 관계를 가졌을 때 충고했다만, 헛수고가 되고 만 모양이다. 정말로 어쩔 수 없는 녀석이다. 욕망이 향하는 대로 행동하고 있으니까 그렇게 되는 거다. 하지만 그래도 쿠로노를 저버릴 수는 없다.

그런 마음을 담아 바라보고 있자, 쿠로노는 조용히 입을 열었다.

"엘레나한테서 소액을 몇 번이나 정산하러 오지 말라는 불만 사항이 제기됐어."

"그러면 한꺼번에 정산하면 되지 않나."

"아무리 그래도 큰 금액이 될 때까지 계속 빌리는 건 좀……."

쿠로노는 깊은 한숨을 내쉬었다. 설명이 부족해서 무슨 말을 하는 건지 알 수 없다.

"용돈제를 도입하려고 생각하는데, 어떨까?"

"용돈?"

무슨 말을 하는 건지 모르겠다. 아니, 용돈이 어떤 것인지는 알고 있다만――.

"어떠려나?"

"괜……."

괜찮지 않나? 라고 말하려다가 입을 다물었다. 무슨 말을 하는 건지 모르는데 고개를 끄덕여서는 안 된다.

"쿠로노, 이 말의 의도가 뭐냐?"

"용돈제 도입에 관한 상담."

"누구의?"

"……티리아."

티리아가 묻자, 쿠로노는 눈을 피하며 말했다.

"뭐라?! 어째서 내가 용돈이나 받아 쓰는 처지가 되는 거지?"

"지금 말했던 대로, 엘레나한테서 불만이 제기된 상태입니다."

"나는 불만을 들을 만한 짓을 하지 않았다만?"

티리아가 발끈하여 받아치자, 쿠로노는 깊은 한숨을 내쉬었다. 서랍을 열어 종이 몇 장을 꺼냈다.

"아리데드와 데네브한테서도 같은 불만이 들어왔습니다."

크윽, 하고 티리아는 신음했다. 확실히 아리데드와 데네브한테

식비를 내게 했지만, 바지런히 정산했을 줄은 생각 못했다.

"뭐라 썼는지 볼래?"

"필요 없다!"

티리아는 언성을 높였다. 쿠로노는 몇 장의 종이── 아리데드와 데네브한테서 들어온 불만 사항을 서랍에 넣고, 이쪽으로 시선을 향했다.

"그런 이유로 용돈제를 도입하고자 생각합니다만──."

"싫다."

"왜?! 아무도 손해 보지 않는 제안인데?"

티리아가 쿠로노의 말을 가로막고 말하자, 쿠로노는 놀란 것처럼 눈을 크게 떴다.

"나는 네 아내란 말이다!"

어?! 하고 쿠로노가 목소리를 냈고, 티리아는 책상을 쾅 쳤다.

"그렇지 않나?"

"네, 넵, 그렇습니다."

티리아가 몸을 내밀며 묻자, 쿠로노는 살짝 뒤집힌 목소리로 대답했다. 목소리가 살짝 뒤집힌 점이 신경 쓰이지만, 용서해 주자. 몸을 일으키고 팔짱을 꼈다.

"결혼은 아직이지만, 나는 네 아내다. 이견은 인정하지 않겠다."

네, 하고 쿠로노는 고개를 끄덕였다. 죽음의 선고를 받은 것만 같이 심각해 보이는 표정이었다.

"기쁘지 않나?"

"아니, 훨씬 앞날의 일이라고 생각하고 있었으니까……."

"뭣?! 내 순결을 빼앗아 놓고서는, 이 무슨 남자냐!"

"뺏다니, 내 기억과 어긋나는 부분이 있는데……."

쿠로노가 신음하는 것처럼 말했다. 물론 티리아도 메쳐서 덮친 것을 기억하다. 하지만 젊은 혈기의 소치는 없었던 일로 하고 싶었다.

"그래서, 뭐가 문제야?"

"나는 네 아내다."

"그니까, 그게 무슨 상관이냐고."

"큭……."

쿠로노가 넌더리가 난 듯이 말했고, 티리아는 신음했다. 뭐 이런 너무한 남자가 다 있을까.

"용돈이란 부모가 자식에게 주는 것이 아니더냐!"

"아내가 남편한테, 라는 패턴도 있어."

"그런 건가? 아니, 그래도 대답은 같다. 나는 너와 대등하다고 생각한다. 일방적으로 용돈을 받을 수는 없다."

"너무 신경 쓰는 게 아닐까."

"너한테는 그럴지도 모르지만, 내게는 중요한 일이다."

티리아는 약간 발끈하여 받아쳤다. 다른 여자와 비교당하는 환경인 데다, 침대에서 좋을 대로 당하고 있다. 더는 약점을 만들고 싶지 않았다.

"그럼 내가 대신 내고 교통비로 정산하는 건 어때?"

"결국 같은 것 아닌가."

"그럼 티리아가 일을——."

"싫다."

티리아는 쿠로노의 말을 가로막았다.

"아니, 대체 왜?"

"나는 이미 일하고 있다. 너의 아이를 가지고자 노력하는 걸 모르겠나?"

"……."

쿠로노는 말이 없었다. 말없이 미묘한 표정을 지을 뿐이었다.

"불만 있나?"

"없습니다."

티리아가 주먹을 쥐며 말하자, 쿠로노는 즉답했다. 음, 솔직해서 좋다.

"그리고 지금은 이 자유를 만끽하고 싶다."

"그 자유가 세금으로 유지되고 있다는 걸 잊지 마시길."

"큭, 알고 있다."

쿠로노가 못을 박자 티리아는 신음했다.

"티리아의 마음은 알았어."

"정말이냐?"

"그래도 이제부터 징세로 바빠지는데 엘레나한테 부담을 주는 건……."

"알았다. 너의 제안을 받아들이지."

쿠로노가 한숨을 섞으며 말하자, 티리아는 어쩔 수 없이 제안을 받아들이기로 했다.

"진짜로?!"

"단! 절반만이다!!"

"절반이라니?"

"'교통비로 정산한다'라는 부분을 받아들이마."

"즉 일부만 지원받겠다고? 나머지 소비는 어떻게 할 건데?"

"스스로 벌겠다."

"자신 있어?"

"무례한 질문이군. 나는 이래 보여도 군사 학교를 수석으로 졸업했다. 게다가 노점을 돌며 세상 물정도 익혔지. 그러니 괜찮다."

쿠로노가 걱정스러운 듯이 말했고, 티리아는 부루퉁해져서 받아쳤다.

"어떠냐?"

"결국, 용돈이랑 다를 게 없는 느낌인데……."

"그럴지도 모르지만, 중요한 건 납득이다. 내가 납득하고 있다. 이것이 가장 중요한 거다."

"뭐, 그렇다면야."

"좋아, 결정이다. 곧바로 돈을 벌 아이디어를 생각해 오지."

"그래, 느긋하게 기다릴게."

"실례를 거듭하는구나, 너는!"

티리아는 언성을 높이고는 쿠로노한테 등을 돌렸다. 투지가 솟구쳐 오른다. 확실하게 벌어서 쿠로노가 분한 표정을 짓게 해야 한다.

방에서 나가자——.

“"앗——."”

아리데드랑 데네브와 마주쳤다.

“마침 잘됐군.”

“"퇴각!"”

티리아가 말을 채 끝내기 전에 둘은 도망쳤다. 탈토지세(脫兎之勢)란 이런 걸 말하는 것인가. 거칠게 문을 닫고 둘을 쫓았다. 쌍둥이답게 신체 능력도 비슷한지 서로 나란히 달렸다.

한쪽이 어깨너머로 이쪽을 봤고——.

“갸히이이이익! 쫓아오고 있고!!”

“복도가 두 갈래로 나누어져 있어 같은!”

한쪽이 비명을 질렀고, 다른 한쪽이 전방을 가리키며 외쳤다. 앞을 봤다. 확실히 두 갈래—— 좌우로 나누어져 있다. 어쩔 생각이지? 하고 티리아는 혀로 입술을 축였다.

“하나, 둘, 셋 하면 좌우로 갈라지자 같은!”

“어느 쪽이건 한 명이 붙잡히고!”

“그 대신 다른 한 명이 살아 같은!”

두 사람은 말없이 서로를 쳐다봤다. 비장한 결의가 느껴진다. 정면을 향해 돌아보고는——

“"하나, 둘, 셋!!"”

둘은 신호 소리와 함께 오른쪽으로 꺾었다. 둘 다 같은 곳으로 가면 무슨 의미가 있나 하고 티리아는 마음속으로 딴지를 걸었다.

"언니 바보바보바보! 왜 왼쪽으로 안 가는 거야?!"

"직전까지는 왼쪽으로 갈 생각이었어 같은!"

데네브가 소리쳤고, 아리데드가 맞받아 외쳤다.

"그럼 어째서?!"

"자기가 희생될지도 모른다고 생각했더니 몸이 멋대로 움직였어 같은."

"언니, 바보!"

데네브는 큰 목소리로 외치고는 급격하게 속도를 낮췄다. 아리데드도 마찬가지였다. 코앞에 벽이 육박한 탓이었다. 말다툼하느라 계단을 지나쳐 막다른 길에 들고 말았다. 둘은 벽 쪽에서 멈춰 섰다. 티리아가 다가가자, 아리데드가 앞으로 나섰다. 자기 몸을 희생하여 여동생을 지키려는 걸까? 아름다운 자매애다.

아리데드는 티리아 앞에서 멈춰 서더니 기도하는 것처럼 손깍지를 끼고는――.

"여동생을 바칠 테니 나는 살려주세요 같은!"

동생을 버렸다.

"언니, 최악이야!"

"누가 최악입니까 같은! 한 명이라도 사는 편이 좋은 게 당연하고!!"

"이전부터 생각했는데, 언니는 너무 제멋대로야!"

"어디가 제멋대로야 같은! 나만큼 남을 배려할 수 있는 엘프는 없고!"

아리데드와 데네브는 시끄럽게 말다툼하기 시작했다.

"시끄럽다! 조용히 해라!!"

""……네.""

티리아가 소리치자, 둘은 말다툼을 멈추고 그 자리에 정좌했다. 아리데드가 힐끔힐끔 티리아를 쳐다본다. 자기만은 살려줬으면 좋겠다. 그런 마음이 전해져 온다.

"그런 눈으로 봐도 의미 없다. 둘 다 놓칠 생각이 없으니."

"아, 악마가 있고."

"악마는 언니야."

아리데드가 떨리는 목소리로 말했고, 데네브가 딴지를 걸었다. 하지만 티리아가 보고 있기 때문인지 이번에는 말다툼으로 번지지 않았다.

"좋아, 식당에 간다. 따라와라."

""……네.""

아리데드와 데네브는 약간 뜸을 두고 고개를 끄덕였다.

※

점심까지 시간이 있기 때문인지, 식당에는 아무도 없었다. 티리아가 자리에 앉자, 아리데드와 데네브는 맞은편 자리에 앉았다.

어떻게 말을 꺼낼지 생각하고 있자——

"아야!"

아리데드가 비명을 질렀다. 데네브가 팔꿈치로 찌른 것이다. 아리데드가 노려보자, 데네브는 고개를 팩 돌렸다. 침묵이 내리 깔린다. 어색한 침묵이다. 잠시 후 각오를 굳힌 것이리라. 아리데드가 쭈뼛쭈뼛 입을 열었다.

"에, 에헤헤, 공주님. 오늘은 무슨 용건이야 같은? 우리는 월급날 전이라——."

"조금 전에 쿠로노한테 불려갔다."

""——!!""

티리아가 아리데드의 말을 가로막고 말하자 두 사람은 숨을 삼켰다.

"무, 무슨 말인지 모르겠고."

"그, 그렇고!"

"우, 우리는 딱히 '공주님한테 뜯어먹혀서 괴롭고'라든가, '비번인 날만 집요하게 마주친다니, 괴롭힘인가요 같은?'이라는 불만——아야!!"

아리데드가 재차 비명을 질렀다. 데네브한테 또 팔꿈치로 찔린 것이다.

"뭐, 그건 됐다."

"그런가요 같은. 역시나 잘 알고 계시네 같은."

"……."

아리데드는 손뼉을 부딪쳐 소리를 냈고, 기쁜 듯이 말했다. 데네브는 말이 없다. 이 앞은 지옥이다. 그런 확신을 품고 있는 것만 같이 비통한 표정이었다.

"그래서, 돈을 벌기로 했다."

""무슨 말인가요 같은?""

"실은——."

두 사람이 한목소리로 말했고, 티리아는 지금까지의 경위를 대략적으로 설명했다.

"알겠나?"

"그런데 공주님."

설명을 끝내자, 아리데드가 손을 들었다.

"뭐지?"

"왜 우리한테 그런 걸 이야기하는 거야 같은?"

"이렇게 된 원인이 너희니까, 도와라."

"아니아니, 원인은—— 아얏!!"

아리데드는 탁한 비명을 질렀다. 또다시 데네브한테 팔꿈치로 찔린 것이다.

"조금 전부터 무슨 짓이야 같은?!"

"공주님. 상담 타임이야 같은."

"짧게 끝내도록."

둘은 의자에서 일어나더니 티리아한테 등을 돌리고 상담하기 시작했다. 잠시 후 둘은 티리아 쪽을 향해 돌아선 뒤 의자에 앉았다.

"협의한 결과, 공주님을 돕기로 했어 같은."

"참고로 공주님은 어떤 일을 좋아해 같은?"

"음, 단기간에 왕창 벌 수 있는 일이다."

""……""

티리아가 희망을 전하자, 아리데드와 데네브는 침묵했다. 둘은 말없이 서로 눈짓했고, 아리데드가 쭈뼛쭈뼛 입을 열었다.

"구체적으로 어느 정도 같은?"

"한나절, 아니, 길어도 하루겠군."

""……""

티리아의 말에 둘은 또다시 침묵했다.

"뭐지? 뭔가 이상한 말을 했나?"

"몹시 말하기 껄끄럽습니다만……."

"상관없다. 말해 봐라."

아리데드가 신음하는 것처럼 말했고, 티리아는 발언을 재촉했다. 그러자——.

"공주님은 노동을 얕보고 있어요 같은!"

아리데드는 일어서서 테이블을 팡팡 두드리며 말했다.

"한나절이나 하루 만에 왕창 벌 수 있는 일이 있으면 우리가 하고 있을 거야 같은! 아니 그보다, 우리는 실컷 일하고 월급 금화 2닢이야 같은!!"

"워, 워, 진정해 같은."

데네브가 달래자 아리데드는 마지못한 느낌으로 자리에 앉았다.

흥분이 식지 않은 아리데드 대신에 데네브가 입을 열었다.
“공주님, 한나절이나 하루 만에 왕창 벌 수 있는 일 같은 건 존재하지 않아 같은.”
“그런가? 나는 학식도 있고, 검 실력도 뛰어나니, 가능하다고 생각했다만…….”
“학식이나 검 실력도 돈으로 바꾸려면 시간이 걸리고.”
데네브는 한숨을 섞으며 말했다.
“한나절이나 하루 만에 왕창 벌 수 있는 일은 없는 건가?”
“그런 일은 보통 육체노동이고. 하지만 그것도 공주님이 원하는 수준의 ‘왕창’은 어려워 같은.”
티리아는 작게 한숨을 내쉬었다. 아리데드한테 혼나고 데네브한테 설교를 듣자, 너무 쉽게 생각했나 하는 기분이 들기 시작했다.
“내가 원하는 수준이 아니라면, 단기간에 벌 수 있는 일이 있는 거냐?”
“운이 좋으면이지만, 하수구 뒤지기는 나름 벌 수 있어 같은.”
“쥐가 흉악하고, 그리고 은 숟가락을 주워도 싸게 후려치는 경우가 많고.”
당시의 일을 떠올렸는지 둘은 깊은 한숨을 내쉬었다. 그건 그렇고 하수구 뒤지기인가. 그런 일이 있으리라고는 생각지 않았다.
“참고삼아 물어본 것뿐이다만, 하수구 뒤지기는 각하로군.”
““그게 좋고.””
티리아의 말에 아리데드와 데네브는 고개를 끄덕였다.

"달리 단기간에 왕창 벌 수 있는 일은 없을까."

티리아가 팔짱을 끼고 신음하자, 아리데드가 손을 들었다.

"뭐지?"

"몸으로 버는 건 괜찮다고 생각해 같은."

"파렴치한 제안을 했다간 머리와 몸통이 울며 이별하게 될 거다."

"그런 건 말 안 하고!"

만일을 위해 확인차 못을 박아 두자, 아리데드는 언성을 높였다.

"그러면 뭐냐?"

"악수회 같은 건 어떨까나 같은?"

"은화 한 닢으로 공주님과 악수! 좋은 느낌일지도 같은!!"

아리데드가 콧김 거칠게 말하자, 데네브는 나이스 아이디어라고 말하는 것만 같이 손뼉을 쳤다. 나쁘지 않은 아이디어지만——.

"각하다."

""어째서?!""

아리데드와 데네브가 놀란 것처럼 눈을 휘둥그레 떴다.

"권위를 돈으로 바꾸는 짓은 좀……."

"공주님의 말은 지당하다고 생각하지만……."

"시너 무역조합에서 옷을 받은 사람이라고는 생각되지 않는 대사고."

"그건 내가 먼저 말을 꺼낸 게 아니니까 괜찮다."

흥, 하고 티리아는 콧방귀를 끼는 듯한 소리를 냈다.

"하지만, 그렇게 되면 본격적으로 돈을 벌 수단이 없어지고."

"근본적으로 단기간에 돈을 벌겠다는 게 잘못됐어 같은."

"다른 접근이 필요하겠군."

으음~, 하고 티리아와 아리데드, 데네브는 신음했다. 신음하는 소리뿐이고 아이디어는 나오지 않는다.

"아예 차라리 도적이라도 퇴치할까."

""각하고.""

티리아가 농담조로 말하자 아리데드와 데네브가 진지한 얼굴로 지적했다. 진지한 얼굴로 지적당하면 역시나 열 받는다.

"어째서지?"

"케인 대장조차 붙잡지 못했던 공주님이 도적 퇴치라니, 가소롭고."

"붙잡혀서 험한 꼴을 당하는 모습이 눈에 선하고."

크윽, 하고 티리아는 신음했다. 신음할 수밖에 없다.

"어쩔 수 없군. 최종수단이다."

""최종수단?""

"그래."

아리데드와 데네브가 앵무새처럼 따라 하며 중얼거렸고, 티리아는 고개를 끄덕였다.

"우선 밧줄을 준비한다."

"호오, 호오, 밧줄을 준비하는 거네 같은."

"밧줄이라면 밑천이 안 들고."

아리데드가 고개를 끄덕끄덕했고, 데네브가 안도한 것처럼 말했다.

"그리고 카도 백작령에 간다."

"짐마차가 필요하겠어 같은♪"

"뭣하면 뭣하면♪ 말을 빌려도 좋고♪"

둘은 테이블을 리드미컬하게 두드리며 말했다.

"그리고 항구 근처에 밧줄을 친다."

""그래서, 어떻게 돈을 버는 거야 같은?""

"이곳은 내 땅이라고 주장하며 퇴거료를 가로채는 거다."

""……""

둘은 침묵했다. 테이블을 두드리던 손도 멈췄다.

"왜 그러지? 좋은 아이디어이지 않나? 뭐라고 말해 봐라."

"어쩐지 범죄 냄새가 나고."

"권위를 돈으로 바꾸는 것보다 악질인 느낌이고."

둘은 고개를 숙이고 신음하는 것처럼 말했다.

"농담이다. 진지하게 받아들이지 마라."

""……""

가볍게 어깨를 으쓱이며 말했지만, 둘은 침묵하고 있다.

"정말로 농담이다만?"

"알고 있고. 공주님은 우리한테 범죄에 협력시키지 않을 거라고 믿고 있어 같은."

"우리는 공주님이 범죄 같은 방법을 쓰지 않을 거라고 진심으로 믿고 있고."

"……."

이번에는 티리아가 침묵할 차례였다. 전혀 믿음이 없다.

티리아는 깊은 한숨을 내쉰 뒤 의자 등받이에 몸을 기댔다.

"이것도 안 돼, 저것도 안 돼. 돈을 벌기란 어렵군."

"겨우 이 정도로 돈을 벌기란 어렵다니, 가소롭기 짝이 없고."

"뭐, 조금은 성장했을지도 모르겠고."

아리데드와 데네브는 의자 등받이에 몸을 기대고, 위에서 내려다보는 듯한 발언을 했다. 울컥했지만, 아이디어도 내지 못했으니 반론할 수 없다. 이걸 어쩐다, 하고 생각하던 중에 앨리사가 식당에 들어왔다. 출입구 근처에서 멈춰 섰다.

"왜 그러지? 또 쿠로노가 부르는 건가?"

"아뇨, 주인님으로부터 전언을 맡았습니다."

"쿠로노한테서?"

네, 하고 앨리사는 고개를 끄덕였다. 그다지 좋은 내용은 아니리라. 미안해하는 듯한 표정을 띠고 있다. 솔직히 지금은 안 좋은 이야기를 듣고 싶지 않지만――.

"상관없다. 이야기해라."

"네, 주인님으로부터 황녀 전하가 돈을 마련하는 데 고생하고 있다면 전해주길 바란다, 라고."

"크윽……."

""역시나 쿠로노 님! 잘 알고 계셔 같은!!""

티리아가 신음하자 아리데드와 데네브는 들뜬 목소리로 외쳤다.

"어떻게 하시겠습니까?"

"…………듣겠다."

티리아는 상당히 고민한 끝에 전언을 듣기로 했다. 현시점에서 이미 수단이 막혔다. 쓸데없이 시간을 낭비할 바에야 이야기를 듣는 편이 낫다. 그리 생각한 것이다.

"그러면 말씀드리겠습니다. 카도 백작령의 원생림 부근에서 육식 동물의 형체가 목격되었기에 조사 · 구제를 의뢰하고 싶다고 하십니다."

"보수는 어느 정도지?"

"금화 10닢이라고 하십니다. 또한 사체 처분에 관해서는 황녀 전하께 맡기겠다고."

"금화 10닢인가. 조금 더――."

"아니아니! 이건 파격적인 보수고!!""

"그렇고! 이걸 거절하는 건 바보나 하는 짓이고!!"

아리데드와 데네브가 엄청나게 험악한 기세로 티리아의 말을 가로막았다.

"……알았다. 쿠로노의 의뢰를 받아들이지."

티리아는 고민한 끝에 의뢰를 받아들이기로 했다. 이유는 전언을 듣기로 결심한 때와 같다. 현재 상황에서는 달리 방법이 없는 것이다. 게다가 신위술사로서 성장할 수 기회일지도 모른다.

"잘 알겠습니다. 그럼 주인님께 그렇게 전하도록 하겠습니다."

"그런데, 이 의뢰는 나 혼자서 해야 하는 건가?"

"아니요, 그러한 조건은 말씀하지 않으셨습니다."

앨리사는 공손하게 고개 숙여 인사하고는 식당에서 나갔다. 티리아는 아리데드와 데네브에게 시선을 향했다. 예감이 든 것인가. 둘은 몸을 부르르 떨었다.

"좋아, 두 명은 결정이군."

"잠깐 기다려 주세요 같은!"

아리데드가 일어서서 소리쳤다.

"뭐지? 불만이냐?"

"당연하고! 오랜만의 이틀 연휴를 공주님 시중을 드는 데 쓰다니 완전 사절이고!"

"보수는 지불하마."

"보수는 매력적이지만……."

그렇게 말하고, 아리데드는 얼굴을 숙였다. 침묵이 내리깔린다. 잠시 후 고개를 들고, 눈을 크게 딱 떴다.

"이번에는 거절하겠어요 같은!"

"그, 그래도, 큰돈인걸?"

"데네브, 이 언니를 얕봐서는 안 돼 같은."

아리데드는 가슴을 폈다.

"돈으로 연휴는 살 수 없어 같은!"

"언니 최고!"

"더 칭찬해 같은! 갈채하라 같은!"

우하하핫! 하고 아리데드는 웃음소리를 냈다.

※

다음 날 낮── 티리아 일행을 태운 짐마차는 가도를 서쪽으로 향해 나아갔다. 하늘은 활짝 개어 있지만, 새벽녘까지 비가 내렸던 탓이리라. 바람은 강하고 공기는 차갑다. 바람이 불어와 티리아는 모포를 잡은 손에 힘을 주었다.

다른 녀석들은 괜찮을까? 싶어 시선을 움직였다. 짐칸에는 아리데드, 데네브, 타이가, 살드멜리크 자작의 모습이 있다. 참고로 마부를 맡는 건 페이의 시중 역할인 사브다. 방한 대책을 확실히 하고 있기 때문이리라. 다들 태연해 보인다.

그건 그렇고, 하고 티리아는 아리데드를 봤다. 모포를 뒤집어쓴 채 멍하게 허공을 바라보고 있다. 자업자득이라고 생각하지만, 이렇게나 기운이 없으니 걱정되었다. 말을 걸어야만 할지 고민하고 있자──

"어라? 여기는 어디야 같은?"

갑자기 아리데드가 주위를 두리번두리번 둘러봤다.

"조금 전까지 우리는 식당에 있었던 듯한 느낌이……."

"무슨 말을 하는 거냐, 너는."

아리데드가 두통을 참는 것만 같이 손가락으로 관자놀이를 눌렀고, 티리아는 한숨을 섞으며 딴지를 걸었다. 아리데드는 정신이 확 든 것만 같이 데네브를 봤다.

"데네브, 우리한테 무슨 일이?"
"언니, 바보."
"우오오옷! 어째서 울상인 얼굴로 바보란 말을 듣고 있는지 모르겠고!"
데네브가 울상을 지으며 말하자, 아리데드는 머리를 감싸 쥐었다. 그때——.
"……당신은 후작 저택에서 술을 훔치려 했어."
살드멜리크 자작이 나직이 중얼거렸다. 하지만——.
"어?! 뭐라고 같은?"
아리데드는 귀에 손을 대며 되물었다.
"……당신은 후작 저택에서 술을 훔치려 했어."
"기억에 없고! 억울한 죄고! 무언가의 음모고!!"
살드멜리크 자작이 같은 말을 반복하자 아리데드는 언성을 높였다.
"……당신은 현행범으로 붙잡혔어. 변명은 통하지 않아."
큭, 하고 아리데드는 신음했다.
"……반론은?"
"없습니다."
아리데드가 머리를 푹 숙였고, 티리아는 깊은 한숨을 내쉬었다.
"싸구려 연극은 거기까지다."
"내가 이렇게나 깊이 상처받았는데 싸구려 연극이라니 무슨 말인가요 같은?!"

"스스로 뿌린 씨앗이지 않으냐."

"그렇긴 하지만, 이 타이밍에 붙잡히는 게 납득이 안 돼 같은!!"

크기긱, 하고 아리데드는 분한 듯이 이를 갈았다. 동정하는 건 아니지만, 확실히 타이밍이 너무 좋다. 아마도——.

"……분명, 에라키스 후작이 타이밍을 재고 있었어."

"뭣?!"

아리데드는 깜짝 놀라 살드멜리크 자작을 봤다.

"……아마, 에라키스 후작은 당신이 자주 술을 훔치는 걸 알고 있었어."

"훔치다니 남이 들으면 오해하겠고! 나는 쿠로노 님 대신에 술을 마셔 준 거야 같은! 게다가 자주가 아니라 가끔이고!!"

"네 녀석은 정말……."

티리아는 손가락으로 관자놀이를 눌렀다. 하지만 뭐, 이걸로 납득이 갔다. 살드멜리크 자작의 말대로 쿠로노는 아리데드가 술을 훔치고 있었음을 알았던 게 틀림없다. 이러니저러니 해도 쿠로노는 무른 부분이 있다. 이 기회에 붙잡아 일을 맡김으로써 벌로 삼은 것이리라.

"애초에 쿠로노 님 대신 술을 마셔 준 건 나뿐만이 아니고."

"——!!"

아리데드가 시선을 향하자, 데네브는 기세 좋게 고개를 돌렸다.

"너희들……."

"황녀 전하, 오해예요고!"

"데네브, 본래 말투랑 연기가 섞여 있고."

아리데드가 딴지를 걸자 데네브는 어색한 듯이 헛기침했다.

"그건 언니한테──."

"확실히 부추긴 건 나지만, 선택한 건 데네브고. 슬슬 자기가 안일한 방향으로 쉽게 넘어가는 인간임을 자각하는 편이 좋고."

"크, 악마한테 설교당했어."

"누가 악마냐 같은!"

데네브가 분한 듯이 말하자 아리데드가 덤벼들었다. 또 이 패턴인가, 하고 티리아는 깊은 한숨을 내쉬고는 살드멜리크 자작을 쳐다봤다.

"그런데, 너는 왜 여기에 있지? 너도 뭔가 훔친 건가?"

"……나는 그런 짓을 하지 않아."

"그럼 왜 있는 거냐?"

살드멜리크 자작이 발끈한 듯이 말했고, 티리아는 다시금 이유를 물었다.

"……책을 사고 싶어서 어쩔 수 없이 의뢰를 받아들였어. 사실은 황녀 전하처럼 좋아하는 것만을 하며 살고 싶은데, 인생은 마음대로 되지 않아."

"실례구나, 너도!"

티리아는 언성을 높였다.

"……나는 틀린 말을 하지 않았어."

"너와는 다시 한번 결판을 내야 할 것 같군."

"자, 자, 싸움은 그만두는 것이외다."

티리아가 손가락을 뚝뚝 꺾으며 소리를 내자 타이가가 사이에 끼어들었다.

"동기는 제쳐 두고, 소인들은 팀이올시다. 소인들끼리 싸우는 건 백해무익한 짓이외다."

"그건 그렇다만……."

티리아가 말을 머뭇거린 그때——.

"그렇게 말은 해도 그리 사이가 좋은 것도 아니고."

"그렇고, 그렇고."

아리데드가 투덜거리는 것처럼 말했고, 데네브가 고개를 끄덕끄덕했다.

"그렇소이까? 소인에게는 사이가 좋은 것처럼 보였소만……."

"……동의해. 당신들은 황녀 전하와 사이가 좋은 것처럼 보여."

"농담은 곤란합니다 같은."

"비번일 때마다 끌려다녀서 진짜 민폐야 같은."

"큭……."

아리데드와 데네브의 말에 티리아는 신음했다. 신음할 수밖에 없다. 나름대로 관계를 쌓았다고 자부했었지만——.

"이, 이제부터, 이제부터 사이좋아지면 되는 것이외다."

""에~, 무리고.""

"……나는, 같이 싸우는 건 이번만이라고 생각하고 있어."

타이가가 이 자리를 좋게좋게 얼버무리려는 것처럼 말했으나,

아리데드, 데네브, 살드멜리크 자작의 반응은 지독했다. 조금 울 것 같다. 그런 티리아를 무시하고 살드멜리크 자작이 타이가한테 무릎걸음으로 다가갔다.

"……갑작스럽지만, 대검 자루를 보여줬으면 해."

"상관없소이다."

"……고마워."

타이가가 대검 자루를 내밀었고 살드멜리크 자작이 자루 끝을 손가락으로 두드렸다. 다음 순간, 자루를 중심으로 빛의 띠가 떠올랐다. 마술식이다. 살드멜리크 자작은 마술식을 바라보고는 만족스러운 듯이 고개를 끄덕였다. 갑자기 마술식이 사라졌다.

"……역시, 카누치가 만든 매직 아이템이었어."

"소인도 그렇게 들었소이다."

"……카누치의 마술식은 무척 세련되지. 좋은 자료야."

그렇게 말하고, 살드멜리크 자작은 원래 위치로 돌아갔다. 카누치는 대장장이 문파다. 초대 황제를 위해 검을 벼린 일로 이름이 널리 알려졌다. 시대가 바뀌어 매직 아이템도 만들기 시작했다. 오래 쌓은 명공의 지위는 흔들리지 않는다.

티리아는 한숨을 쉬고 가도변으로 시선을 향했다. 문득 쿠로노가 만든 그림책── 모모타로를 떠올렸다. 정말이지 뒷맛이 나쁜 결말이다. 그건 제쳐 두고, 모모타로에게는 짐승이기는 해도 동료가 있었다. 그런데도 자기에게는 동료가 없다.

어떻게 하면 동료를 만들 수 있는 걸까 생각한 그때, 집이 시야에 들어왔다. 쿠로노가 보우티즈 남작령에서 이주시킨 미노타우로스들의 집이다. 슬슬 점심때라서 그런지 굴뚝에서 연기가 솟아올랐다.

집들이 늘어선 광경이 끊기고, 잠시 더 나아가자 남자들이 지면을 파는 곳이 나왔다. 반대편으로 시선을 향하자 눈이 살짝 휘둥그레졌다. 과거 해안이었던 장소가 항구로 변해 있었다. 항구가 완성된 건 쿠로노한테서 들었지만 실제로 완성된 모습을 보니 놀라울 따름이었다.

항구 잔교에는 배가 정박 중이며, 리자드맨이 짐을 내리고 있다. 그들이 향하는 곳에는 창고가 있고, 그 옆에서는 남자들이 지면을 파는 중이었다. 항구와 그 주변 개발이 이미 시작된 것이다. 어떤 도시가 될지 생각한 것만으로도 즐겁다. 이윽고 항구를 지나 깡, 깡 하는 소리가 들려왔다. 무슨 소리일까. 의아하게 여기고 있자 짐마차가 크게 흔들렸다. 마부석을 봤다.

"죄송함다! 길이 좋지 못해서!!"

"신경 쓰지 마라!"

사브가 마부석에서 외쳤고, 티리아는 그에 답하여 외쳤다. 재차 길가로 시선을 향하자, 원생림이 펼쳐져 있었다. 아니, 벌목지라고 해야 할까. 뭐, 어느 쪽이든 상관없나. 목적지에 도착했다는 사실에 변함은 없는 것이다. 짐마차가 또다시 크게 흔들린다. 속도를 낮춘 것이다. 덜컥덜컥 흔들리며 한층 속도를 낮췄고, 이윽고 멈췄다.

"이제야 도착했나."

티리아는 작게 한숨을 내쉬고는 짐칸에서 뛰어내렸다. 시선을 움직였다. 주위에서는 미노타우로스들이 도끼로 나무를 베거나, 그루터기를 뽑아내고 있었다.

"이제야 도착했네 같은."

"얼른 의뢰를 끝내고 돌아가고."

"두 사람 다, 방심은 금물이외다."

아리데드, 데네브, 타이가 세 사람이 짐칸에서 뛰어내렸다. 살드멜리크 자작은 어떤가 하면 짐칸 가장자리에 앉은 뒤 지면으로 내려오고 있었다.

"자, 무사히 원생림에 도착했다만, 이제부터 어떻게 하지?"

"아니, 그걸 우리한테 물어도 곤란하고."

"그렇고. 그걸 생각하는 건 공주님 역할이고."

크윽, 하고 티리아는 신음했다. 약간 울컥했지만, 둘의 주장에는 일리가 있다. 자신은 리더다. 모두를 이끌어야만 한다.

"좋아, 우선——."

"……그들에게 물어보면 돼."

"크윽……."

살드멜리크 자작한테 말을 가로막혀 티리아는 신음했다. 하지만 입 다물고 있으라고 할 수도 없는 노릇이다. 그녀가 가리킨 쪽을 보니 미노타우로스들이 다가오던 참이었다. 선두에 서 있는 건 척안의 미노타우로스였다. 미노의 아버지로 하츠라는 이름이었던가. 그건 제쳐 두고――.

"정말로 이들에게 우리가 필요한가?"

티리아는 미노타우로스들을 빤히 쳐다봤다. 키가 크고, 체격도 튼실하다. 특히 저 팔―― 황소건 곰이건 그냥 졸라 죽여버릴 수 있을 것 같다.

"완력이 강하다고 해서 꼭 잘 싸울 수 있는 건 아니외다."

"그런가?"

"그런 거고. 싸울 수 있게 되려면 훈련이 필요해 같은."

"퇴각전에서 얼굴을 감싸다가 공격을 맞은 적 병사를 몇 명이나 봤고."

티리아의 의문에 대답한 건 아리데드와 데네브다.

"일단, 이야기를 들어보겠다."

""알았어 같은!""

"알겠소이다."

"……이해했어."

티리아가 걸음을 내딛자, 아리데드, 데네브, 타이가, 살드멜리크 자작도 뒤이었다.

티리아의 존재를 알아차린 하츠 일행이 그 자리에 무릎을 꿇었다. 황족의 권위가 아직 살아있는 듯하여 약간 안심했다. 티리아는 멈춰 서서, 사정을 설명했다.

"실은 쿠로노한테서――."

"우와아악――!"

티리아의 말은 절규에 의해 가로막혔다. 목소리가 난 쪽을 보니 미노타우로스 한 명이 이쪽으로 달려오던 참이었다. 타이밍이 좋은 건지 나쁜 건지. 탄식하고, 이쪽으로 달려오는 미노타우로스에게 다가갔다.

"무슨 일이냐?!"

"곰이다! 곰이 나왔어!!"

미노타우로스는 몹시 당황한 모습으로 대답했다.

"못 도망친 사람은?"

"없어. 내가 마지막이야."

티리아는 내심 가슴을 쓸어내렸다. 곰 퇴치는 처음이지만, 당장 위험한 사람이 없다면 침착하게 대응할 수 있다.

"곰 퇴치는 우리한테 맡겨라! 간다!!"

""""옙!""""

"……알았어."

티리아는 원생림을 향해 달렸다. 개척은 이제 막 시작된 참이라 금방 벌목지와 원생림의 경계에 도착했다. 하지만 그곳에 곰은 없었다.

"벌써 도망친 모양이군."

티리아는 검 자루에 손을 대며 중얼거렸다. 어떻게 한다, 하고 생각하고 있자 킁킁거리는 소리가 났다. 어깨너머로 뒤를 보니 타이가가 코를 벌름거리고 있었다. 그러고 보니 쿠로노가 타이가는 코가 좋다고 했었다.

"혹시, 곰의 냄새를 쫓을 수 있는 건가?"
"그건 어렵겠구려."
"그런가."
티리아는 작게 한숨을 내쉬었다. 타이가가 곰을 쫓을 수 있다면 편했겠다만――.
"게다가 이건 곰의 냄새가 아니외다."
"그런 걸 알 수 있나?"
"다소는 소양이 있소이다."
무슨 소양이지? 하고 물어보려 했을 때, 부스럭부스럭하는 소리가 났다. 소리가 난 쪽―― 정면을 향해 돌아보자, 수풀이 흔들리고 있었다. 검 자루를 꽉 쥐고 허리를 낮췄다. 곰 상대라고는 해도 실전은 실전이다. 긴장이 높아진다.
갑작스레 정적이 찾아왔다. 수풀의 움직임이 멈춘 것이다. 도망쳤나? 아니, 도망쳤다고 판단하는 건 경솔한 생각이다. 검 자루를 쥔 채 수풀을 똑바로 응시했다. 그러나 십여 초가 지나도 반응이 없다.
긴장을 푼 그때, 바스락 소리와 함께 무언가―― 늑대 같은 생물이 수풀에서 얼굴을 내밀었다. 방심한 티리아는 깜짝 놀라고 말았다.
""공주님, 너무 겁먹었고!""
"나는 겁먹지 않았다!"
티리아는 깔깔 웃는 둘에게 어깨너머로 받아쳤다.

"그럼 여기는 공주님한테 맡길게요 같은."

"겁먹지 않았다는 증거를 보여줬으면 하고."

"아아, 해주마! 너희는 보고 있어라!!"

""그럼 맡길게요 같은!""

"무슨 일 있으면 곧바로 돕겠소이다."

"……황녀 전하한테 맡기겠어."

그렇게 말하고 아리데드, 데네브, 타이가, 살드멜리크 자작 네 사람은 조금 떨어진 장소에 있는 쓰러진 나무로 갔다. 짜증을 느끼며 늑대 같은 생물을 향해 돌아섰다. 늑대 같은 생물은 수풀에서 이쪽을 물끄러미 보고 있었다. 머리 높이는 티리아의 명치 정도였다. 이딴 게 무슨 곰이냐 싶어 어이가 없다. 늑대치고는 크지만, 큰 목소리로 위협하면 도망칠 것 같지 않나. 흥, 하고 콧방귀를 낀 뒤 손짓했다.

"덤벼라."

티리아의 말을 이해한 건 아니겠지만, 늑대 같은 생물이 일어섰다. 멍하게 늑대 같은 생물을 올려다봤다. 아마, 조금 전까지는 몸을 숙이고 있었던 걸까, 머리 높이가 티리아보다 훨씬 위로 올라갔다.

녀석이 느릿느릿 지면을 흔들며 수풀에서 걸어 나왔다. 그러자 전체 모습이 명확히 보였다. 늑대 같은 생겼는데, 키가 2m가 넘는다. 아니, 이것도 아직 몸을 숙인 상황이다. 2m가 훨씬 넘는다고 봐야 한다. 특징적인 것은 앞다리였다. 이상할 정도로── 지면에 닿을 정도로 길다. 게다가 그 손끝에는 손도끼를 연상시키는 손톱이 있다.

늑대 같은 생물이 팔을 번쩍 치켜든 순간, 티리아는 반사적으로 뒤로 뛰었다. 불과 한순간 전까지 티리아가 있던 장소에 손톱이 박혔다. 저걸 맞았다면 그 자리에서 끝이었다. 위기임을 자각한 순간, 땀이 왈칵 뿜어져 나왔다. 하지만 안심한 것도 찰나, 늑대 같은 생물이 재차 팔을 들었다.

"신이여!"

티리아는 기도를 바쳐 신위술을 발동시켰다. 신위술 · 활성, 신의(神衣)―― 이걸로 일격에 당하지는 않을 터다. 늑대 같은 생물이 팔을 내리쳤고, 티리아는 검집에서 검을 힘차게 뽑았다. 검과 팔이 부딪쳤고, 티리아의 눈이 휘둥그레졌다. 웬걸, 늑대 같은 생물이 팔로 검을 막아낸 것이다.

말도 안 된다고 생각했지만, 놈의 털가죽을 보고 납득했다. 털이 마치 철사 같았다. 평범한 검은 들어가지도 않는 게 당연했다. 놈이 팔에 힘을 싣자, 티리아는 맥없이 후방으로 튕겨 날아갔다.

어떻게든 안정적으로 착지하자――.

"헤이헤이, 밀리고 있어 같은!"

"공주님, 파이팅이고! 근성을 보여줘 같은!!"

아리데드와 데네브가 시끄럽게 떠들며 부추겼다. 티리아는 옆쪽―― 쓰러진 나무 뒤에 숨은 아리데드 일행에게 시선을 향하며 소리쳤다.

"저게 어딜 봐서 곰이냐!"
"나한테 그런 말을 해도 곤란하고."
"쿠로노 님한테서는 육식 동물 같다는 말밖에 듣지 못했고."
크윽, 하고 티리아는 신음했다.
"황녀 전하, 괜찮으시다면 돕겠소이다."
"괜찮다! 나는 여유작작하다!"
타이가가 신경을 써주는 것처럼 말했고, 티리아는 검을 중단 자세로 들고 늑대 같은 생물을 바라봤다. 여유작작이라는 말에 거짓은 없다. 하지만, 어떻게 싸우면 좋을지 알 수 없다. 그때――.
"……저건 만도(蠻刀) 늑대."
살드멜리크 자작이 나직이 중얼거렸다.
"알고 있는 건가?"
"……알고 있어. 박물지에 게재되어 있었어. 하지만 증거가 없기에 저자가 날조한 건 줄 알았어. 이런 곳에서 보다니, 운이 좋아. 참고로 이름은 늑대랑 닮은 생김새와 거대한 손톱에서 유래했어."
"약점은?"
"……뇌, 혹은 심장."
"뇌, 혹은 심장이로군!"
티리아는 검을 든 손에 힘을 주었다가 잠깐, 하고 생각을 고쳤다.
"생물은 대부분 뇌나 심장을 파괴하면 죽지 않나?"
"……그렇게 말했어."

"말하지 않았다!"

"……정정할게. 만도 늑대는 포유류로 보이니, 뇌나 심장을 파괴하면 죽을 가능성이 있어."

"왜 추측으로 후퇴하는 거냐!"

"……나는 학문을 연구하는 사람. 불확실한 말은 할 수 없어. 검증이 필요해."

티리아가 딴지를 걸자 살드멜리크 자작은 발끈한 것처럼 말했다.

"도움이 안 되는군!"

"공주님, 도움이 안 된다는 말은 너무해 같은."

"그렇고. 여기서는 칭찬해서 배우는 기쁨을 가르쳐줘야만 하고."

"그 말이 맞소이다."

"내가 나쁜 거냐?!"

티리아는 아리데드, 데네브, 타이가 세 사람을 향해 소리쳤다.

""공주님! 앞이고!!""

"——!"

아리데드와 데네브가 외쳤고, 티리아는 정면을 봤다. 그러자 늑대 같은 생물—— 만도 늑대가 이쪽으로 달려오던 참이었다. 하지만 팔이 방해되는지, 달리는 건 그렇게 빠르지 않았다.

우오오오오오오오! 하고 만도 늑대가 포효를 지르며 팔을 치켜들었다. 티리아는 잠깐 망설이다 뒤로 잽싸게 뛰어 물러났다. 만도 늑대의 손톱이 눈앞을 통과했다. 탁하게 바람을 가르는 소리를 듣고, 저 일격에 맞으면 목숨이 위험하다고 확신했다.

공격을 피하는 데 분노를 느낀 것일까. 만도 늑대는 화가 난 것처럼 공격을 펼쳐 댔다. 오른쪽에서, 왼쪽에서 공격을 펼친다. 하지만 티리아는 냉정하게 공격을 피했다. 목숨이 위험할 수 있기에 아슬하게 되도록 여유롭게 안전거리를 확보했다.

공격을 계속 피하는 사이에 만도 늑대의 약점이 보이기 시작했다. 원심력을 사용하여 긴 팔을 휘두르는 건 위협적이지만, 손톱만 조심하면 치명적이지 않다. 놈의 공격 범위를 파악하면 어려움 없이 피할 수 있다.

팔이 긴 만큼 동작이 커서 느리다. 아마 보병 서너 명 정도가 기다란 창을 들고 상대하면 금방 끝날 거다. 뭐, 허를 찔리지 않는다면, 이라는 조건은 붙겠지만――.

만도 늑대가 팔을 치켜들었고, 티리아는 지면을 박찼다. 마음속으로 기도를 바치자, 하얀빛이 검을 감쌌다. 신위술 · 축성인――이거라면 철사 같은 털을 아랑곳하지 않고 치명상을 줄 수 있을 게 틀림없다.

티리아는 만도 늑대와 스쳐 지나가면서 그대로 만도 늑대를 베었다. 조금 전에 공격을 막아냈던 것이 거짓말처럼 검은 옆구리부터 들어가 등으로 빠져나왔다. 그대로 달려가, 뒤돌아서 검을 든 채 공격 자세를 유지했다. 잔심(殘心)―― 전투에서 잊어서는 안 되는 요소다. 만도 늑대가 기우뚱하며 기울었고, 쿵 하는 소리와 함께 옆으로 쓰러졌다. 꿈쩍도 하지 않는다. 아무래도 죽은 모양이다.

"정리됐다."

티리아가 검을 검집에 넣으면서 다가갔다. 그러자 아리데드를 비롯한 다른 사람들이 나무 뒤에서 나와 이쪽으로 다가왔다. 어쩐지 미묘한 표정을 띠고 있다.

"왜 그러지?"

"공주님은 용서가 없다고 생각했어 같은."

"좀 더 살살 해줬으면 좋겠다고 생각했어 같은."

아리데드와 데네브는 시선을 피하며 말했다. 너희는 병사 아니냐, 라는 말을 아슬아슬한 데서 삼켰다. 둘은 티리아가 뭘 해도 불만을 말하는 생물인 것이다. 칫, 하고 혀를 차자 살드멜리크 자작이 티리아의 옆을 지나 빠져나갔다.

"위험하오이다."

"……이미 죽었어. 하지만, 일리 있어."

살드멜리크 자작은 멈춰 서서 무언가를 중얼중얼 말했다. 아마 티리아한테 마술을 쐈을 때와 같은 순서를 밟고 있는 것이리라.

"……술식 해동."

살드멜리크 자작이 뇌격을 쐈다. 푸르스름한 빛이 직격했고, 만도 늑대의 몸이 크게 떨렸다.

"불평하지 않는 거냐?"

"본 그대로의 행동이라는 느낌이고."

"전혀 주저하지 않고 공주님한테 마술을 쐈다는 이야기도 들었고."

그치? 라며 둘은 서로 얼굴을 마주 보고 말했다. 약삭빠른 녀석들, 하고 마음속으로 악다구니를 내뱉으며 살드멜리크 자작에게 시선을 되돌렸다. 그러자 그녀는 무릎 꿇고 앉아 사체를 빤히 쳐다보고 있었다. 갑자기 타이가가 꿀꺽 소리를 내며 침을 삼켰다.

"왜 그러지?"

"이걸로 끝이오이까?"

"살드멜리크 자작은 저자가 날조한 것이라고 생각했다고 말했으니, 이제 근방에는 없지 않겠나?"

"하지만! 저게 마지막 만도 늑대라고는 생각되지 않아 같은!"

"어쩌면 제2, 제3의 만도 늑대가 나타날지도 모르고!"

"너희들……."

둘의 말에 티리아는 얼굴을 찌푸렸다. 재수 없는 소리를. 그런 말을 하다가 진짜로 나오면 어쩔 거냐. 그런 생각을 하고 있자, 부스럭부스럭하는 소리가 울렸다. 수풀이 흔들렸다. 게다가 한 군데가 아니다. 뒤돌아보니 수풀에서 만도 늑대가 얼굴을 밀었다. 그 수는 10마리 이상. 어깨너머로 아리데드와 데네브를 봤다.

"고대하던 만도 늑대가 왔군? 살살 봐주면서 어떻게든 해봐라."

"아니, 무리고! 침을 흘리며 이쪽을 보는 상대와는 친구가 될 수 없고!!"

"저건 분명 맛있을 것 같다고 생각하는 얼굴이고!"

"싸울 수밖에 없겠구려!"

""몸의 안전을 위해서는 허울 좋은 말을 하고 있을 수 없고!""

타이가가 대검을 들고 공격 자세를 취하자, 아리데드와 데네브도 활을 들었다. 나 참, 하고 티리아는 작게 한숨을 내쉬고는 정면을 향해 돌아섰다. 살드멜리크 자작은 아직 만도 늑대의 사체를 관찰하는 중이다. 마이페이스인 데도 정도가 있다.

"살드멜리크 자작, 우리 뒤로 이동해라."

"……아직 거리가 있으니까 괜찮아."

그렇게 말하고 살드멜리크 자작은 일어섰다.

"……가상 인격 기동, 술식 목록 개시, 술식 선택 · 뇌정난무, 궤도 및 탄수 변경."

살드멜리크 자작이 중얼중얼 말하자, 만도 늑대들이 일어서서 수풀에서 나왔다. 당장이라도 달려들 것 같다. 워오오오오! 하고 만도 늑대가 포효를 지르며 달려 나간 다음 순간, 살드멜리크 자작의 마술이 완성됐다.

"설정 완료, 술식 해동!"

마술이 기동되고, 푸르스름한 빛── 뇌격이 살드멜리크 자작을 중심으로 파직파직 일어났다. 그리고 팔을 옆으로 한 번 휘두른 다음 순간, 푸르스름한 빛이 작렬했다. 팔의 궤도를 따라 훑는 것처럼 벼락이 발사되어 만도 늑대가 털썩털썩 쓰러진다. 벼락이 사라지자, 그곳에는 하얀 연기를 내는 만도 늑대의 사체가 겹겹이 가로놓여 있었다. 부스럭부스럭하는 소리가 울렸다. 소리가 난 쪽을 보니 만도 늑대가 원생림 깊은 곳으로 도망치던 참이었다.

""그 목숨 받아가겠어 같은!!""

"……기다려."

아리데드와 데네브가 화살을 쏘려 했지만, 살드멜리크 자작이 손으로 제지했다. 호오, 하고 티리아는 목소리를 냈다. 제법 상냥한 부분이——.

"집단행동을 하고 있었던 점을 봐서 만도 늑대는 어떠한 수단으로 커뮤니케이션을 취하고 있다고 보여. 따라서 저 개체를 일부러 놓아주고, 무리 전체에 인간의 두려움을 전달하게 해야 한다고 생각해."

그런 게 아니었다. 합리적이라고 하면 합리적이지만——.

"동료의 원수를 갚으러 오면 어쩔 셈이지?"

"……격퇴해. 그래도 또 온다면 그것도 격퇴해. 개체 수가 그렇게 많은 것 같지는 않아. 아마 이윽고 멈출 거야."

그런가, 하고 티리아는 한숨을 쉬었다. 만도 늑대를 베어 죽여놓고서 뭣하지만, 조금 봐줄 것을 그랬나, 하는 마음이 조금 들었다.

"……돌아갈까."

티리아는 하늘을 올려다보며 중얼거렸다.

※

저녁—— 티리아 일행은 후작 저택으로 돌아왔다. 종업 시간이 가깝기 때문이리라. 두 공방에서 일하는 직인들은 종업 준비에 쫓겼다. 그런 가운데 페이와 토니는 정원 한구석에서 목검을 휘두르고 있었다. 갑자기 짐마차의 속도가 천천히 바뀌어 정원 구석에서 멈췄다.

"후작 저택에 도착했습니다."

"음, 수고가 많았다."

""수고하셨어요 같은!""

"고생하셨소이다."

"……수고했어."

티리아, 아리데드, 데네브, 타이가는 짐칸에서 뛰어내렸고 살드멜리크 자작은 짐칸 가장자리에 앉고 나서 지면에 내려왔다.

"그럼 전 짐마차를 정리하고 오겠습니다."

짐마차가 다시 움직였고 아리데드와 데네브가 양팔을 들고 몸을 쭉 폈다.

"아~, 지쳤어 같은."

"성문 있는 데서 내렸으면 편했을 텐데 같은."

"깜박했구려."

"……나는 저녁 식사 전까지 내 방에서 책을 읽겠어."

살드멜리크 자작이 후작 저택을 향해 걷기 시작했다. 그러자 아리데드, 데네브, 타이도 정문을 향해 걸음을 내디뎠다. 해산 선언을 하고 싶었던 건 아니지만, 조금 쓸쓸했다.

지쳤군, 하고 티리아는 중얼거린 뒤 페이가 있는 곳으로 향했다. 용건은 없다. 그저 살드멜리크 자작과 같은 방향으로 가고 싶지 않았다.

티리아를 알아차린 페이가 휘두르기를 멈췄다.

"계속해도 된다."

"알겠는 것입니다!"

그렇게 말하고 페이는 휘두르기를 재개했다. 저녁인데도 기운이 팔팔하다. 티리아는 나무 상자에 앉고 허벅지를 받침대 삼아 턱을 괴었다. 멍하게 페이와 토니를 바라봤다. 토니의 옷이 새것으로 바뀌어 있었다.

"……새 옷을 샀군."

"그런 것입니다!"

티리아가 나직이 중얼거리자 페이가 휘두르기를 하면서 대답했다. 이쪽에 의식을 할애하고 있는데도 자세가 무너지지 않는다.

"시너 무역조합 2호점에서 산 것입니다! 토니뿐만이 아니라 매슈와 소피의 몫도 산 것입니다!"

"통이 크군."

"그 정도는 아닌 것입니다!"

페이는 휘두르기를 하며 대답했다. 하지만 조금 전까지와 달리 자세가 흐트러졌다. 칭찬받아 기쁜 것이리라.

"너도 제자는 귀여운가 보군?"

"미래에 대한 투자인 것입니다. 물리파인 가문을 다시 일으켰을 때 가신이 필요한 것이니까요! 지금부터 길들여 두는 것입니다! 입도선매*인 것입니다!!"

---

*立稻先賣. 수확하지도 않은 벼를 팖

"스승님, 그런 말은 안 하는 편이 좋아."

"어째서인 것입니까?!"

토니가 불평하는 것처럼 말하자 페이는 큰 목소리로 물었다.

"흑심이 있다는 걸 알면 의욕이 시든다고."

"마음을 확실하게 전하지 않으면 떼어먹힐 것 같아서 무서운 것입니다!"

"뭐, 옷값은 갚겠지만……."

"——!"

토니가 작은 목소리로 말하자, 페이는 움직임을 딱 멈췄다. 깜짝 놀란 표정을 띠고 있다. 그걸 알아차린 것이리라. 토니는 휘두르기를 멈췄다.

"스승님, 왜 그래?"

"이자는 안 붙는 것입니까?"

"이자? 아~, 아니, 응, 이자도 붙일게."

"그런 것입니까."

페이는 가슴을 쓸어내렸다. 검술 훈련까지 시켜주는 마당에 수지타산이 안 맞는 느낌이지만——. 아니, 괜한 말은 말자. 그녀가 납득했다면 그게 정답이다.

"스승님, 슬슬——."

"구빈원 통금 시간인 것이군요. 돌아가도 좋은 것입니다."

페이가 토니의 말을 가로막고 말하자, 토니는 자기 목검을 내밀었다.

"그럼 내일 또 보자고."

"내일 또 보는 것입니다."

페이가 목검을 받자 토니는 후작 저택 정문을 향해 달려갔다. 페이는 목검 두 자루를 옆구리에 끼고는 티리아에게 다가왔다.

"장래가 기대되는 것입니다."

"……그렇군."

티리아는 약간 뜸을 두고 고개를 끄덕였다. 페이가 기대하는 만큼의 수확은 없을 것 같지만, 말하지 않는 편이 좋으리라.

"그러고 보니 쿠로노 님의 의뢰를 받았다고 들은 것입니다만."

"음, 의뢰는 무사히 달성했다."

"그건 다행인 것입니다. 그런데, 보수는 어느 정도인 것입니까?"

"금화 10닢이다."

"――!!"

페이는 재차 깜짝 놀란 듯한 표정을 띠었다.

"뭐지?"

"황녀 전하는 특별 대우를 받은 것입니다."

"그런가?"

"그런 것입니다!"

페이가 강한 어조로 말했지만, 아무래도 영 납득이 되지 않는다. 혹시――.

"너한테도 쿠로노가 향차를 여러 잔 권했나?"

"무슨 말입니까?"

"아무것도 아니다."

페이가 갸우뚱한 얼굴로 되묻자, 티리아는 고개를 돌렸다.

"그래서, 결과는 어땠던 것입니까?"

"좋았다고 생각한다만, 그다지 성장한 느낌이 들지 않는군."

"성장 말인 것입니까?"

"전투를 경험하면 신위술사로서 성장할 수 있다고 생각했다."

"과연, 그런 것입니까."

페이는 납득이 되었다는 듯이 고개를 끄덕였다.

"너는 어떻게 생각하지?"

"전투를 통해 성장하는 경우도 있다고 생각하는 것입니다. 이렇게 말하는 저도 남변경에서 로버트 경과 싸워 신위술 · 신기 소환에 개안(開眼)한 것입니다."

"뭐라고?!"

페이가 자랑하는 것처럼 말했고, 티리아는 깜짝 놀라 눈이 휘둥그레졌다. 설마, 이렇게나 가까이에 신기 소환 사용자가 있으리라고는 생각지 않았다.

"어떻게 하는 거지?"

"날카로운 기합과 함께 발검하는 것입니다."

"조금 시범을 보여주지 않겠나?"

"알겠는 것입니다. 이쪽 목검을 들고 있어 주었으면 하는 것입니다."

"그래, 알았다."

한쪽 목검을 받아들었다. 그러자 페이는 티리아한테서 거리를 벌렸다. 조용히 눈을 감고, 목검을 허리에 대고 자세를 취했다. 정적이 내리깔린다. 호흡하는 것을 잊고 말 정도의 긴장감을 동반한 정적이다. 바람이 불고, 페이가 눈을 크게 떴다.

"신기 소환! 발검!!"

페이는 날카로운 기합 소리와 함께 목검을 휘둘렀다. 잠시 후 이쪽을 향해 돌아섰고——.

"뭐, 이런 식으로 하는 것입니다."

"잠깐 기다려라, 신기를 소환하지 못했는데?"

"……."

페이는 말이 없다. 말없이 시선을 피했다.

"이상한 것이군요? 로버트 경과 싸웠을 때는 됐었던 것입니다만……."

"상황이 다르기 때문인 것 아니냐?"

"그러고 보니……."

티리아의 말에 페이는 퍼뜩 깨달은 듯한 표정을 띠었다.

"짐작 가는 부분이 있는 것이로군?"

"그때, 쿠로노 님한테서 이기라는 말을 들은 것입니다."

"즉, 쿠로노를 향한 사랑이 필요하다는 건가."

"아니, 그때는——."

"그거라면 할 수 있을 것 같다."

티리아는 페이의 말을 가로막고 일어섰다. 목검을 허리에 대고 자세를 취한다.

"황녀 전하, 그때는——."

"괜찮다. 나만큼 쿠로노를 사랑하는 사람은 없다."

티리아는 조용히 눈을 감았다. 쿠로노를 의식했다. 첫날밤의 일이나 구속당한 것, 향차를 몇 잔이나 마신 것이 뇌리를 스쳤다.

"하압! 신기 소환 · 발검!!"

티리아는 날카로운 기합과 함께 목검을 휘둘렀다. 하지만, 아무 일도 일어나지 않는다.

"이상하군?"

"황녀 전하, 그때는 극한 상태였던 것입니다."

"그걸 먼저 말해라."

"듣지 않은 건 황녀 전하인 것입니다."

"으극……."

페이가 삐친 것처럼 말했고, 티리아는 신음했다.

"그런데, 황녀 전하는 어째서 성장하고 싶은 것입니까?"

"케이론 백작한테 이기기 위해서다. 머리를 짓밟힌 굴욕은 녀석의 머리를 짓밟고 나서야 비로소 풀 수 있다."

"그런 것이군요, 은밀하게 응원하는 것입니다."

"공공연하게 응원해도 된다만?"

"저는 쿠로노 님의 기사인 것이니까요."

"알았다. 스스로 어떻게든 하지."

페이가 콧김 거칠게 말했고, 티리아는 깊은 한숨을 내쉬었다.

그때──.

"둘 다 뭐 하고 있어?"

느긋한 목소리가 났다. 쿠로노의 목소리다. 목소리가 난 쪽을 보니 쿠로노가 다가오던 참이었다. 쿠로노는 멈춰 서서 이쪽으로 시선을 향했다.

"티리아, 수고했어."

"훗, 만도 늑대 퇴치 따위 내 손에 걸리면 식은 죽 먹기다."

"어라? 퇴치한 건 에릴이었다고 들었는데?"

"잠깐잠깐! 나도 퇴치했다!"

"그래?"

"크윽, 살드멜리크 자작 녀석!"

쿠로노가 갸우뚱한 얼굴로 말했고, 티리아는 이를 갈았다. 확실히 티리아는 만도 늑대를 한 마리밖에 퇴치하지 않았지만, 그렇다 쳐도 공적을 독점하다니. 귀족이라 하기조차 부끄러운 비열한 녀석이다.

"그런데, 뭔가 용건인 것입니까?"

"업무가 일단락되었으니까 단련할까 해서."

"그럼 내가 상대해 주지."

"어~? 티리아가?"

티리아가 목검을 한 번 휘두르며 말하자, 쿠로노가 싫은 듯한 표정을 지었다.

"불만이냐?"

"그게, 티리아는 적당히 힘 조절하는 거 못하잖아."

"그건 페이도 마찬가지지 않나?!"

"훗, 언제 이야기를 하는 것입니까."

페이는 성큼 발을 내디디고는 자랑스러워하는 것처럼 가슴을 폈다.

"제자 훈련을 통해 이미 저의 힘 조절 실력은 프로의 영역에 달한 것입니다! 죽이고 살리는 게 자유자재인 정도를 넘어, 골절 · 타박 · 찰과상도 자유자재인 것입니다!"

"그건 훌륭하군."

"그런가요인 것입니까."

티리아의 말에 페이는 쑥스러운 듯이 웃었다.

"하지만 오늘은 내가 상대하지. 쿠로노한테 목검을 건네줘라."

"네에~ 인 것입니다."

페이는 마지못한 느낌으로 쿠로노한테 목검을 건네고는 나무 상자에 앉았다. 쿠로노는 정말이지 내키지 않는다는 듯한 태도로 티리아 정면으로 이동했다.

"대체 내가 왜……."

"얼마나 강해졌는지 확인해 주마."

"그렇게 강해지지는 않았어."

"각인술을 습득하지 않았나."

"그렇긴 한데……."

"알았다. 네가 이기면 네가 하는 말을 뭐든지 들어 주마."

"뭐든지? 그러면 '그것'도?"

"뭐, 뭐어, 그렇지."

티리아는 고개를 돌리면서 말했다.

"좋았어! 의욕이 생겼어! 각인술을 사용해도 OK?"

"마음대로 해라."

티리아는 넌더리가 난 기분으로 대답했다. 경솔했나 싶었지만 이미 늦었다. 이기면 되는 거다, 이기면.

쿠로노가 기쁜 듯이 목검을 들고 자세를 취했다.

"이제 시작해도 돼?"

"좋을 대로 해라."

약간 넌더리가 난 기분으로 대답하자 쿠로노는 각인을 띄웠다. 자기도 모르게 눈을 크게 떴다. 비장의 수는 마지막까지 남겨두는 타입이라고 생각했는데——.

"시작부터 쓸 줄이야."

"시간제한이 있으니까 빨리 승부를 내고 싶어서."

"그럼 얼른 덤벼라."

티리아는 손짓했지만, 쿠로노는 목검을 든 채 움직이지 않았다. 먼저 공격하지 않는다면 더 좋다. 신위술 · 활성으로 신체 능력을 끌어올리고 신의로 방어력을 강화한다. 이걸로 쿠로노의 승산은 상당히 희박해졌다. 아니, 너무 섣부른 판단인가. 상대는 사선(死線)에서 돌아온 역전의 용사다. 얕본다니, 당치도 않다. 자기가 한 수 아래라 생각하고 덤벼야 한다.

마음을 다잡고 목검을 들었다. 쿠로노는 여전히 움직이지 않았다. 먼저 공격해야 하나 생각한 그때, 어떤 것을 알아차렸다. 쿠로노가 조금씩 이동하고 있었다. 곧바로 의도를 이해했다. 저녁 해를 등질 생각이다. 그 계책에 넘어가 줄까 생각하다가, 자기가 한 수 아래라 생각하고 덤빈다고 결의한 참이지 않나 하고 생각을 고쳤다. 상대의 의도에 넘어가면 안 된다. 선수필승이다.

"미안하지만, 잘 못 생각했어!"

티리아는 발을 내디디다가 숨을 삼켰다. 발이 지면에 잠긴 것이다. 황급히 발치를 보자, 발목까지 쿠로노의 그림자에 집어삼켜져 있었다. 아뿔싸. 책략에 감쪽같이, 아니, 처음부터 2단으로 책략을 짰구나!

그런데도 자신은 책략 하나를 간파한 것만으로 안도하고 말았다.

이 상황에서 역전할 수 있나? 하고 고개를 들자, 쿠로노가 코앞까지 닥쳐와 있었다. 깡! 하는 새된 소리가 울렸다. 목검이 서로 부딪치는 소리다. 쿠로노를 보자 각인이 사라진 상태였다.

"네! 나의 승리!!"

"잠깐! 아직 승부는 나지 않았다!"

티리아가 지면(쿠로노가 각인을 지우자 지면에 파묻힌 상태가 되었다)에서 발을 빼고 소리쳤다.

"아뇨, 내 승리입니다!"

"심판!"

티리아는 심판── 페이를 향해 외쳤다. 그녀는 어리둥절해하고 있다.

"저는 심판이 아닌 것입니다만?"

"보고 있었으니까 판정 정도는 할 수 있잖나?"

"으음~, 글쎄인 것이네요."

페이는 팔짱을 끼고 복잡한 듯이 미간을 찡그렸다.

"페이, 공평한 판정을 부탁할게?"

"──!"

쿠로노가 말을 걸자, 페이는 정신이 번쩍 든 것 같은 표정을 띠었다.

"……황녀 전하의 패배인 것입니다."

"이게 어디가 공평한 판정이냐!"

페이가 고개를 돌리며 말하자, 티리아는 언성을 높였다. 쿠로노를 노려봤다.

"그래, 매수했군?!"

"설마."

쿠로노는 가볍게 어깨를 으쓱였을 뿐이다. 이번에는 페이를 노려봤다.

"페이, 공평한 판정을 내려라."

"고, 공평한 판정인 것입니다?"

"그럼 내 눈을 보고 말해라!"

"알겠는 것입니다!"

페이는 진지한 얼굴로 티리아를 봤다. 그리고——.

“촌탁(忖度)은 죄가 아닌 것입니다!”

“진지한 얼굴로 할 말이냐, 그게!!”

티리아는 지면을 발로 쿵쿵 밟았다.

“쿠로노! 다시 한번 승부다!”

“싫소이다.”

티리아가 바싹 다가가자 쿠로노가 고개를 홱 돌렸다.

“어째서냐?”

“다음에 싸우면 필시 패배할 것이오. 그럼, 실례하겠소이다.”

“잠깐, 실례하지 마라!”

쿠로노가 걸음을 내디뎠고, 티리아는 그 뒤를 쫓았다. 몇 번이나 다시 싸울 것을 요청했지만, 쿠로노는 끝까지 고개를 끄덕이지 않았다.

※

밤—— 티리아는 문 앞에서 멈춰 섰다. 쿠로노 방의 문이다. 문손잡이를 돌려 살며시 문을 열었다. 그러자 쿠로노가 책상 앞에 앉아 있었다.

“쿠로노, 들어간다.”

“어서 들…….”

티리아가 조용히 방에 들어가자 쿠로노가 뒤돌아봤다. 처음에는 기쁜 듯한 표정을 띠고 있었지만, 티리아를 보더니 실망한 듯한 표정으로 변했다. 이유는 알고 있다. 티리아가 시트를 뒤집어쓰고 있기 때문이다.

"왜 그러고 있어?"

"부끄러우니까 어쩔 수 없지 않나!"

쿠로노가 신음하는 것처럼 말했고, 티리아는 언성을 높였다. 손을 뒤로 돌려 문을 닫았다. 휴, 하고 안도의 한숨을 내쉬자, 시선이 느껴졌다. 고개를 드니 쿠로노가 보고 있었다. 기대로 가득 찬 눈이다.

"큭, 이 변태 녀석."

"고마워. 최고의 칭찬이야."

"칭찬하지 않았다!"

"……."

티리아는 언성을 높였지만, 쿠로노는 말이 없었다. 말없이 뚫어질 것처럼 이쪽을 보고 있다. 입술을 깨물고 시트를 벗어 던졌다. 어째서 무슨 말이든 들어 주겠다고 말해 버린 것일까. 이런 속옷이나 다름없는 차림으로 헤드 드레스를 착용하게 될 줄 알았더라면, 그런 말은 하지 않았을 텐데――.

"……티리아."

"큭, 알고 있다."

티리아는 조용조용 다가와 쿠로노 발밑에 무릎을 꿇었다.

"자, 인사."

"주, 주, 주인님, 티리아를 불러 주셔서 감사합니다."

"좀 더 마음을 담아 줬으면 하는데……."

크윽, 하고 티리아는 주먹을 꽉 쥐었다. 때려주고 싶다. 하지만, 여기서 때렸다간 약속을 지키지 못하는 여자가 되고 만다. 다시 싸울 기회가 사라진다.

"티, 티리아가 자, 자자, 잔뜩 봉사하겠습니다."

"얼굴이 빨간데? 부끄러워?"

"화내는 거다! 어쨌든, 봉사한다!! 알겠나?!"

티리아는 언성을 높이고는 쿠로노한테 봉사하고자 손을 뻗었다.

쿠로노 전기

이세계 전이한 내가 최강인 건
침대 위에서만인 것 같습니다

제 4 장 『셋이 모이면——』

제국력 431년 9월 중순 아침—— 에릴은 꿈을 꾸고 있었다. 살드멜리크 자작한테 거둬진 날의 꿈이다. 그날, 부모님은 에릴한테 몸치장을 시켜주었다. 마치 공주님 같아, 라며 어머니는 말했다. 어디까지나 비유다. 애초에 어머니는 공주님을 본 적이 없을 테고, 평민이 살 수 있는 정도의 옷과 머리 장식으로 공주님이 될 수 있을 리도 없다.

하지만, 부모님은 할 수 있는 최대한을 해주셨다. 귀족한테 딸을 판 죄악감이 아니라, 애정에서 온 행동이었다고 믿고 싶다. 그때, 자기는 어떻게 대답했을까. 아쉽게도 너무 옛날 일이라 기억나지 않았다. 부디 웃으면서 고맙다고 말했기를 바란다. 이제 만날 일은 없는 것이다. 하다못해 추억만큼은 아름다웠으면 한다.

그런 생각을 하며 눈을 뜨자, 시야가 흐려져 있었다. 옛날 꿈을 꿔서 감상적인 기분이 들었기 때문이 아니다. 안경을 쓰고 있지 않았기 때문이다. 천장을 올려다본 채 사이드 테이블에 손을 뻗었다. 차가운 것이 손끝에 닿았다. 안경테다. 감촉을 의식하여 안경을 손에 쥐고, 안경을 썼다. 그러자 흐리던 시야가 보정되었다. 처음으로 안경을 썼을 때는 세상이 밝아졌다고 느꼈지만, 그 감동은 잃어버린 지 오래됐다.

에릴은 몸을 일으켜 침대에서 내려왔다. 심플한 디자인의 네글리제를 벗고, 사이드 테이블 위에 놓여 있던 군복으로 갈아입었다.

꼬르륵, 하는 소리가 울린다. 배에서 나는 소리였다. 식당에 가야 한다. 방에서 나와 복도를 나아가, 활짝 열린 문 앞에서 멈춰 섰다. 안을 들여다보니 원뿔 모양 텐트가 쳐져 있었다. 수의 방이다.

수의 모습은 없다. 한발 먼저 식당에 갔거나, 원생림에 약초를 캐러 간 것이리라. 제국 내에서 루 족으로서 살아가는 게 그녀의 목표다.

에릴의 생활 사이클과 맞지 않는 부분은 있지만, 스노우한테 빌린 돈을 갚을 수 있을 정도는 버는 모양이니, 새로운 환경에 잘 적응했다는 생각이 든다.

적응이라고 하면 황녀 전하도다. 에라키스 후작령으로 가던 중, 그녀는 매우 우울해져 있었다. 케이론 백작의 장난도 영향을 끼쳤겠지만, 타인의 감정 변화에 어두운 에릴도 알 수 있을 정도니까 상당한 수준이었다. 에라키스 후작령에 도착하고 나서도 기이한 행동이 눈에 띄었고, 유감스러운 결과가 될지도 모르겠다고 걱정하고 있었으나——.

결과부터 말하자면 에릴의 걱정은 기우로 끝났다. 아니, 예상과 전혀 다른 결과가 되었다고 해야 할까. 황녀 전하는 에라키스 후작과 성적인 관계를 맺고, 족쇄가 풀린 것처럼 변했다. 맑은 날에는 검술 연습을 하거나 엘프 쌍둥이를 데리고 노점을 돌아보며, 비 오는 날에는 책을 읽고, 밤 시중 순번을 정하는 대화의 장에서는 갈색 피부의 하프 엘프와 진심으로 언쟁하고 있다.

감시 대상이 유감스러운 결과가 되지 않았던 건 기쁜 일이다. 하지만 조금 더 조신하게 행동했으면 좋겠다. 황위 계승권을 빼앗기고 추방당한 황녀가 기운 팔팔하게 지내고 있다고 보고하는 건 저항감이 느껴지는 것이다. 그렇다고 해서 거짓 내용을 쓸 수도 없다. 자신에 대한 평가는 형편없어졌을 게 틀림없다. 뭐, 그건 제쳐 두고──.

수와 황녀 전하는 현재 상황에 적응하고 있다. 둘을 보고 있으면 자신도 좀 더 적극적으로 처신을 고민해야 하나 싶다. 기술자로서 입신양명하려면 어떻게 하면 좋을지 생각하고 있자, 다시금 꼬르륵~ 하는 소리가 울렸다.

우선 아침을 먹자, 하고 에릴은 발을 내디뎠다. 복도를 지나고 계단을 내려가 또다시 복도로 나와 식당으로 향했다. 운동을 안 한 탓에 장딴지가 부었다. 그래도 도중에 멈추지 않고 식당에 도착했다.

식당에 들어가, 약간 실망했다. 구수한 냄새가 감돌고 있음에도 불구하고 테이블에 아무도 없었다.

항상 다 같이 식사하는 건 아니지만, 혼자만 먼저 밥을 먹는 건 어렵다. 아무리 배가 고파도 말이다.

"……유감."

"어라, 에릴 쨩이잖아."

에릴이 나직이 중얼거리자 누군가가 말을 걸었다. 여주인의 목소리다. 목소리가 난 쪽을 보니 여주인이 식당과 주방을 연결하는 문에서 나오던 참이었다. 아쉽게도 아무것도 들고 있지 않다. 그녀는 에릴 앞까지 오더니 멈춰 섰다.

"오늘은 이르네."

"……그렇지도 않아."

"나 참, 쿠로노 님도 조금은 본받았으면 좋겠어."

여주인은 투덜거리는 것처럼 말하고는 한숨을 쉬었다. 어조는 조금 엄한 느낌이지만, 결코 그것뿐만이 아니니다. 뭐라고 할까, 다정함이 느껴진다.

"……수는 방에 없었어."

"알고 있어. 약초를 캐러 간다고 하기에 도시락을 만들어 줬거든."

"……도시락을."

꿀꺽, 하고 에릴은 침을 삼켰다. 여주인이 만드는 요리는 맛있다. 맛있는 요리를 자기가 원하는 타이밍에 먹을 수 있다. 오늘만큼 수가 부럽다고 생각한 적은 없다.

꼬르륵~ 하는 소리가 또다시 배에서 소리가 났다.

하핫, 하고 여주인은 웃으며 에릴의 머리를 쓰다듬었다. 어린애 취급하지 않았으면 좋겠지만, 불쾌하지는 않았다. 오히려 기분 좋았다.

"조금만 더 기다려. 밥은 다 같이 먹어야 맛있으니까."

"…………알았어."

“그래, 착하지~.”

상당한 뜸을 두고 고개를 끄덕이자, 여주인은 머리를 쓰다듬는 손에 힘을 주었다. 문득 요전 날── 황녀 전하와 이야기했을 때의 일을 떠올렸다. 그때, 에릴은 황녀 전하에게는 부족한 것이 있다고 말했다. 여주인의 요리를 먹는 횟수를 늘리고 싶었던 건 사실이지만, 무언가 부족하다고 느낀 것도 사실이다. 뭐가 다른 걸까, 하고 에릴은 여주인의 가슴을 봤다.

“왜 그래?”

“……안주인의 가슴은 커.”

“응? 뭐어, 그런 편이지.”

여주인은 가슴에 손을 대며 말했다. 곤혹스러워하고 있는 듯하다. 에릴은 발을 내디뎌 여주인의 가슴에 얼굴을 묻었다. 부드럽고, 따뜻하다. 너무나도 포근한 기분에 잠들어 버릴 것만 같── 안 된다, 안 된다. 의식이 멀어질 뻔해서, 에릴은 황급히 여주인한테서 떨어졌다.

“근데 그게 왜?”

“……데이터를 수집하고 있었어.”

“데이터?”

여주인은 의아해하는 것처럼 고개를 갸웃했다.

“뭐야, 엄마 가슴이 그리워진 건가 하고 생각해 버렸네.”

“……어머니는 없어.”

“그건 미안한 말을 해 버렸네.”

"……괜찮아. 신경 쓰지 않아."

여주인이 어색한 듯이 머리를 긁적였고, 에릴은 고개를 좌우로 가로저었다. 죄악감을 느낀다. 어머니가 없다는 건 거짓말이다. 아니, 올바르게는 '살드멜리크 자작가에 거두어진 뒤, 가족이 어떻게 되었는지 모른다'다.

"그래서, 데이터는 수집됐어?"

"……안주인의 데이터는 수집됐어. 하지만, 샘플이 더 필요해."

"다른 사람한테는 양해를 구하고 해."

"…………알았어."

에릴은 상당한 뜸을 두고 고개를 끄덕였다. 여주인의 말은 지당하다. 본인의 양해 없이 가슴을 만지는 건 예의 없는 행위다. 그런 생각을 하고 있자——.

"아침부터 서로 쳐다보면서 뭘 하는 거지?"

황녀 전하가 들어왔다. 에릴은 황녀 전하 쪽을 향해 돌아섰다. 어딘가 어처구니없어하는 듯한 표정을 짓고 있다. 가슴을 쳐다봤다. 그러자 황녀 전하는 가슴을 감싸는 것처럼 양팔을 교차시켰다.

"어딜 보고 있는 거냐?"

"……황녀 전하의 가슴을 보고 있었어. 데이터 수집을 위해 가슴을 만지게 해줬으면 좋겠어."

"거절한다."

황녀 전하는 즉답했다. 그래, 하고 에릴은 낙담했다.

"닳는 것도 아니고, 그정도는 해줘도 되지 않아?"

"내가 싫다."

황녀 전하가 즉답하자 여주인은 나 원 참, 이라는 것처럼 어깨를 으쓱였다. 에릴도 같은 심정이다. 이래서는 아무리 데이터를 모아도 정확한 답을 도출할 수 없다.

"……어쩔 수 없어. 데이터가 압도적으로 부족하지만, 알아차린 것을 보고할게."

"보고? 뭘 말이냐?"

황녀 전하는 의아하다는 듯이 고개를 갸웃했다. 이전에 이야기한 내용을 잊고 만 것이리라.

"……이전에, 황녀 전하한테는 부족한 게 있다고 말했어."

"음, 그러고 보니 그런 말을 했었지."

에릴의 설명을 듣고 황녀 전하는 그제야 기억난 듯했다.

"그래서, 나한테 뭐가 부족한 거지?"

황녀 전하는 발을 쑥 내디뎠다. 부족한 부분은 없다고 말하는 것만 같이 가슴을 펴고 있다. 그런 점이 문제 아닌가 하는 생각이 든다.

"……황녀 전하한테는 모성이 부족해."

"모성……?"

황녀 전하가 얼빠진 목소리로 말했고, 에릴은 고개를 끄덕였다.

"아, 아니, 당연한 거 아닌가. 나는 아직 자식이 없는데……."

"그 생각은 잘못됐어."

"——!"

에릴이 곧바로 말하자, 황녀 전하는 숨을 삼켰다.

"뭐냐, 뜸을 두지 않고 말할 수 있었군."

"……나는 평범하게 말할 수 있어."

"그럼 어째서 평범하게 말하지 않는 거지?"

에릴이 발끈하여 말하자, 황녀 전하는 의아해하는 것처럼 고개를 갸웃했다.

"……경솔하게 말을 내뱉어서는 안 된다고, 살드멜리크 자작이 말했어."

"아버지의 명령이었나. 하지만, 네가 가주 자리를 이었으니, 명령을 지킬 이유도 없지 않나?"

"……살드멜리크 자작의 명령이기는 하지만, 나는 그의 말이 옳다고 생각해. 그러니까, 먼저 생각하고 말을 내뱉도록 하고 있어."

"흠, 그렇군."

황녀 전하는 아무래도 영 납득하지 못한 듯했지만, 그 이상은 딴지를 걸지 않았다.

"……이야기를 되돌릴게. 황녀 전하한테는 모성이 부족해."

"그러니까, 그건 아직 자식이——."

"모성의 유무와 자식은 상관없어."

에릴은 황녀 전하의 말을 가로막고, 여주인에게 시선을 향했다.

"……안주인도 자식은 없어. 하지만 황녀 전하한테 없는 모성을 갖추고 있어. 즉, 모성에 자식 유무는 관계없어."

"모, 모성이 없어도……. 나는 아직 젊다!"

"나도 아직 스물 언저리야!"

황녀 전하가 큰 목소리로 주장하자, 여주인은 큰 목소리로 받아쳤다.

"내가 엄연히 더 젊다! 가슴도 내가 더 크다! 탄력도 있다!! 모성이 없어도, 내 승리는 흔들리지 않는다!!"

"뭐야?! 지금 말 다했어?!"

"엄연한 사실이다."

프라이드에 상처가 난 것일까. 여주인이 불쑥 앞으로 나서자, 황녀 전하도 지지 않을세라 걸어 나왔다. 두 쌍의 쌍봉이 접촉하고, 부드러움을 증명하는 듯 형태를 바꿨다. 긴장감이 높아진다. 에릴은 마른침을 삼키며 승부의 행방을 지켜봤다. 그때――.

"……두 사람, 뭐 해?"

타이밍이 좋은 건지 나쁜 건지, 에라키스 후작이 식당에 들어왔다.

"마침 잘됐군. 쿠로노의 판정을 받지."

"조, 좋아."

여주인은 않 좋은 예감이 들었지만, 패배를 인정하기 싫어서 머뭇거리며 대꾸했다.

두 사람은 에라키스 후작을 향해 돌아서서――.

"어느 쪽이냐?!"

"어느 쪽이야?!"

큰 목소리로 외쳤다. 에라키스 후작은 둘의 시퍼런 서슬에 밀려 뒷걸음질 쳤다.
"대뜸 뭐가?"
"……에라키스 후작, 두 사람은 어느 쪽 가슴이 우월한지 언쟁하고 있어."
간단하게 상황을 설명하자, 에라키스 후작은 곤혹스러운 표정이 되었다.
"가슴에 우열은 없――."
쾅, 하는 소리가 에라키스 후작의 말을 가로막았다. 황녀 전하가 바닥을 발로 밟아 울린 것이다. 그저 밟아 울린 게 아니다. 신위술로 신체 능력을 강화했다. 어설픈 답으로 빠져나갈 수 없다는 걸 깨달은 에라키스 후작은 등을 쭉 폈다.
"그러니까, 크기는……."
에라키스 후작은 무언가를 들어 올리는 것처럼 손을 위아래로 움직였다. 아마도 기억을 상기하여 가슴의 크기를 비교하고 있는 것이리라.
"안주인이 더 큰 거같아."
"어때? 내 승리야."
"크윽……."
안주인이 득의양양하게 말했고, 황녀 전하는 분한 듯이 신음했다. 에릴도 이걸로 승부는 났다고 생각했으나――. 하지만, 하고 에라키스 후작이 말을 이었다.
"스케일 비율은 티리아가……."

"어떠냐! 내 승리다!!"

"크기로는 내가 앞선다고!"

황녀 전하가 가슴을 폈고, 여주인은 가슴을 들어 올리는 것처럼 팔짱을 꼈다.

"하지만, 크기라면 시온 씨도……. 그리고 형태라면 앨리사이려나."

"""——?!"""

에라키스 후작이 중얼중얼 말했고, 황녀 전하와 여주인은 숨을 삼켰다. 마음은 이해한다. 감히 추종할 경쟁자가 있다고는 생각조차 안 했을 텐데, 실은 그렇지 않았으니.

"뭐, 그래도 나는 가슴에 우열은 없다고 생각해. 작은 가슴에는 꿈이, 큰 가슴에는 행복이 가득 차 있어. 손이 닿는 가슴도, 손이 닿지 않는 가슴도, 훌륭하다는 건 변함 없지. 그래도 굳이 우열을 가르고 싶다면……."

""어떻게?""

황녀 전하와 여주인은 침을 꿀꺽 삼켰다.

"하나하나 대조하며 확인해 봐야겠지. 예를 들어, 코스프레를 하거나——."

"또 그 이야기야?"

여주인이 넌더리가 난 듯이 말하자 흥, 하는 소리가 났다. 황녀 전하가 코웃음을 친 것이다.

비웃음당한 여주인이 황녀 전하를 쳐다봤다.

"뭐야? 그 코웃음은?"

"고작 코스프레 따위로 그런 반응이라니, 깜찍해서 말이다."

"뭐? 설마……."

"상상에 맡기지."

황녀 전하는 머리카락을 쓸어올렸고, 의기양양하게 가슴을 폈다.

"뭐, 내 가슴은 너와는 다르게 크기만 한 게 아니라는 거다."

"흐, 흥, 공주님이 할 수 있는 건 나도 할 수 있어."

오? 안주인! 하고 에라키스 후작이 시선을 향했다.

"해, 해주면 되잖아. 코스프레 정도쯤. 간단해."

"진짜지? 약속했다?"

"그, 그래, 물론이야. 다음에 코스프레로 해줄 테니까 기대해."

에라키스 후작이 거듭 확인하자, 여주인은 살짝 뒤집힌 목소리로 말했다.

"티리아도 시험 비교에 동의하는 거지?"

"뭐? 나는 이미 거의 다 해준 것 같다만?"

"그렇지도 않아. 예를 들면 봉사라든가. 그다지 받은 적이 없단 말이지……."

"크윽……."

황녀 전하가 분한 듯이 신음하자 풋, 하는 소리가 났다. 이번에는 여주인이 코웃음을 친 것이다.

"뭐냐, 그 웃음은?"

"공주님은 봉사도 못 하나 싶어서. 뭐, 나는 공주님보다 살~짝 큰 가슴으로 봉사하고 있거든.”

“흥, 그쯤이야, 나도 할 수 있다!”

“오, 티리아. 그럼 또 봉사해 준다는 거지?”

“물론이다. 기대해라.”

에라키스 후작의 물음에 황녀 전하는 대범하게 미소 지었다.

“그럼, 승부는 그 후에 가르기로 하고……. 식사할까?”

“그래, 알았다.”

“금방 준비할게.”

황녀 전하는 테이블에, 여주인은 식당과 주방을 잇는 문으로 갔다. 황녀 전하는 자리에 앉더니 깊은 한숨을 내쉬었다. 황녀 전하와 여주인의 싸움이었을 터인데, 에라키스 후작만 이득을 보게 되었다. 깊은 한숨을 내쉬는 것도 당연하다는 느낌이 든다. 에라키스 후작은 겉멋으로 수라장을 헤어 나온 게 아니야, 라고 생각하면서 에릴은 황녀 전하 옆에 앉았다.

※

식사가 끝나고——.

“……잘 먹었어.”

“잘 먹었습니다.”

“변변찮은 식사라 미안해.”

에릴과 에라키스 후작이 손을 모으고 말하자, 여주인은 일어나서 접시를 포개기 시작했다. 황녀 전하는 어떤가 하면 우아하게 향차를 마시는 중이다. 여주인은 손을 멈추고——.

"공주님, 뭔가 말할 건 없어?"

"응? 맛있었다."

여주인이 허리에 손을 대고 말하자, 황녀 전하는 짧게 대답했다.

"그래그래, 공주님은 그런 사람이지."

흥, 하고 여주인은 콧방귀를 끼는 듯한 소리를 낸 뒤 재차 접시를 포개기 시작했다. 조금 전보다 소리가 크다. 기분이 상한 모양이다. 그걸 알아차린 것이리라. 황녀 전하가 입을 열었다.

"야취(野趣)가 풍부해서 맛있었다."

"야취?"

여주인은 놀란 것처럼 눈을 휘둥그레 떴다. 참고로 오늘의 아침 메뉴는 빵과 흰살생선 수프, 향초 뫼니에르, 샐러드였다.

"……황녀 전하, 야취란 건 자연스럽고 소박한 정취, 혹은 세련되지 않았다는 의미."

"알고 있다."

그렇게 말하고, 황녀 전하는 의아하다는 듯이 고개를 갸웃했다.

"……안주인이 만든 요리는 정성이 들어가 있어서 무척 맛있어. 그걸 야취가 풍부하다고 말하는 건 무척 모독적인 짓이야."

"에릴 쨩은 착한 아이네~. 그에 비하면……."

"못된 애라서 미안하게 됐군."

여주인이 타박하는 듯한 시선으로 쳐다보자, 황녀 전하는 삐친 것처럼 입술을 삐죽였다.

"……황녀 전하는 말 선택을 잘못하고 있어. 좀 더 신중하게 골라야 해."

"정말이지 그 말대로야."

"……."

황녀 전하는 말이 없었다. 말없이 향차를 다 마시고 자리에서 일어섰다.

"방금 먹은 참인데 군것질하러 가는 거야? 그렇게 먹기만 하다가는 살쪄."

"검술 연습이다."

황녀 전하는 발끈한 것처럼 말하고는 식당을 나섰다. 에릴은 컵을 손에 들고 입가로 옮겼다. 차갑고 산뜻한 맛이다. 따뜻한 향차도 나쁘지 않지만, 고기나 생선을 먹은 뒤에 마시는 물로 우려낸 향차는 각별하다. 컵을 테이블에 내려놓고, 앉은 자세를 바로 고친 뒤 대각선 앞쪽에 앉은 에라키스 후작에게 시선을 향했다.

"……에라키스 후작, 긴히 상담할 것이 있어."

"뭔데?"

에릴이 말을 꺼내자 에라키스 후작은 이쪽으로 몸을 향했다.

"……기술자로 고용해 주었으면 해."

"무슨 바람이 분 거야?"

"……원래부터, 어떻게 처신해야 할지를 생각해야만 하는 시기가 왔다고 느끼고 있었어. 하지만 그렇게 서두르지 않아도 괜찮다고도 생각하고 있었어."
"서두를 이유가 생겼다는 말이야?"
"……수가 지금 생활에 적응하고 있는 걸 보고, 나도 일하는 편이 좋겠다고 생각하게 됐어. 불안해졌다고 바꿔 말해도 좋아."
에릴은 솔직하게 대답했다. 황녀 전하조차 지금의 생활에 적응하고 있는데, 라는 마음도 있었지만, 이건 말하지 않고 덮어뒀다.
"흐음~ 왜 여기서 일하려고 생각했어?"
"…………좋아해."
에릴이 나직이 중얼거리자, 쨍그랑하는 소리가 울렸다. 여주인이 접시를 떨어뜨린 것이다.
"그런 아부는 됐고."
"……이상해. 에라키스 후작은 여자를 좋아할 터."
"어린애한테 손을 대는 건 좀?"
"……나는 어린애가 아니야. 게다가 수는 에라키스 후작의 아내라고 들었어."
"그렇긴 한데, 정작 그 수도 좀 더 자란 후가 아니면 말이지……."
에라키스 후작은 우물우물 말했다. 작은 가슴에는 꿈이 가득 차 있다고 말했는데, 수의 가슴은 가슴이 아니라는 말일까.
"……즉, 내 가슴도 가슴이 아니야?"
"아니, 가슴이야. 에릴의 가슴도 수의 가슴도 훌륭한 가슴이야. 하지만 둘의 가슴에 닿는 건, 내게는 죄가 깊어."

"……잘 모르겠지만, 가슴은 심오하네."

"그래, 가슴은 심오한 거야."

에라키스 후작이 진지한 표정으로 고개를 끄덕였고, 에릴은 손끝으로 자기 가슴을 만졌다. 에라키스 후작 정도 되는 인물이 가슴은 심오하다고 말하니, 정말로 그런 느낌이 들었다.

"무슨 바보 같은 대화야, 이게."

"아니, 우리는 진지하게 가슴에 관해 이야기를 나누고 있었어."

그렇지? 하고 에라키스 후작은 시선을 향했다.

"……적어도 불성실하지는 않았어. 나는 이해할 수 없지만, 아마 에라키스 후작에게 가슴은 심원(深遠)한 의미가 있을 거야."

"쿠로노 님이 이상한 말을 하니까 영향받아 버렸잖아."

"딱히 내 탓은……. 미안합니다."

에라키스 후작은 말을 머뭇거렸고, 사죄의 말을 입에 담았다. 여주인이 노려봤기 때문이다.

"식당 청소해야 하니까 얼른 이야기 끝마쳐 줘."

"……네."

여주인이 거칠게 접시를 포개며 말했고, 에라키스 후작은 약간 뜸을 두고 대답했다.

"그래서, 왜 여기서 일하자고 생각했어?"

"……나한테는 연줄이 없어."

"구귀족인데도?"

"……그건 편견. 연줄이나 재산이 없는 구귀족도 있어."

"그건…… 그렇지."

에라키스 후작이 납득한 것처럼 고개를 끄덕였고, 에릴은 내심 가슴을 쓸어내렸다. 이유를 물어보면 어쩌지, 하고 조금 걱정했다.

"……그러니까, 고용해 주었으면 해."

"뭘 할 수 있는데?"

"……마술식 개발과 매직 아이템 제조가 가능해."

"바라는 조건은?"

"잠깐, 쿠로노 님. 이렇게 어린애가 부탁하잖아. 그냥 고용해 줘."

에라키스 후작이 조건을 묻자, 여주인이 끼어들었다.

"그건 안 돼. 본인이 기술자로 고용해 주길 원한다고 하잖아. 게다가 어린애라고 해서 오냐오냐하는 건 부하도 납득하지 않을 거야."

"그야 그렇지만, 좀 더 사정을 봐주는 게──."

"안주인의 마음은 기뻐. 하지만, 에라키스 후작의 말이 지당해."

에릴은 여주인의 말을 가로막으며 말했다.

"괜찮겠어?"

"……괜찮아."

여주인이 마음 써주는 것처럼 말했고, 에릴은 고개를 끄덕였다.

"그래서, 조건은?"

"월급 금화 세 닢 이상, 의식주는 지금의 대우를 유지, 예산 제한은 두지 않았으면 해."

“‘“…….””

에릴이 조건을 제시하자, 에라키스 후작과 여주인은 침묵했다.

“의식주에 관해서는 문제없지만, 나머지 둘은 좀…….”

“……힘들어?”

“우선 예산 무제한은 현실성이 없어. 월급 금화 세 닢도 좀. 의식주를 제공하고 있으니, 금화 두 닢 정도라면 가능할 것 같지만.”

“……월급 금화 두 닢.”

에릴은 앵무새처럼 되풀이하며 중얼거리고는 여주인에게 시선을 향했다. 가능하면 월급 금화 세 닢을 원했지만, 여주인이 만드는 요리를 먹을 수 있다는 점을 생각하면 타협해도 괜찮으려나 하는 생각이 든다.

“……알았어. 월급 금화 두 닢으로 상관없어.”

“그리고 예산에 관해서인데, 시세를 잘 모른단 말이지.”

“……드워프들은 어떻게 하고 있어?”

“골디의 공방에서는 연간 예산을 정하고, 초과할 것 같으면 추가 신청하는 형식을 취하고 있어.”

“……나는 그렇게 하긴 어려워?”

“네 연구에 얼마나 들어갈지 통계조차 없으니, 기준을 몰라. 필요할 때마다 신청하는 방식은 어때?”

“…………알았어.”

에릴은 상당한 뜸을 두고 고개를 끄덕였다. 제법 양보하고 말았다. 하지만 라마르 5세가 살아있었을 무렵과는 상황이 다르니 어쩔 수 없다.

"고용 조건은 이걸로 됐다고 치고, 실제로 매직 아이템을 하나 만들어 줄래?"

"……그게 채용 시험?"

응, 하고 에라키스 후작은 고개를 끄덕였다.

"……뭘 만들면 돼?"

"통신용 매직 아이템. 가능할까?"

"……문제없어."

"다행이다."

에라키스 후작은 휴, 하고 안도의 한숨을 내쉬었다. 그러고 보니 그는 병사에게 통신용 매직 아이템을 소지시키고 있다. 양산해서 하고 싶은 일이 있는 것이리라.

"……언제까지 만들면 돼?"

"가급적 빨리."

"……알았어."

에릴은 의자에서 일어나 식당에서 나왔다. 잠시 후 재료비에 관해 이야기하지 않았다는 걸 알아차렸다. 멈춰 서서 어깨너머로 식당을 봤다. 재료비를 내줬으면 한다고 말하면 에라키스 후작은 내줄 것이다. 하지만——.

"……조건이 안 좋아질지도 몰라."

나직이 중얼거렸다. 이러니저러니 해도 에라키스 후작은 유능한 남자다. 그런 그가 재료비를 깜박 잊어버렸을까? 말도 안 된다.

재료비 마련도 채용 시험의 평가 기준이라고 생각해야 한다. 하지만, 매직 아이템을 만들기 위해서는 경도가 있는 광물—— 유리, 혹은 보석이 필요하다. 유리는 자유도시 국가군에서 수입하고 보석은 당연히 비싸다.

"……토벌 보수를 남겨둘걸."

에릴은 한숨을 내쉬었고, 다시 걷기 시작했다. 복도를 지나 현관홀을 빠져나가, 현관으로 갔다. 현관에서 나오자 깡, 깡 하는 소리가 들렸다. 망치를 두드리는 소리다. 아무래도 드워프들이 일하기 시작한 모양이다. 드워프의 공방에서는 유리나 보석을 다루지 않지만, 혹시 모르는 일이다. 밑져야 본전이라는 심정으로 다가갔다. 공방 앞에 멈춰 서자——.

"어라, 무슨 일입니까?"

드워프—— 골디가 다가왔다.

"……유리, 혹은 보석을 찾고 있어."

"죄송합니다만 저희 공방에서는 취급하지 않습니다."

에릴이 용건을 전하자, 골디는 미안해하는 것처럼 머리를 긁적였다. 밑져야 본전이라고 생각했지만, 조금 아쉽게 느꼈다.

"……유감. 그럼, 나는 가겠어."

"힘이 되지 못해 죄송하군요."

"……신경 쓰지 않아도 돼."

에릴은 가볍게 머리를 숙이고는 걷기 시작했다.

※

에릴은 상업구 도중에서 걸음을 멈췄다. 운동을 안 하는 탓이리라. 정강이가 아프다. 몸을 앞으로 숙여 정강이를 문질렀다. 통증이 누그러졌기에 몸을 일으켜 걷기 시작했다. 아직 위화감이 있지만, 운동 부족이 원인이기에 어쩔 도리도 없다. 참고 걷는다. 잠시 후 구수한 냄새가 감돌기 시작했다. 광장이 가까운 것이다. 한층 더 다리를 움직이자, 시야가 트였다. 광장으로 나온 것이다. 아직 점심까지 시간이 있는데도 수많은 노점이 늘어서 있었다.

광장에 발을 들이고 두리번두리번 주위를 둘러보며 나아갔다. 물론 먹을 것을 찾고 있는 게 아니다. 수를 찾는 것이다.

"……찾았다."

수의 가게를 발견하고 걸음을 멈췄다. 가게라고 해도 지면에 돗자리를 깔았을 뿐이다. 주위 가게와 비교하면 현격히 초라하다. 에릴이 손님이라면 이용하기를 주저하리라. 그런데도 손님——후드를 깊숙이 뒤집어쓴 여성이 있었다. 여성 손님은 수한테서 작은 종이봉투를 받자, 대금을 치르고 잰걸음으로 떠났다. 지금이라면 말을 걸어도 괜찮겠지. 그렇게 생각하고 발을 내디딘 다음 순간——.

"뭐 하고 있어?"

"——!"

뒤에서 누군가가 말을 걸었다. 너무나도 갑작스러운 일이었기에 깜짝 놀라고 말았다. 어깨너머로 뒤를 보자 스노우가 서 있었다. 군복 차림이 아니다. 사복이다. 심플한 디자인의 셔츠와 스커트 차림이었다.

"……새로운 옷."

"아아, 이거? 괜찮지? 시너 무역조합에서 산 거야."

스노우는 그 자리에서 빙글 한 번 회전했다.

"어때? 하셸은 치안이 좋으니까, 스커트를 입어 봤는데……."

"……잘 어울려."

"고마워. 그런데 에릴은 뭘 하고 있어?"

"……수를 만나러 왔어."

"그렇구나."

스노우는 의외라는 듯한 표정을 띠었다.

"……의외?"

"응, 에릴은 그런 거 그다지 안 좋아하는 것처럼 보이니까."

"……확실히 남과 어울리는 건 껄끄러워."

에릴은 본의 아니게 인정했다. 비아냥 같은 어조로 이런 말을 들었다면 반론했겠으나, 악의가 없는 어조로 이런 말을 들으면 인정할 수밖에 없다.

"가자!"

그렇게 말하고, 스노우는 에릴의 손을 잡고 뛰었다. 그렇긴 해도 수의 가게는 바로 코앞이다. 눈 깜짝할 사이에 도착했다. 수는 돗자리 위에 책상다리로 앉아 있었다. 에릴과 스노우가 멈춰 서자 이쪽을 올려다봤다.

"뭐다?"

"에릴이——."

"기다린다. 손님, 왔다."

수가 말을 가로막자, 스노우는 기분 상한 기색도 없이 옆으로 비켰다. 교대하는 것처럼 후드를 뒤집어쓴 여자가 앞으로 나왔다. 조금 전 여성 손님과는 다른 사람인 모양이다.

"어느 약, 원한다?"

"저, 저기……."

수가 묻자, 여성 손님은 창피한 듯이 뭉그적뭉그적했다. 힐끔힐끔 이쪽을 쳐다보는 것으로 봐서 대놓고 말하기 힘든 내용임을 이해할 수 있다. 그걸 알아차린 것이리라. 수가 손짓하자 여성 손님은 무릎을 꿇고 몸을 내밀어 수의 귓가에서 뭐라고 속삭였다.

수는 돗자리 위에 놓인 항아리에 손을 뻗어 작은 종이봉투를 꺼냈다. 여성 손님은 떨리는 손으로 작은 종이봉투를 손에 쥐고, 대금—— 은화 한 닢을 내밀었다.

"약, 한 자밤, 불에 피운다."

"한 자밤?"

"한 자밤. 너무 많이 피운다, 좋지 않다. 목숨, 위험하다. 이해했나?"

"네, 알겠습니다."

여성 손님은 일어나서 허둥지둥 떠나갔다. 스노우는 여성 손님을 눈으로 지켜보고는——.

“지금 사람, 뭘 산 거야?”

“기운, 난다, 약.”

“하지만 건강해 보였는걸?”

“기운, 없다, 남편.”

정력제란 말인가? 그러나 입 밖으로는 내지 않았다. 여성 손님의 비밀을 폭로할 수는 없는 노릇이고, 정력제가 뭔지 질문받아도 곤란하다.

“그렇구나. 건강해지면 좋겠네.”

“기운, 난다.”

수는 힘차게 고개를 끄덕였고, 은화를 항아리에 던져 넣었다. 제법 소득이 있는지 은화가 서로 부딪치는 소리가 울렸다. 기대가 부푼다.

“손님, 없다. 용건, 말해라.”

“저기, 에릴이 수를 만나러 왔대.”

“……할 이야기가 있어서 왔어.”

에릴이 앞으로 나서자, 스노우가 손을 놓았다. 겨우 자유가 됐다. 무릎을 굽히고 수에게 시선을 향했다. 중요한 용건임을 헤아려 준 것이리라. 수가 앉은 자세를 바로 했다.

“용건, 말해라.”

“……돈을 빌려줬으면 해.”

“어? 쿠로노 님의 의뢰를 달성해서 돈을 받지 않았어?”

어째서 알고 있지? 하는 생각에 에릴은 스노우에게 시선을 향했다. 문득 엘프 쌍둥이── 아리데드와 데네브의 모습이 뇌리를 스쳤다. 그 두 사람이라면 나불나불 이야기할 것 같다.

"……썼어."

"썼다니, 제법 거금이었다고 들었는데?"

"……거금이 아니야. 책을 세 권 샀더니 없어졌어."

"조금은 남겨두면 좋았을 텐데."

"……나도 그렇게 생각해."

스노우의 말에 에릴은 고개를 끄덕였다. 하지만 그때는 책이 필요하다고 생각했다.

"그래서, 왜 돈이 필요한 거야?"

"……설명할게. 실은──."

스노우가 이유를 물어보자, 에릴은 지금까지의 경위를 간단하게 설명했다.

"쿠로노 님이라면 재료비 정도는 내주지 않을까?"

"스노우는 물러."

"그런가?"

에릴이 곧바로 말하자 스노우는 난감해하는 듯한 표정을 띠었다.

"……에라키스 후작은 유능한 군인이자 영주. 재료비를 잊어서 말 안 했다고 생각할 수 없어."

"확실히 대단한 사람이라고 생각하지만, 깜박할 때도 있지 않을까?”

“……스노우는 일개 병사니까, 그렇게 생각할 수도 있어.”

“쿠로노, 대단하다. 나, 알고 있다. 앞일, 생각한다.”

에릴의 말에 수가 동의했다.

“……수는 잘 알고 있어.”

“당연, 나, 쿠로노의 아내.”

흣, 하고 수는 득의양양하게 콧방울을 부풀렸다.

“뭐, 쿠로노 님에 관한 건 됐어. 어쨌든, 에릴은 매직 아이템을 만들기 위해 보석이 필요하다는 거지?”

“……그걸 위해 돈을 빌리러 왔어.”

스노우가 심기일전한 것처럼 말했고, 에릴은 고개를 끄덕였다.

“얼마, 필요하다?”

“잠깐!”

수가 항아리에 손을 뻗은 다음 순간, 스노우가 제동을 걸었다.

“……이건 나와 수의 문제. 스노우가 개입할 문제가 아니야.”

“친구가 손해를 볼 위기잖아. 보통은 제지한다고.”

스노우는 발끈해서 말했다.

“……수는 손해 보지 않아.”

“그럼 묻겠는데, 어떻게 해서 수한테 돈을 갚을 셈이야?”

“……고용된 뒤에 재료비로 정산하겠어.”

“고용 안 될지 어떨지는 아직 모르는 거 아니야? 게다가 예산은 필요한 걸 살 때 신청하니까 정산 못 할지도 모르고, 재료비를 마련하는 것부터가 시험이라면, 돈을 빌리는 건 감점 대상일 수도 있는데?"

"……."

스노우가 쉴 새 없이 몰아붙이듯이 말했고, 에릴은 침묵했다. 지당한 의견이다. 하지만, 어째서일까. 울컥하는 건.

"……그러면 어떻게 하면 좋아?"

"쿠로노 님한테 사정을 설명하고 재료비를 받는 게 최선이야."

"……감점 대상."

"어쩔 수 없어. 재료비를 마련하지 못하는 게 사실인걸."

으으, 하고 에릴은 신음했다. 그녀의 의견은 지당하다. 솔직히 말하면 자신의 무능함을 드러내는 듯한 짓은 하고 싶지 않다. 하지만 이대로는 자기 자존심을 우선하여 필요한 보고를 게을리했다고 보일 수도 있다. 어쩔 수 없다. 에라키스 후작에게 재료비를 신청하자. 조건이 더 안 좋아질지도 모르지만, 이게 정당한 평가라고 체념할 수밖에 없다. 그때——.

"셋 다, 거기서 뭘 하는 거지?"

목소리가 울렸다. 익숙한 목소리다. 뒤돌아보니 황녀 전하가 소시지가 끼워진 꼬치를 들고 서 있었다. 군것질하던 도중 에릴 일행의 모습을 발견하여 다가온 것이리라.

"……황녀 전하야말로, 뭘 하고 있어?"

"나는 시찰 도중이다."

그렇게 말하고, 황녀 전하는 소시지를 베어 물었다. 맛있다는 듯이 얼굴에 미소를 짓는다.

“……용건이 없다면 내버려 뒀으면 해.”

“어째서 짜증이 나 있지?”

“……대답할 의무는 없어.”

“에릴, 그런 말투는 좋지 않아.”

에릴이 쌀쌀맞게 대답하자 스노우는 타박하는 것처럼 말하고는 황녀 전하에게 시선을 향했다.

“실은——.”

“흠, 그런가.”

스노우가 사정을 설명하자 황녀 전하는 납득이 갔다는 듯이 고개를 끄덕였다. 남아 있던 소시지를 입에 넣고, 꼬치를 쓰레기통에 버렸다.

“황녀 전하는, 그, 어떻게 생각하시나요?”

“음, 쿠로노는 거기까지 생각하고 있지 않다고 본다.”

스노우가 쭈뼛쭈뼛 묻자, 황녀 전하는 대범하게 대답했다.

“거봐~, 내 말대로잖아.”

“……그건 황녀 전하의 의견에 불과해.”

“정말 완고하네!”

그렇게 말하고, 스노우는 불만스러운 듯이 입술을 삐죽였다.

“일단 너희들이 보석을 사려 하고 있다는 건 알았다.”

하지만, 하고 황녀 전하는 수에게 시선을 향했다.

“서기—— 수는 매직 아이템을 만들 수 있지? 보석 한둘쯤 있지 않나?"

"——!"

에릴은 숨을 삼켰다. 깜박했다. 수는 주의—— 매직 아이템 제작자다. 보석이 있어도 이상하지 않다. 기대하며 시선을 향했지만——.

"나, 점토, 쓴다."

"……점토는 경도가 부족해."

에릴은 작게 한숨을 내쉬었다. 제국과 루 족은 마술의 체계가 다른 모양이다.

"흠, 루 족의 방법은 쓸 수 없다는 건가."

"……에라키스 후작에게 재료비를 받아 오겠어."

"뭐, 기다려 봐라."

황녀 전하가 에릴을 불러 세웠다. 하지만 에릴은 아랑곳하지 않고 일어서서 걷기 시작했다. 그러자 황녀 전하가 에릴 앞으로 돌아 들어와 앞을 가로막았다.

"……비켜줬으면 해."

"어째서 내 아이디어를 듣지 않지?"

"……별 대단한 아이디어 아닐 것 같아."

"실례로구나, 너는!"

에릴이 솔직한 심정을 말하자, 황녀 전하는 언성을 높였다.

"……그럼, 실례하겠어."

"실례하지 마라!"

옆을 빠져나가려 했지만, 황녀 전하한테 저지당했다. 그때, 스노우가 다가왔다.

"에릴, 이야기를 들어보자. 어쩌면 정말 굉장한 아이디어일지도 몰라."

"'어쩌면'은 쓸데없다."

"——! 죄송해요."

황녀 전하가 발끈한 것처럼 말하자, 스노우는 목을 움츠렸다.

"……알았어. 어디 한번 들어보기나 할게."

"정말로 실례인 녀석이군. 뭐, 됐다. 요는 보석이라면 뭐든 괜찮은 것 아니더냐?"

"……뭐든 괜찮은 건 아니야. 좋은 매직 아이템을 만들기 위해서는 크기도 중요해."

"네가 질좋은 매직 아이템을 만들고 싶은 건 알았다. 하지만, 쿠로노는 매직 아이템의 품질은 논하지 않았지? 그렇다면 기능만 갖춘 수준이면 충분할 거다."

"……그건 억지 논리."

"억지 논리도 논리는 논리다. 쿠로노가 뭐라고 하면 급하게 만들었다고 하면 된다."

"……."

에릴은 반론할 수 없었다. 황녀 전하의 논리는 말꼬리를 잡고 있는 것이나 다름없다. 하지만, 당당하게 그런 말을 들으니, 그 논리로 밀어붙일 수 있을 것 같은 느낌이 든다.

"……일리 있어."

"그럼, 따라와라."

황녀 전하가 턱짓한 뒤 걷기 시작했고, 에릴은 황급히 뒤를 쫓았다. 무슨 이유인지 스노우도 따라온다. 수는――.

"나, 가게, 있다."

"……알았어."

"열심히 해."

말을 나누고, 황녀 전하의 뒤를 따랐다. 앞장서 가는 황녀 전하를 따라가 도착한 곳은 점을 보는 노점이었다. 테이블을 사이에 끼고 건너편에 검은 로브를 입은 여자가 앉아 있다.

"점주, 보석을 보여다오."

"보석이 아니라 파워 스톤입니다."

점주―― 여자 점술사는 발끈한 것처럼 발하고는 테이블 밑에서 상자를 꺼냈다. 중후함이 없는 가벼운 상자다. 여자 점술사는 재는 것처럼 상자를 열었다. 상자 안에서 나타난 건 형형색색의 보석이었다. 여자 점술사는 위험한 물건이라도 다루는 것처럼 무색투명한 보석을 손에 쥐었다.

"이 보석으로 말할 것 같으면――."

"옥적석(玉滴石)이로군. 화산 근처에서 쉽게 캘 수 있다. 보석으로서의 가치는 없지."

"큭……."

황녀 전하가 설명하자 여자 점술사는 분한 듯이 신음했다.

"황녀 전하, 그, 장사를 방해하지 않는 게 좋다고 생각해요."

"이 여자는 소원을 이루어주는 돌이라 칭하며 쓰레기 보석을 팔고 있다. 문제없다."

스노우가 쭈뼛쭈뼛 말했지만, 황녀 전하는 주눅 드는 기색이 없다. 여자 점술사가 원망스러워하는 듯한 눈으로 봤다. 시선을 알아차린 것이리라. 황녀 전하는 여자 점술사를 봤다.

"흥, 그런 눈으로 봐도 헛수고다. 지옥에 떨어질 거라는 말을 들은들 아무렇지도 않다."

"불행해져라."

"으극……."

여자 점술사가 낮은 목소리로 말하자, 황녀 전하는 괴로운 듯이 신음했다. 아무렇지도 않다고 말했는데, 그렇지도 않다.

"……그 파워 스톤을 두 개 팔아줬으면 해."

"은화 한 닢."

"……비싸. 동화 한 닢."

"……."

여자 점술사는 말없이 뚜껑을 닫으려 했다.

"기다려."

에릴이 목소리를 내사 여사 점술사는 움직임을 딱 멈췄나.

"……무료로 해주면 조명용 매직 아이템을 만들어 줄게."

"그런 조건을 걸어도 되는 것이냐?"

"……나는 기술자."

황녀 전하의 물음에 담담하게 대답했다. 어때? 라며 고개를 기울이자, 여자 점술사는 상자 뚜껑을 테이블 위에 올려놓았다. 가지고 가라는 듯이 턱짓했다. 에릴은 옥적석 두 개를 손에 쥐고 주머니에 넣었다.

"……고마워. 마술식을 부여할 파워 스톤이 필요해."

"……."

여자 점술사는 말없이 어깨를 으쓱였다. 원하는 걸 쓰라는 말이리라. 에릴은 가장 큰 파워 스톤에 손을 댔다.

"……가상 인격 기동."

에릴이 나직이 중얼거리자, 시야가 어두워졌다. 시야 왼쪽 위에 기호화된 두루마리 같은 것이 표시된다.

"술식 목록 개시, 술식 선택 · 마술 부여, 부여 술식 선택 · 조명."

최초의 두루마리가 펼쳐지고, 거기에 기록된 항목을 선택할 때마다 새로운 두루마리가 펼쳐진다. 시야 절반이 두루마리로 채워진다. 이건 현실의 광경이 아니다. 가상 인격이 머릿속에서 행하고 있는 처리를 번역하여 표시하고 있는 것이다.

"설정 완료── 술식 해동."

이번에는 두루마리가 닫혀 나간다. 마지막 두루마리가 닫히자, 마술식이 폭포처럼 시야에 쏟아졌다. 마술식이 사라지고 파워 스톤에 빛이 들어왔다. 성공이다. 이걸로 이 파워 스톤은 조명용 매직 아이템이 되었다.

"빛이여."

에릴이 중얼거리자, 빛이 사라졌다. 조명용 매직 아이템을 손으로 잡고 내밀자, 여자 점술사는 작게 고개를 끄덕이고는 로브 소맷자락에 넣었다.

"흐음~, 간단히 만드는군."

"말처럼 간단하지는 않아."

에릴이 단호하게 말하자, 황녀 전하는 얼굴을 찌푸렸다. 아차 싶었지만, 정말로 간단하지 않다. 가상 인격이 완성될 때까지 몇십 명이나 되는 어린아이가 죽었다. 살드멜리크 자작은 의식 용량 부족이라고 말했지만, 원인은 쓸데없는 연산을 요구하는 마술식이다.

살드멜리크 자작을 떠올렸다. 그와 함께 있었던 건 정말로 짧은 기간이었지만, 그래도 알게 된 건 있다. 그는 특이한 사람이었다. 여자한테도, 남자한테도 관심이 없고, 오로지 마술식 개발에 몰두했다. 그런 그가 생각한 궁극의 마술이 바로 '가상 인격'——실시간으로 마술식을 고쳐 쓰는 마술이다.

시술이 성공했을 때, 그는 매우 기뻐했다. 그리고 자기 작품에 애착이 솟은 것인지, 아니면 실험 조수로 삼을 생각이었던 건지, 에릴에게 교육을 베풀었다. 평범한 감성이 있다면 그런 짓을 하지 않으리라. 하지만 그는 특이한 사람이었다. 그건 에릴에게는 행운이었다. 마술식 때문에 두통에 시달리고 있었던 것이다. 두통에서 해방되기 위해서는 마술식을 개량할 수밖에 없었다.

에릴이 두통에서 해방된 날, 살드멜리크 자작은 목을 매 자살

했다. 아마도 마술식의 실수를 지적한 것이 원인이리라. 이따금, 그는 노력을 아낀 탓에 실수할 때가 있었다—— 당시에는 그렇게 생각했지만, 지금은 그게 그의 한계였다는 걸 알았다. 에릴은 그런 줄도 모르고 그를 지적하여 죽음으로 몰아넣고 말았다.

"어이, 간다."

"——!"

갑자기 황녀 전하한테 어깨를 붙잡혀 깜짝 놀랐다.

"뭘 멍하게 있는 거냐?"

"……황녀 전하는 더 생각하고 나서 말을 내뱉어야 해."

"뭐라?!"

"……경솔한 말 하나로 사람이 죽어."

에릴은 작게 한숨을 내쉬고, 황녀 전하에게 등을 돌린 채 걷기 시작했다. 라마르 5세와는 큰 차이라고 생각한다. 그는 말의 무서움을 알고 있었다. 나 참, 아까운 사람을 잃었다. 그가 살아있었더라면 한직으로 쫓겨나더라도 처신은 고민하지 않아도 됐을 텐데.

※

점심—— 에릴이 식당에 들어가자 에라키스 후작이 자리에 앉아 있었다. 드문 일도 다 있는 법이다. 조용히 다가가 테이블 위에 오저석으로 만든 통신용 매직 아이템을 올려놓았다.

"벌써 만들었구나."

"……급하게 만들었어."

에라키스 후작이 놀란 것처럼 말했고 에릴은 가슴을 폈다.

"어떻게 쓰는 거야?"

"……한쪽에 말을 걸면, 다른 한쪽에서 들려."

"알았어."

그렇게 말하고, 에라키스 후작은 통신용 매직 아이템 한쪽을 입가에, 다른 한쪽을 귓가에 가까이 가져다 댔다. 아~, 아~, 하고 목소리를 냈다.

"응, 들리네."

"……합불은?"

"합격. 채용할게."

에라키스 후작이 통신용 매직 아이템을 테이블에 올려놓았고, 에릴은 가슴을 쓸어내렸다.

"……감사해. 하지만, 묻고 싶은 게 있어. 어째서 채용 시험으로 통신용 매직 아이템을 만들게 한 건지 알려줬으면 해."

"대단한 이유는 아닌데, 하셀이랑 실바튼은 꽤 떨어져 있잖아? 각종 신청을 하는데 일부러 오게 하는 것도 미안하니까 근시일 내에 실바튼에 대관소*를 두려고 생각해서."

"……당연한 발상."

하셀과 실바튼 사이를 왕복하면 그것만으로도 하루가 허비된다.

---

*代官所. 중세 서양과 일본에서 중앙을 대행하여 각 지방을 관할하던 대관이 있는 관청.

실바튼에 대관소를 두는 건 당연한 발상이다.

"하지만 대관을 보내더라도 권한 밖의 일이라면 나하고 연락해야 하잖아? 그러니까, 통신망── 이 경우에는 선이니까 통신선이려나? 뭐, 어쨌든, 통신용 매직 아이템으로 하셀과 실바튼 사이를 연결하려고."

"──!"

에릴은 숨을 삼켰다. 통신용 매직 아이템은 수집품── 별난 장난감으로 인식되고 있다. 그런 걸로 영주와 대관이 연락을 주고받는다니, 믿기지 않는다. 너무나도 엉뚱한 발상이다. 이세계에서 왔다는 터무니없는 농담이 사실처럼 들릴 정도로.

"할 수 있겠어?"

"…………물론."

에릴은 조금 생각한 끝에 대답했다. 기술적인 문제는 없다. 에라키스 후작의 재력이라면 양적인 문제도 해결 가능하다. 나머지는 실현하는 것뿐이다.

"……나는 재미있는 고용주를 만났는지도 모르겠어."

"왜 추측형이야?"

"……나는 말을 골라서 이야기해. 경솔하게 단언하지 않아."

갑자기 달칵, 하는 소리가 났다. 식당과 주방을 가로막는 문이 열리는 소리다. 여주인이었다. 그녀는 곧바로 에릴을 알아차렸다.

"어라, 에릴 쨩. 미안. 아직 식사가 준비되지 않았어."

"기나릴세."

에릴은 에라키스 후작의 대각선 맞은편에 앉았다. 어떤 통신용 매직 아이템으로 할지 생각하는 것만으로도 두근두근한다. 이렇게 되어 보니 황녀 전하의 감시역을 명령받은 게 잘된 일이었으려나 하는 생각이 들었다.

제 5 장 『기사들의 연회』

제국력 431년 9월 하순 밤── 조명용 매직 아이템이 희뿌옇게 상자형 마차 내부를 비추고 있다. 리오는 창틀을 받침 삼아 턱을 괴고, 창밖으로 시선을 향했다. 그곳에는 흡사 무대 배경이나 실루엣처럼 나무들이 늘어서 있다. 알데미란 궁전이 가까운 것이다. 그렇지 않다면 나무들이 같은 간격으로 늘어서 있을 리가 없다. 그렇다고는 해도 알데미란 궁전 주위에 펼쳐진 정원은 광대하다. 도착할 때까지 유예가 있다.

리오는 한숨을 내쉬고 유리창에 비친 자기 모습을 바라봤다. 군복을 입고 시시하다는 듯한 표정을 짓고 있었다. 당연하다. 뭐가 재미있어서 알포트가 주최하는 (실제로 주최한 건 알코르 재상이지만) 연회에 참석하겠는가. 리오는 자신이 결점을 드러내는 성격이라고 생각하지만, 자기가 주역이라고 믿고 있는 광대를 보러 일부러 알데미란 궁전까지 가는 취미는 없다.

그렇다고는 해도, 제9 근위기사단을 맡고 있는 몸이다. 땡땡이 치면 할아범이 시끄러울 테고, 부하에게 주눅 드는 기분을 맛보게 할 수도 없는 노릇이다. 그리고 어째서인지 알포트의 마음에 든 피스케 백작한테서 연회에 참가하도록 간절히 부탁받기도 했다. 아무리 그래도 이만큼 이유가 있으면 저택에서 빈둥빈둥하고 있을 수도 없는 노릇이다.

"하다못해, 쿠로노가 있었으면……."

리오는 투덜거렸다. 쿠로노는 제13 근위기사단 단장에 임명되었다. 대대 명칭이 바뀌었을 뿐인, 그야말로 이름뿐인 근위기사단 단장이지만, 그래도 근위기사단 단장인 건 변함이 없다.

그러나 쿠로노는 초청되지 않았다. 이름뿐인 근위기사단 단장을 부를 필요는 없다고 판단한 건지, 그게 아니면 죽을 뻔한 일을 막 겪고 난 참인 쿠로노를 신경 써준 건지. 혹은 그 양쪽 다인 건지.

지금쯤 쿠로노는 뭘 하고 있을까. 뻔하다. 애인들과 질펀하게 놀아나고 있을 거다. 그런 생각을 하며 유리창을 봤다. 그러자 거기에 비친 자신은 삐친 듯한 표정을 띠고 있었다.

재차 한숨을 내쉬었다. 한때 자신은 누구에게도 받아들여지지 못하고 고독하게 죽을 줄 알았다. 하지만 내심 어쩌면 자기를 받아들일 사람이 있을지도 모른다고 희미하게나마 희망을 품고도 있었다. 몇 번인가 실망을 맛봤고, 쿠로노가 자신을 받아들여 주었다. 몸도 마음도 전부. 그와 키스한 걸 떠올리는 것만으로도 두근두근하고, 애무받은 걸 떠올리기만 해도 흥분한다.

소원을 이루는 것을 행복이라고 한다면 자신은 행복해졌어야 했다. 그런데도 쿠로노가 다른 여자와 놀아나고 있다고 생각하니 기분이 술렁인다. 그가 그런 남자임을 알고 있는데도.

그뿐만이 아니다. 지금의 행복이 부서지는 건 아닌지, 쿠로노가 자신을 버리는 날이 오는 건 아닐지 두렵다. 한층 더 나아가,

그렇게 될 바에는 차라리 스스로 부숴 버리자는 생각마저 들고 있다.

자신의 뻔뻔함에 넌더리가 난다. 기대 이상의 행복을 얻고서, 그걸 부수려고 하다니. 모처럼, 행복을 얻은 것이다. 의심하지 말고 즐기면 된다. 단순한 일이다. 하지만 그런 단순한 것을 할 수 없다.

행복의 이미지가 있는데, 자신이 행복해질 수 있다고 믿지 못한다. 분명, 이런 인간은 행복을 얻어도 철저하게 의심하여 기어이 부서뜨릴 게 틀림없다. 그렇게 하여 안도하는 것이다. 거봐, 부서졌잖아. 그러니까 진짜 행복이 아니야, 하고.

"……이것도 사치스러운 고민일까."

리오가 한숨을 쉬으며 중얼거린 다음 순간, 상자형 마차가 크게 흔들렸다. 창밖을 보니 그곳은 알데미란 궁전이었다. 아무래도 수심에 잠겨 있는 사이에 도착했던 모양이다. 잠시 후 할아범이 문을 열었다.

"리오 님, 도착했습니다."

"알고 있어."

할아범이 조용히 머리를 숙였고 리오는 마차에서 내렸다. 뭉친 곳을 풀기 위해 가볍게 스트레칭하고 나서 구 성관으로 향했다. 문 앞에는 하얀 군복을 입은 남자 두 명이 서 있었다. 양쪽 다 본 적이 있는 얼굴이다. 리오가 멈춰 서자――.

""게이론 백작! 수고가 많으십니다!!""

두 남자—— 사이먼과 휴고는 등을 쭉 펴고 큰 목소리로 외쳤다. 이번에는 제12 근위기사단이 경비를 맡은 모양이다. 신성 아르고 왕국에 불온한 움직임이 있어 제2 근위기사단이 노우지 황제 직할령에 재배치되었기 때문이지만, 제12 근위기사단이 건재함을 어필한다는 목적도 있다.

“사이먼이랑 휴고도 고생이 많아. 연회에 참가하지 못해서 괴롭겠지만, 힘내.”

“““옙!!”””

사이먼과 휴고는 경례하고 문을 열었다.

“““들어가십시오.”””

“고마워.”

리오는 감사 인사를 하고 구 성관에 발을 들였다. 홀에는 근위기사가 몇 명 있었지만, 리오를 보자 고개를 돌렸다. 그들을 무시하고 동관으로 향했다. 홀을 빠져나가 복도를 지나고, 동관에 도착하자 거기에는 궁녀 옷을 입은 여성 두 명이 서 있었다. 둘은 공손하게 고개 숙여 인사하고는 문을 열었다. 떠들썩한 소리와 술 냄새가 밀려왔다.

회장에서는 하얀 군복을 입은 남자들이 테이블에 무리 지어 요리를 먹고, 술을 마시며, 환담에 빠져 있었다. 아무래도 이번 연회는 입식 형식인 모양이다. 희미하게 음악이 들렸지만, 음악을 듣는 사람은 없었다. 그대로 몸을 뒤로 돌려 돌아가고 싶어졌지만, 그럴 수는 없다.

한숨을 내쉬고 안으로 들어가자——.

"어머, 케이론 백작이잖아."

"어라, 파나 공."

파나가 조용조용 다가왔다.

"오늘은 드레스가 아니네?"

"드레스는 쿠로노 앞에서만 입고 싶어서."

그래? 하고 파나는 리오의 말을 가볍게 흘렸다.

"당신은 안 올 줄 알았어."

"이래 보여도 남과 어울리는 걸 소중히 여기는 편이라서."

"그랬어? 내가 알던 당신과는 조금 다른데?"

"나쁜 쪽으로?"

"좋은 쪽으로."

파나가 쿡 웃었고, 리오는 그녀를 찬찬히 바라봤다. 그녀가 입고 있는 건 궁녀 옷이 아니라 이브닝드레스다. 즉, 궁녀장으로서 연회 진행을 맡기 위해 참가한 게 아니다. 파나는 이브닝드레스를 손끝으로 집고——.

"자기가 주최하는 연회라고, 알포트가 계속 떠드는 탓에."

"국모 자리도 고생이 많네."

"그 애의 엄마가 힘들어."

"그건 불경한데."

"엄마인걸. 엄한 말도 해."

"그런 법이야?"

"그런 법이야."

리오와 파나는 누가 먼저랄 것도 없이 웃었다.

"여기선 뭣하고, 이동하지 않을래?"

"그러네. 둘이 얌전히 벽에 있는 꽃이 될까."

리오는 파나와 함께 벽 쪽으로 이동했다. 벽에 등을 기대자, 궁녀가 은쟁반을 들고 다가왔다. 쟁반 위에는 와인이 담긴 잔이 여럿 실려 있다. 잔 두 개를 손에 들고 한쪽을 파나에게 건넸다.

"벽의 꽃이 된 우리에게."

"가까워지고 싶어 하는 것처럼 이쪽을 보고 있는 남자들에게."

리오와 파나는 가볍게 잔을 맞부딪쳤다. 잔을 입가로 옮기고, 향긋한 향기를 즐겼다. 입술을 축이는 정도로 와인을 입에 머금었다.

"그러고 보니 케이론 백작은 에라키스 후작과 사이가 좋았지?"

"그게 왜?"

"에라키스 후작은, 어때?"

"요전에 데이트했을 때는 기운 넘쳤어."

"그래, 다행이네."

파나는 휴, 하고 안도의 한숨을 내쉬었다.

"왜 파나 공이 쿠로노를 신경 쓰지?"

"계속 민폐를 끼쳤잖아. 모른 척하기에는 좀 그렇지."

"그도 그렇네."

리오는 잔을 만지작거리며 대답했다. 민폐를 끼치는 건 알코르

재상과 알포트지만, 자기는 무관하다고 생각하지 않는 점이 그녀답다.

“이제부터라도 느긋하게 지내기를 바라.”

“한동안은, 이 아니라?”

“그래. 올해만 벌써 두 번이나 죽을 위기를 겪었잖아? 여생은 느긋하게 지낼 자격은 되지 않겠어?”

“나도 될 수 있으면 그러기를 바라지만…….”

리오가 한숨을 섞으며 말하자, 파나는 의아한 듯이 미간을 찡그렸다.

“왜? 에라키스 후작은 야심이 많은 편인가?”

“글쎄?”

리오는 고개를 갸웃했다. 그냥 평범한 수준 아닌가?

“이러니저러니 해도 쿠로노는 긍지가 높은── 자기희생을 꺼리지 않는 남자야. 그러니까, 무슨 일이 생기면 가장 먼저 자신을 희생하겠지.”

“아아, 그래서 걱정이구나.”

“하다못해 실력이라도 더 있으면 좋겠는데.”

파나가 납득하자, 리오는 가볍게 어깨를 으쓱였다.

뭐, 실력이 있으면 되려 자기 실력을 믿고 사지로 뛰어들 것 같지만──.

“걱정돼서 안절부절못하겠어.”

“……그렇겠네.”

파나가 약간 뜸을 두고 고개를 끄덕였다. 생각하는 바가 있는 것이리라. 뭐라 형언하기 힘든 표정을 띠고 있다. 리오는 마음속으로 청록이자 유전을 관장하는 신에게 기도를 올리고, 손가락을 딱 울렸다. 소리가 사라지고, 파나가 두리번두리번 주위를 둘러봤다.

"신위술이구나?"

"이걸로 파나 공이 무슨 말을 해도 안 들릴 거야."

"푸념하고 싶으면 하라는 거야?"

"내 나름대로 센스를 발휘했는데, 민폐였으려나?"

"아니, 고마워."

파나는 잔에 입을 대고 절반 정도 와인을 마셨다.

"나, 자식을 잘못 키운 것 같아."

"……."

파나가 한숨을 내쉬듯이 말했고, 리오는 잠자코 그 말을 들었다. 아니, 그렇다기보다 잠자코 듣는 것밖에 할 수 없다. 알

포트가 더 멀쩡한 인간이었으면 좋았겠지만——.

파나는 와인을 들이키고, 작게 한숨을 내쉬었다.

"고마워. 개운해졌어."

"이제 괜찮아?"

응, 하고 파나는 고개를 끄덕인 뒤 정면을 봤다. 그에 이끌려 시선을 향했다. 그러자 궁녀가 이쪽으로 다가오던 참이었다. 파나가 아니면 해결할 수 없는 트러블이 발생한 것이리라. 마음 놓

고 와인도 마실 수 없다니, 궁녀장은 힘든 일이다. 그런 생각을 하며 손가락을 딱 울리자, 소리가 돌아왔다.

"그럼, 다음에 또 봐."

"예, 또 성에서 만나죠."

리오가 약간 격식 차려서 말하자, 파나는 쿡 웃었다. 그리고 궁녀가 있는 곳으로 갔다. 리오는 작게 한숨을 내쉬고는 벽에 몸을 기댔다. 잔을 만지작거리고 있었더니――.

"잠깐 괜찮나?"

누군가가 말을 거는 소리에 고개를 들었다. 그러자 레온하르트가 서 있었다.

"괜찮아."

"실례하지."

그렇게 말하고, 레온하르트는 리오 옆으로 이동했다. 벽에 등을 기대고 팔짱을 꼈다.

"오늘은 드레스가 아니군?"

"드레스를 입는 건 쿠로노 앞에서만 하려고."

"몸가짐이 정숙하군."

"왜 문제 있어?"

"아니, 그럴 리가."

그렇게 말하고 레온하르트는 과장되게 어깨를 으쓱였다. 모양새는 그럴듯하지만, 마치 어딘가 연기를 하는 듯한 부자연스러움이 있다. 아니, 익살맞게 보이고 싶은 거다.

"오늘은 주변에 따라다니는 사람이 없네."

"연회 참가자는……."

레온하르트는 말을 끊고 시선을 이리저리 움직였다.

"군 경력이 길어서 말이지. 어지간한 불만이 없는 한 나한테 말 걸지도 않아."

"저 많은 사람을 얼굴만 봐도 알아?"

"남의 얼굴과 이름을 기억하는 게 특기라서 말이지."

레온하르트는 손가락으로 관자놀이를 톡톡 두드렸다. 흐응~, 하고 리오는 수긍했다. 이 사람은 참석자 모두의 얼굴과 이름을 알아도 이상하지는 않다.

가벼운 장난기가 일었다.

"구 성관 문지기의 이름도 기억해?"

"물론. 사이먼 아덴과 휴고 에드워스였지."

어? 하고 리오는 눈을 크게 떴다. 설마 정말로 기억할 줄이야. 대체 언제 접점이 생긴 걸까 의아하게 여기고 있자, 레온하르트가 활짝 웃었다.

"내막을 밝히자면, 조금 전에 막 이야기한 참이다."

막 이야기한 참이라고 하면, 하고 레온하르트가 뒷말을 이었다.

"말이 나와서 말인데, 제8 근위기사단의 필립이라는 청년이 내게 말을 걸더군."

"뭐라고 했는데?"

"존경한다고 말했다. 듣자니 그의 말로는 나는 기사 중의 기사로, 성기사라는 이명에 걸맞다는 것 같더군. 높이 사는 건 고마운 일이지만, 내가 듣기에는 기분이 편하지 않아서 말이지. 그래서 오랫동안 신성 아르고 왕국과 싸운 타우르 경이나, 일전의 친정에서 훌륭하게 최후미를 맡은 쿠로노 경이야말로 진정한 기사라고 대답했지."

"그 모습을 보니, 상대는 그렇게 생각하지 않았던 모양이네."

어떻게 그걸 아는 거지? 라고 말하는 것만 같이 레온하르트가 눈을 크게 떴고, 리오는 쓴웃음을 지었다. 입씨름을 벌이는 두 사람을 상상하는 것만으로도 웃음이 솟구쳐 오른다.

"그래서, 어떻게 됐는데?"

"얼굴과 이름은 기억했다."

"그런 의미가 아닌데……."

리오는 어깨를 푹 떨궜다. 대화가 맞물리지 않는 것에 탈력감을 느꼈지만, 조금 안심했다.

제8 근위기사단은 뇌물 여하에 따라 누구든지 입단할 수 있기에, 단원이 약하기로 유명하다. 게다가 규율을 지키지 않는다. 만약 레온하르트가 필립을 제1 근위기사단에 넣고 싶다든가, 입단 시험을 받게 하고 싶다는 말을 꺼냈더라면 황급히 제지했을 참이다.

그런 생각을 하고 있자 푸피~, 하는 소리가 났다. 소리가 난 쪽을 보니 여자를 거느린 남자가 나른한 듯이 몸을 흔들며 다가오던 참이었다. 라마르 5세와 같거나, 그 이상으로 살찐 남자였다. 머리카락은 두피가 비쳐 보일 정도로 성기고, 입술은 두툼했다.

제8 근위기사단의 단장으로, 킨자 황제 직할령의 대관인 루카스 레사스 백작이다.

여자는 박복해 보이는 분위기가 감돌았지만, 미인이라 평해도 좋을 이목구비를 지니고 있다. 육감적인 몸을 외설적인 드레스(긴 천 한가운데에 구멍을 뚫고, 거기에 머리를 집어넣은 뒤 벨트를 조르면 이런 느낌일 것 같다)로 감싸고 있다.

푸피~, 푸피~, 하는 소리가 울린다. 무슨 소리인가 했더니만, 루카스의 코에서 나는 소리였다. 꽃피리가 아닌 코피리다. 루카스는 리오와 레온하르트 앞에서 멈춰 서고——.

"이거, 이거……."

그가 갑자기 침묵했다. 아니, 침묵한 게 아니라, 헤엑, 헤엑 하고 괴로운 듯이 호흡하는 거였다. 그동안에도 코피리 소리가 났다. 헤엑헤엑푸피푸피, 참 시끄럽군.

"레사스 백작, 쉬는 편이 좋지 않겠나?"

레온하르트가 걱정스러운 듯이 말을 걸었다. 정말로, 진심으로 걱정하는 목소리다. 마음은 이해한다. 당장이라도 죽어 버릴 것 같아서 조마조마하다. 루카스는 잠깐 기다려 달라고 말하는 것처럼 레온하르트에게 손바닥을 향했다. 잠시 후 호흡이 진정됐다.

"레온하르트 경, 리오 경, 오랜만이군요."

"오랜만이군."

"오랜만이야."

이제야 겨우 루카스와 인사를 나눌 수 있었다.

"상당히 몸이 안 좋아 보인다만……."

"아뇨아뇨, 건강 그 자체이고말고요."

레온하르트의 말에 루카스는 웃으며 부정했다. 어떻게 봐도 건강과는 거리가 멀지만, 그는 자신의 건강 따위 아무래도 좋은 것이리라.

갑자기 여자가 몸을 비틀었다. 무슨 일인가 싶어 보니, 루카스가 드레스 옆구리로 손을 집어넣어 가슴을 주무르고 있었다. 자기도 모르게 얼굴이 찌푸려졌다.

그걸 알아차린 루카스는 이마를 딱 쳤다. 물론 그렇다고 손을 빼지는 않았다——.

"이 손이 면목 없군요~."

"그렇게 생각한다면 멈추는 게 어때?"

"하지만, 이 손이 멋대로 움직인단 말이지요."

힉, 하고 여자가 소리를 냈다. 루카스가 가슴의 정점을 집어 비튼 것이다. 약점을 잡힌 걸까. 여자는 말없이 견딜 뿐이었다.

"그만 됐어."

"이해해 주시니 감사합니다."

리오가 넌더리가 난 기분으로 말하자, 루카스는 끈적이는 듯한 미소를 띠었다. 최근, 자기 안의 여자를 의식하게 된 탓인지 참으로 불쾌하게 느껴졌다. 루카스는 진지한 표정이 되어 레온하르트에게 시선을 향했다.

"레온하르트 경은 아무 말씀도 없으시군요~."

"내 의견도 듣고 싶나?"

"예를 들어 이 여자 말입니다만, 세금을 내지 못해서 몸을 팔고 있었습니다. 순백이자 질서를 관장하는 신을 신앙하고 있음에도 불구하고 말이죠. 뭐, 제가 사들이고 나서부터는 제 전용이 되었습니다만……."

"흠, 순백 신전에서는 혼전 성교를 삼가는 방침일 텐데……."

"그걸 어떻게 생각합니까?"

레온하르트는 여자와 루카스를 번갈아 쳐다보고 나서는 조용히 입을 열었다.

"유감이지만 나는 그녀가 곤궁에 처했을 때 곁에 있지 않았던 인간이네. 그런 인간이 무엇이 올바른지를 말하는 건 주제넘은 짓이지."

"……."

루카스는 말이 없다. 어쩐지 낙담한 표정이었다. 그는 잠시 침묵하더니──.

"아아, 그러고 보니……."

퍼뜩 깨달은 것처럼 고개를 들고는, 다시 입을 다물었다.

"아니, 아무것도 아닙니다. 그러면 실례하지요."

루카스는 드레스에서 손을 빼고는 리오와 레온하르트에게 등을 돌리고 걷기 시작했다. 여자는 머리를 꾸벅꾸벅 숙이고 루카스를 쫓았다. 여자가 조심스럽게 루카스에게 달라붙었지만, 루카스는 그녀를 매몰차게 떼쳤다.

"에에이! 나한테 달라붙지 마라!"

"죄, 죄송합니다!"

루카스가 언성을 높이자, 여자는 또다시 머리를 꾸벅꾸벅 숙였다. 매도하려는 것인지 루카스는 입을 열었다. 하지만 결국은 입술을 꽉 깨문 뒤 고개를 숙이고 말았다. 여자가 달라붙었다. 이번에는 떼치지 않았다. 루카스는 기운이 빠진 듯이 손으로 얼굴을 덮고, 나른하게 몸을 흔들며 떠나갔다.

"'거친 짓 하지 마라' 정도는 말했어도 되는 거 아니야?"

"전후 사정도 모르는데 참견해서는 안 된다고 생각한다만."

게다가, 하고 레온하르트는 말을 계속했다.

"저런 일은 당장 우리 아버지도 하고 있어서 말이지."

"그래서 아무 말도 안 하는 건가. 성기사답지 못한걸."

"그거야말로 자칭한 게 아니니까."

"그건 당연하지. 성기사를 자칭하면 정신에 문제가 있는 거야."

리오가 웃으면서 말하자, 레온하르트는 갸우뚱한 표정을 지었다.

"그러면 내가 무슨 말을 해도 문제없는 것 아닌가?"

"논리적으로는 그렇지. 하지만 이명을 받은 사람은 그에 어울리는 행동거지를 해야 하는 거야."

"……어렵군."

레온하르트는 한숨을 내쉬었다. 침묵이 내리깔린다. 떠들썩한 분위기는 여전하지만, 먼 곳의 일처럼 느껴진다. 리오는 잔을 내려다봤다. 문득 기척을 느껴 고개를 드니, 온화한 용모를 지닌 청년이 서 있었다.

"두 사람, 무슨 이야기를 그렇게 하나?"

청년은 쾌활하게 말을 걸었다. 블러드 하말── 제5 근위기사단의 단장이다. 기병만으로 구성된 제5 근위기사단 단장을 맡은 만큼 승마술 실력은 탁월하다. 기병 실력만은 레온하르트를 웃돌 것이다. 참고로 그는 세실리의 오빠로, 하말 자작가의 차기 당주다. 아니, 이미 가주 자리를 이었던가.

"인식의 어긋남에 관한 이야기를 하고 있었다네, 하말 자작."

"하말 자작이라는 호칭은 좀 찔리는군. 너희와 달리 난 아직 실감이 나지 않아서 말이지. 영주 업무도 대부분 어머니가 하고 계시고."

레온하르트의 말에 블러드는 고충을 말하는 듯한 미소를 띠며 대꾸했다. 아무래도 이미 가주 자리를 이었던 모양이다.

"아버님은 어떻게 지내고 계시지?"

"응? 아버지는 말을 돌보고 있어. 나도 어머니처럼 착실한 여성을 아내로 맞아들여서 말을 돌보는 데 몰두하고 싶어."

리오가 아버지에 관해 묻자, 블러드는 투덜거리는 것처럼 말했다. 레온하르트에게 시선을 향하자, 그는 난감해하는 듯한 미소를 띠며 입을 열었다.

"하말 자작령은 명마 산지라서 말이지."

"선조께서 초대 황제에게 말을 헌상하여 귀족이 되셨지."

레온하르트의 설명을 블러드가 이어받았다. 어라, 하고 리오는 가볍게 놀라 눈을 살짝 크게 떴다. 귀족이 된 경위는 과장하는 경향이 있는데, 그는 꾸미지 않는 타입인 듯하다. 어쩐지 나쁜 소문이 없다시피 하더라니.

"여동생과는 성격이 천양지차네."

"세실리는…… 엄——이 아니라, 여동생은 어머니를, 나는 아버지를 닮았다는 말을 들어."

"여동생은 어떻게 지내고 있어?"

"그건 왜 궁금한가?"

"군을 그만뒀다는 이야기를 들었어. 잘 지내나 싶어서."

리오가 이유를 설명하자, 블러드는 깊은 한숨을 내쉬었다.

"혹시, 아직 집에 돌아오지 않았어?"

"아니, 세실리는 본가에 있어. 다만, 본가로 돌아왔을 때 어째서 군을 그만뒀는지를 물었는데……."

"……설마, 싸웠어?"

"그래. 앞으로 어떻게 할 건지 대화를 나누려던 생각이었는데, '오라버니는 제 마음을 몰라요'라고 쏘아붙이더군."

하아아아…… 하고 블러드는 깊디깊은 한숨을 내쉬었다.

"기운 내게. 잘 이야기하면 세실리 경에게 성의가 전해질 걸세."

"그런가?"

"그렇고말고."

"하긴, 다른 방법도 없으니. 이야기를 잘 나눠 볼 수밖에."

블러드는 주먹을 꽉 쥐고 말했다.

내심 헛수고라고 생각했지만, 입 밖으로는 내지 않았다. 별안간 블러드가 리오에게 시선을 향했다.

"그러고 보니 리오 경은 에라키스 후작과 친했지."

"왜? 그에게 용건이라도 있어?"

"그, 어머니한테서 들은 이야기인데, 사람의 흐름이 변화하고 있다는 모양이야."

"변화라니?"

"뭐, 변화라고 해도 작년 이맘때쯤과 비교해서 '약간' 정도 같지만. 대놓고 말해서, 우리 쪽에서 에라키스 후작령으로 향하는 상인의 수가 줄었어. 짐작 가는 데는 없어?"

"쿠로노가 항구를 만들겠다고 말한 적이 있어. 하지만 제도에 있으면 모를까, 그런 대사업 소식을 이웃 영지가 모르는 건 이상한데?"

으음~, 하고 블러드는 신음했다. 잠시 후 거북한 듯이 입을 열었다.

"어머니는 신귀족을 그리 반기지 않으셔. 게다가, 전 에라키스 후작과는 나름대로 교분이 있는 편이셨지……."

"아하, 쿠로노의 소식은 별로 듣고 싶지 않으셨구나."

"그런 거지. 창피한 이야기지만."

블러드는 겸연쩍은 듯이 머리를 긁적였다. 쿠로노에게서 세실리한테 미움받고 있다는 이야기를 들었는데, 그 이유가 이해된

듯한 느낌이 들었다. 레온하르트가 입을 열었다.

"하지만, 항구가 생겼다면 사람이나 물자의 흐름이 '약간' 변하는 정도가 아닐 텐데?"

"결국 시간문제인 거겠지. 얼마 전까지만 해도 수많은 상인이 우리 영지를 통과하는 걸 기뻐했는데, 이젠 그럴 수 없겠군……."

블러드는 우울한 듯이 한숨을 내쉬었다. 수많은 상인이 통행세를 내고 갈 거라고 기뻐하던 참에 그게 없어질지도 모른다는 이야기가 떠오른 것이다. 그야말로 천국에서 지옥. 한숨 하나쯤도 나올 만하다.

"뭐, 좋은 아이디어 없나?"

"좋은 아이디어는 없어? 성기사님?"

"나는 영지 경영에 관해서는 문외한이다만."

리오가 레온하르트에게 통째로 떠넘기자, 레온하르트는 한숨을 섞으며 말했다. 하지만, 하고 계속했다.

"지혜를 빌려주는 정도는 가능할 것 같군. 이건 초대 황제 라마르 1세의——."

"요점만."

리오가 레온하르트의 말을 가로막고 말하자, 레온하르트는 작게 한숨을 내쉬었다.

"통행세를 없애는 건 어떻겠나?"

"그러면 사람의 흐름은 다소 돌아오겠지만, 세수에 문제가 생길 거야. 에라키스 후작이 일방적으로 득을 보게 돼."

“중요한 건 통행세가 아니라 사람과 물자의 흐름이다. 이 둘을 쥐고 있으면, 상황을 뒤집을 기회가 반드시 찾아올 거다.”

허…… 하고 리오는 자기도 모르게 목소리를 냈다. 어이없음 9할, 감탄 1할이었다. 세수 이야기를 하는데 통행세를 없애라는 말이 나오다니. 하지만, 일리는 있다. 사람과 물자의 흐름 자체가 사라지면 세수를 논할 수조차 없다.

“하지만 그러면 방금도 말했던 것처럼, 에라키스 후작이 일방적으로 이득을 보게 돼.”

“그러면 쿠로노 경에게도 통행세를 없애 달라고 하면 된다. 뭘, 그는 말이 잘 통하는 남자라네. 자기한테도 이득이 있다고 판단하면 응해 줄 테지.”

레온하르트는 태연하게 말했다. 리오는 어안이 벙벙해지고 말았다. 블러드도 마찬가지였다. 그저 멍하게 입을 벌리고 있다.

“아니, 그게…… 그럴 수도 있지만, 뭐라고 이야기를 꺼내야…….”

“솔직하게 사람과 물자의 흐름을 원활하게 만들기 위해서라고 말하면 된다고 생각한다만.”

으음~, 하고 블러드는 신음했다. 마음은 이해한다. 세수가 줄어드는 데다, 에라키스 후작령을 통해서 사람과 물자가 흘러들어오는 꼴이 된다. 그건 자기 영지의 명운이 다른 사람 손에 넘어간다는 뜻이다. 쉽게 고개를 끄덕일 수 있을 리가 없다.

“검토해 볼세.”

"되도록 빨리 결단하기를 바라지."

"그래."

비아냥으로도 받아들일 수 있는 레온하르트의 말에 블러드는 연약한 미소를 띠고 대답했다. 침묵이 내리깔린다. 이번 것은 어색한 침묵이다. 시선을 이리저리 움직여 주위를 둘러봤다. 몇 미터 정도 떨어진 곳에 있는 근위기사들이 즐거운 듯이 시간을 보내고 있다. 그런데 왜 여기만 이런 어색한 분위기인 걸까. 누군가 이 어색함을 털어내 줘. 그런 걸 바라고 있자──.

"레온하르트 님!"

귀여운 목소리가 울렸다. 목소리가 난 쪽을 보니 소녀가 달려오던 참이었다. 낙낙한 의상── 파란색을 기조로 한 신관복을 입은 소녀다. 그보다 약간 늦게 묘령의 미녀가 다가온다. 머리카락이 긴 여성이다. 그녀도 파란색을 기조로 한 신관복을 입고 있지만, 소녀와 달리 육감적인 몸매를 지니고 있다. 약간 나이 차이가 나는 자매로 보이지만, 모녀다.

소녀는 아이나, 묘령의 미녀는 나므라고 한다. 나므 코르누 여남작은 창(蒼)이자 생명을 관장하는 여신의 신관이며, 제10 근위기사단의 단장이다. 거기에 제도 서쪽에 있는 카이 황제 직할령의 대관이며, 한층 더 나아가 카이 황제 직할령에 있는 상업 연합의 대표자이기도 하다. 직함이 많은 여자다.

레온하르트가 다가가자, 아이나는 몸통 박치기를 했다. 아니, 안겨들었다. 그렇게 기세 좋게 안겨드는 건 좀 어떠려나 싶었지만,

역시나 성기사라고 해야 할까. 레온하르트는 조금도 흔들리지 않고 아이나의 머리카락을 쓰다듬었다.

"오랜만이군, 아이나 경."

"레온하르트 님도!"

아이나가 레온하르트 옆으로 이동하여 레온하르트의 팔에 자기 팔을 감았고, 나므가 따라잡았다.

"아이나, 레온하르트 님을 곤란하게 해서는 안 돼요."

"그치만, 오랜만에 만나 뵌걸요."

나므가 타이르듯이 말하자, 아이나가 불만스러운 듯이 입술을 삐죽였다. 얼핏 보기엔 미소가 지어지는 광경이다. 하지만 어째서일까. 약삭빠르게 느껴진다.

"나므 경, 팔을 감는 것 정도는 괜찮고말고."

"죄송합니다."

레온하르트가 대범하게 말했고, 나므가 면목 없다는 듯이 머리를 숙였다.

"이 뒤에 저택에 놀러 가도 되나요?"

"아이나, 레온하르트 님은 바쁘신 분이에요."

분위기를 파악하지 않고, 아니, 분위기를 파악해서인 걸까. 어쨌든, 귀엽게 부탁하는 아이나를 나므가 타일렀다. 레온하르트가 난처한 듯이 미간을 찡그렸다.

"미안하지만, 연회가 끝나면 유스티아 성을 경비하러 돌아가야 한다."

"우~, 안 되나요?"

아이나가 불만스러운 듯이 말했고, 레온하르트는 미간의 주름이 한층 깊어졌다. 금방 꺾일듯한 느낌이다. 농성전 경험은 없지만, 바깥의 해자가 메워져 가는 광경은 이런 느낌이리라.

"좀——."

"네놈! 다시 한번 말해 봐라!"

레온하르트가 입을 연 다음 순간, 노성이 울려 퍼졌다. 소리가 난 쪽을 보니 안경을 쓴 위장부와 머리카락이 빨간 남자가 서로 노려보고 있었다. 안경을 쓴 남자는 제3 근위기사단 단장 알레나디오스 백작, 빨간 머리 남자는 제4 근위기사단 단장 로이 아쿠벤스 백작이다. 주위에 있던 기사들이 말없이 둘에게서 거리를 뒀다.

당연한 판단이다. 두 사람은 근위기사단 단장을 맡은 만큼 강하다. 아무리 근위기사가 제국군의 최고 엘리트라고는 해도 끼어들면 무사히 끝나지 않는다. 게다가 싸움을 말려 봤자, 어차피 얼굴을 마주하면 또 싸운다. 철저하게 싸우고 나면 당분간은 조용하지 않을까 싶은 생각마저 든다.

"것 참, 모처럼의 연회니까 인상 찌푸리지 말고 맛있게 술이나 마시란 말밖에 안 했는데, 왜 정색하고 화내는 거야?"

"뭐야?"

"아~ 잘도 그런 엿같은 성격으로 근위기사단 단장 자리에 앉아있네, 라는 말이 심기가 불편하셨나?"

알레나가 노려보자 로이는 넌더리가 난 듯이 말했다. 당장이라도 주먹다짐이 시작될 것 같다. 후우, 하고 레온하르트는 한숨을 내쉰 뒤 아이나에게 시선을 향했다.

“둘을 제지하고 오지.”

“위험해요!”

“성기사로서 묵과할 수는 없다.”

“……레온하르트 님.”

레온하르트가 시니컬한 미소를 띠자, 아이나는 주저하며 팔을 놓았다. 눈이 글썽하게 젖어 있다. 루카스한테는 아무 말 안 한 주제에, 왜 지금은 성기사처럼 행동하는가. 영문을 알 수 없다.

블러드가 입을 열었다.

“그럼, 나도 같이 갈게.”

“괜찮겠나?”

“친구를 혼자 보낼 수는 없지.”

블러드는 상쾌한 미소를 띠고 이쪽으로 시선을 향했다.

“리오 경은?”

“나는 쓸데없는 짓은 안 하는 주의라서.”

“그럼 제가 대신…….”

리오가 어깨를 으쓱이자, 나므가 풍만한 가슴에 손을 대며 말했다.

블러드가 말을 머뭇거렸다. 여성을 걱정할 줄 알다니 훌륭하다. 그 절반이라도 동료를 걱정했으면 한다.

"이래 보여도 저는 신위술사 나부랭이에요."

"나부랭이라니……."

블러드는 또다시 말을 머뭇거렸다. 신에게서 불로의 은총을 받은 그녀를 '나부랭이'라고 한다면, 이 나라에 신위술사를 자칭할 자는 한 명도 없다.

갑자기 쾅, 하는 소리가 울렸다. 알레나가 테이블을 내려친 것이다.

레온하르트, 블러드, 나므 세 사람은 서로 얼굴을 마주 보고 고개를 끄덕였다. 말없이 알레나와 로이를 향해 걷기 시작했다. 세 사람을 지켜보다가, 문득 시선을 느껴 아이나를 봤다. 그러자 그녀가 비난하는 듯한 눈으로 리오를 보고 있었다.

"케이론 백작은 안 가시나요?"

"내가 왜?"

"왜냐니……."

리오가 되묻자, 아이나는 말을 머뭇거렸다.

"신에게서 받은 힘을 올바르게 활용하라고 하고 싶어? 근데 그건 네 의견이지, 나는 그렇게 생각하지 않아. 그리고 청록이자 유전을 관장하는 신은 지금까지 내 신위술을 거두지 않았어. 묵인된 거라고."

"——!"

아이나는 입을 우물거리다가 결국 다물었다. 리오를 흘낏하고는 레온하르트 일행을 쫓아갔다. 그녀가 향한 곳에서 레온하르트,

블러드, 나므가 알레나와 로이를 중재하고 있었다.

알레나는 분노가 수그러들지 않는 듯했지만, 레온하르트를 앞에 두고 약간은 흥분이 가라앉은 모양이다. 로이는 어떤가 하면 블러드의 설득에 응해 회장 구석—— 리오 오른쪽으로 이동했다. 아무래도 싸움을 수습할 수 있을 것 같다.

나 원 참, 하고 리오는 작게 한숨을 내쉰 뒤 잔에 입을 댔다. 그때——.

"리오 님, 여기 계셨습니까."

할아범이 다가왔다. 잔을 입에서 떼자, 할아범은 살짝 미간을 찡그렸다.

"제게 신경 쓰지 않으셔도 괜찮습니다만?"

"딱히 그런 거 아니야."

"그러하십니까."

그렇게 말하고, 할아범은 리오 옆으로 시선을 향했다.

"옆으로 가도 괜찮겠습니까?"

"그래."

"그럼, 실례하겠습니다."

할아범은 가볍게 고개 숙여 인사한 뒤 리오 옆에 섰다. 세 번째 침묵이 내리깔린다. 이번의 그것은 기분 편하게 느껴진다. 아버지는 할아범을, 아니, 조부 대에서부터 섬기던 사람들을 전부 싫어했었다. 어째서 그렇게 싫어하는지 이해할 수가 없다.

"리오 님, 알려드리고 싶은 것이……."

"무슨 일 있었어?"

"제8 근위기사단의 필립이라 칭하는 자가 제게 접촉했습니다. 듣자니 리오 님을 존경한다고 합니다."

흐응~, 하고 리오는 맞장구를 쳤다. 잘 보이고 싶은 건 이해하지만, 아부의 방향성을 잘못 골랐다.

"그래서, 어떻게 했어?"

"리오 님과 함께 행동하고 싶다고 말했기에, 입단 시험을 받으라고 말했습니다."

"입단 시험 예정은?"

"없습니다."

할아범은 태연자약하게 말했다.

"할아범 눈에 차지 않았던 모양이네."

"이용하려는 마음이 훤히 비쳐 보였기에. 나 참, 요새 젊은것들은――."

할아범은 투덜투덜 불만을 말하기 시작했다. 지금 기사가 얼마나 기개가 없는지, 자기들 세대 기사가 얼마나 용맹 과감하였는지를 막힘없이 이야기했다. 하고 싶은 말은 이해한다. 알코르 재상의 군제 개혁 때문에 지금의 기사는 황제를 향한 충성이 희미해지고 있다. 물론 할아범도 시대가 변한 것을 알고 있을 터이지만, 자신들이 올바르다고 믿었던 가치관을 부정당하고 싶지 않은 것이리라. 그러니까 요새 젊은것들은, 이라는 말이 나온다.

"달리 접촉해 온 사람은 없었어?"

"아아, 실례했습니다."

적당한 때를 봐서 말을 걸자, 할아범은 자세를 바로 했다.

"제6 근위기사단 단장 네주 히아데스의 부관 크린게 헤르츠와 제11 근위기사단 단장 대리 안카 바서만이 접촉해 왔습니다. 두 사람 다 리오 님에게 모쪼록 잘 부탁드린다고 말했었습니다."

"에릴이야 어쨌건, 히아데스 백작은 이번에도 결석이네."

"그런 듯하여."

할아범은 고개를 끄덕였다. 제6 근위기사단 단장 네주 히아데스의 전모는 수수께끼에 둘러싸여 있다. 공식적인 자리에 한 번도 모습을 나타낸 적이 없다. 실존 인물인지도 의심스럽다.

"그건 그렇고 단장 대리인가."

"그게 어떻게 되었습니까?"

"아니, 에릴도 슬슬 단념해야 할 때려나 싶어서."

"군사 학교를 나오지 않은 소녀한테 근위기사단 단장을 맡기는 게 문제가 아닐지 생각합니다……."

"나도 그렇게 생각해. 하지만, 제도에서 에라키스 후작령까지 같이 여행한 사이니까 말이야. 조금은 느끼는 바가 있어."

"……그러하십니까."

할아범은 약간 뜸을 두고 대답했다. 평소와 비교하면 목소리가 낮다. 에라키스 후작령이라는 말에서 쿠로노를 연상한 것이리라.

"쿠로노가 싫어?"

"좋아하지는 않습니다만……."

할아범은 말을 머뭇거리며 고개를 돌렸다. 대답하고 싶지 않은 건가 싶었지만, 그게 아니었다. 할아범의 시선 끝에는 늙은 남자가 있었다. 하얀 로브를 두른 남자다. 정수리가 휑한 대신 눈썹과 수염이 길게 자랐다. 딱, 딱, 하고 지팡이를 짚으며 다가오는 모습이, 오래된 책에서 본 은자나 예언자를 연상케 했다. 제7 근위기사단 단장 랄프 리브라 백작이다.

랄프는 할아범에게 눈길도 주지 않고 리오 앞에서 멈춰 섰다.

"케이론 백작, 오랜만이구먼."

"리브라 백작도 건강한 듯하네."

"그것만이 장점이니 말일세."

리브라는 수염을 훑으며 껄껄 웃었다.

"아직 은거할 생각 없어?"

"내 지혜가 언제 필요할지 알 수 없으니."

"물러날 생각이 없구나?"

"그렇지."

랄프는 재차 껄껄 웃었다. 슬슬 후진한테 길을 양보할 시기건만, 이 작자는 죽을 때까지 군에 눌러앉을 것 같다. 대체 뭘 하고 싶은 건지. 그런 생각을 하고 있자, 랄프가 살짝 몸의 방향을 바꿨다.

"어머, 벌써 가는 거야?"

"이 나이가 되면 서 있기도 힘들어서 말일세. 구석에서 쉬어야지."

그렇게 말하고, 랄프는 리오 쪽에서 봐서 왼쪽—— 레온하르트, 알레나, 나므, 아이나가 있는 쪽으로 갔다. 충분히 거리가 멀어졌을 때 칫, 하는 소리가 났다. 할아범을 쳐다보니 얼굴을 찌푸리며 랄프의 뒷모습을 노려보고 있었다.

"랄프 백작이 싫어?"

"예. 내란 시절에 저 남자한테 어떤 꼴을 당했는지. 선선대 황제한테 중용되어 있었습니다만——."

할아범은 투덜투덜 불평을 늘어놓았다. 이야기를 정리하자면 랄프는 현장 사람을 깔보고 희생을 전제로 작전을 세우는, 군사인 척 구는 쓰레기라는 말이 된다.

"흐음~, 그렇구나."

"이해해 주셔서 감사합니다."

"처음 들었어."

"저 남자의 본성을 아는 자는 이제 거의 없기에."

듣고 보니, 하는 느낌은 든다. 랄프가 싸웠다는 이야기를 들은 적이 없고, 연습 훈련에서 겨뤄 본 적도 없다. 게다가 할아범이 말한 '내란'은 31년 전 일이다. 나쁜 소문도 세월의 흐름에 흘러갈 시간이다.

"그건 그렇고 할아범이 그렇게까지 말하다니 별일이네."

"……세상에는 아무리 세월이 지나도 용서할 수 없는 일이 있는 법입니다."

할아범은 땅속 깊은 곳에서 울리는 듯한 목소리로 말했다. 대체 랄프는 할아범에게 뭘 한 것일까.

회장이 술렁였다. 정면을 보니 알포트가 파나와 피스케 백작을 데리고 회장에 들어오던 참이었다.

알코르 재상은 물론이고 재무국장, 군무국장, 상서국장, 궁내국장의 모습도 없다.

리오는 쓴웃음을 지었다. 알포트와 알코르 재상, 어느 쪽 의향인지는 알 수 없다. 하지만 이래서는 사이가 좋지 않다고 선전하는 거나 마찬가지다. 쓴웃음이 나올 수밖에 없다.

알포트는 호사스러운 망토를 질질 끌다시피 하며 근위기사들 앞(리오와 회장을 사이에 끼고 정면으로 마주 보고 있는 형태가 된다)에 서더니 경직된 미소를 지었다.

"지, 짐에게, 추, 충성을 바치는 근위기사들과, 만날 수 있어서 기쁘게 생각한다."

실제로는 바친 적 없지만 말이지, 하고 리오는 마음속으로 딴지를 걸었다.

근위기사단은 황제 직속 부대다. 황제라면 또 모를까, 황위도 계승하지 않은 알포트가 충성을 논한들 대답할 말이 없다. 다들 리오와 같은 생각인지, 떠들썩하던 회장이 쥐 죽은 듯 고요했다.

그 분위기에 재촉받은 것처럼 알포트는 말을 자아냈다.

"이, 일전에, 지, 짐은! 제, 제13 근위기사단을 설립하여, 에라키스 후작을, 다, 다, 단장에 임명했다! 에, 에라키스 후작은 하급 귀족 출신이면서도, 누, 누누, 눈부신 활약을 보여주었다! 지,

짐은 그걸 높이 평가했다!!"

알포트가 말을 더듬거리면서도 끝까지 말했고, 근위기사들은 술렁였다. 곤혹스러운 듯 보였다.

"지, 짐은, 아버님과 마찬가지로, 비천한 자여도 능력이 있으면 중용할 것이다!"

알포트가 힘차게 선언했고 근위기사들이 웅성거렸다. 파나와 피스케 백작은 몹시 떫은 표정이었다. 신귀족은 과거 내란의 공로자이고, 쿠로노는 알포트의 목숨을 구한 은인이다. 그런 상대를 '비천한 자'라고 칭했으니, 얼굴이 찌푸려질 수밖에 없다.

"지, 짐은 이 나라를 좋은 나라로 만들고 싶다. 혀, 협력해 주겠나?"

알포트가 호소했지만, 반응은 없다. 귀가 먹먹할 정도로 정적이 회장을 지배했다. 그렇지 않아도 곤혹스러운 차에 터무니없는 발언이 튀어나온 것이다. 침묵해도 어쩔 수 없다.

그제야 회장 분위기를 알아차렸는지, 알포트가 피스케 백작에게 시선을 향했다. 뺨이 씰룩쌜룩 경련하고 있다. 나한테 돌리지 말라는 마음이 전해져 오는 것 같다. 피스케 백작은 헛기침하고서 비창(悲愴)한 표정으로 앞에 나섰다. 그리고──.

"알포트 전하, 만세!"

어쩔 수 없는 양 양손을 높이 들었다. 물론 동조하는 자는 아무도 없었다.

"일포드 진하, 만세! 일포드 진하, 만세!! 일포드 진하──."

피스케 백작은 필사적으로 만세를 반복했다. 안쓰러워서 못 봐주겠다. 불쌍하다. 그때였다. 만세, 라고 누군가가 중얼거렸다.

"알포트 전하, 만세! 알포트 전하, 만세!! 알포트 전하——."

피스케 백작이 한층 목소리를 높이자, 조금씩 중얼거리는 소리가 늘어갔다. 어느덧 그 목소리는 회장을 뒤흔드는 환호성으로 바뀌었다.

"……리오 님?"

"나는 아무것도 안 했어."

할아범이 의아해하는 듯한 표정을 띠었고, 리오는 고개를 가로저었다. 신위술로 도와주려고 생각한 건 사실이지만, 아직 아무것도 하지 않았다. 저건 피스케 백작의 인맥이다. 아니, 그렇다기보다 너무나도 딱해서 다들 어쩔 수 없이 응했다. 기사들의 동료애라고나 할까.

피스케 백작은 그들의 배려에 울 것 같은 표정이었으나, 이걸 알 리 없는 알포트는 만족하여 기뻐하는 얼굴이었다. 자기가 지지받았다고 느낀 것이리라.

"우쭐해져서 허튼짓하지 않으면 좋겠는데……."

리오는 작게 중얼거리고는 와인을 들이켰다.

종 장 『상자』

심야—— 파나는 알피르크성에 돌아오자마자 알코르 재상의 집무실로 향했다.

집무실 앞에서 멈춰 서서 문을 두드렸으나 대답은 없었다. 무대응이야 항상 있는 일이지만, 오늘은 유독 불쾌하게 느껴졌다. 그런 일이 있었던 후라서 더 그랬다. 문을 열고 들어가자, 알코르 재상이 책상 앞에 앉아있었다. 곧바로 이쪽을 알아차리고, 시선을 향했다.

"연회장에서 무슨 일이 있었던 모양이군."

"……말하고 싶지 않아."

파나는 문을 닫고 벽에 몸을 기댔다. 약간 지나, 알코르 재상이 다시 입을 열었다.

"전하께서 또 이상한 말을 한 것 때문인가?"

"자리에 없는데도 용케 아네."

"이래 보여도 나한테는 지인이 많아서 말이다."

크큭, 하고 알코르 재상은 목을 울려 웃는 소리를 냈다. 아마도 알포트가 무슨 말을 했는지도 알고 있을 게 틀림없다. 마음에 안 드는 할아범이지만, 불평할 수도 없는 노릇이다.

알포드가 연회를 열고 싶다고 말했을 때, 알코르 재상은 아직

이르다며 제지했다. 그러나 알포트는 연회를 강행했다.

"피스케 백작 덕분에 어찌어찌 넘겼지만……."

"자기 보좌역으로 삼고 싶다고 말을 꺼냈나?"

"그렇지."

알코르 재상의 말에 파나는 얼굴을 찌푸리며 대답했다. 어쩜 그리도 생각이 없을까. 신귀족도 모자라서 생명의 은인까지 무시한 꼴이 됐다. 이제 알포트가 근위기사한테서 진정한 충성을 받는 일은 없으리라. 그에게 접근하는 건 흑심이 있는 자뿐이다.

그때, 파나는 책상 위에 평평한 나무 상자가 있는 걸 알아차렸다. 다가가서 나무 상자를 내려다보자――.

"에라키스 후작에게 보낼 군복이다."

"열어봐도 돼?"

"그래."

파나는 나무 상자 뚜껑을 열고, 알코르 재상한테 시선을 향했다.

"그들이 동의했어?"

"설마. 후작이야 어쨌든, 아인들이 입는 꼴은 못 본다는 반대 의견이 많더군. 그래서 의견을 수용하는 대신 에라키스 후작의 요망을 들어주기로 했다."

흐응~, 하고 파나는 맞장구를 치고는 뚜껑을 닫았다. 군복 건을 양보하는 대신에 에라키스 후작의 요망을 교환 조건으로 걸었다는 말이다.

"이제 이걸 누구 편에 들려 보내는가만 남았다."

"아직 정하지 않았어?"

"추천하고 싶은 사람이 있나?"

"마침 하나 있지——."

파나는 어떤 인물의 이름을 입에 담았다. 그라면 문제없을 터다.

후기

이번에는 「쿠로노 전기 9 이세계 전이한 내가 최강인 건 침대 위에서만인 것 같습니다」를 구입해 주셔서 진심으로 감사드립니다. 지금 바야흐로 서점에서 후기를 보고 계시는 분은 용기를 내어 계산대로 가지고 가주신다면 기쁘겠습니다.

네, 그런 이유로 9권입니다. 즉, 다음이 10권이라는 말이군요. 뭘 당연한 말을, 이라고 하실지도 모르겠습니다만, 두 자릿수대로 돌입하게 되니 감개가 깊은 겁니다. 먼 곳까지 왔구나~, 하는 느낌이 듭니다. 그렇긴 해도 엔딩은 훨씬 멀었기에 앞으로도 여러분께서 재미있게 봐주실 수 있도록 노력하고자 합니다.

자, 이미 아시는 분도 계실지도 모르겠습니다만, 레이라 양의 안는 베개 커버 발매가 결정되었습니다! 뭐라고?! 네, 레이라 양의 안는 베개 커버 발매가 결정되었습니다. 중요해서 두 번 말했습니다. 이것도 응원해 주시는 여러분 덕분입니다. 감사! 감격!! 빗발치듯 합니다!!! 상세한 내용에 관해서는 공식 홈페이지를 봐주시면 감사하겠습니다. 특전 SS를 썼으니, 이것도 재미있게 봐주신다면 기쁘겠습니다.

다음은 9권 내용에 관해서입니다. 9권은 2권 이후로 오랜만에 티리아가 주역으로 등장합니다. 오랜만인 만큼, 티리아 무쌍—— 아니, 쿠로노한테 좋을 대로 당하고 있기에 무쌍 느낌은 아닙니다만, 활약하고 있다는 점은 틀림없습니다.

물론 티리아뿐만이 아니라 쿠로노가 남변경에 가 있었기에 스포트라이트를 받지 못한 아리데드, 데네브, 시온, 엘레인의 출연도 있습니다. 스노우, 수, 에릴의 등장도 늘렸습니다. 이번에도 잔뜩 가필 · 수정하였습니다만, 티리아와 아리데드, 데네브가 주고받는 대화는 쓰고 있자니 즐거웠습니다.

티리아와 여주인의 가슴 씨름(정말로 가슴 씨름이라는 이름으로 괜찮은 건지 모르겠습니다만, 가슴 씨름이라고 하겠습니다)도 가필 · 수정한 장면입니다. 가슴 씨름에는 강한 집념이 있습니다.

옛날에 어떤 주간지에서 봤을 때 충격을 받았습니다. 소년지에서 이런 걸 하다니, 작가는 신이 분명하다고 생각했습니다. 그만큼 임팩트가 있었습니다. 이건 유행할 거다! 생각했지만, 아쉽게도 아니었습니다. 가슴 씨름을 유행시키고 싶은 건 아니지만, 그래도 티리아와 여주인한테 가슴 씨름을 시켰습니다. 쿠로노와 에릴의 가슴 논의도 즐겁게 썼습니다.

하지만 창작은 즐거운 일뿐만은 아닙니다. 고민한 것도 있었습니다. 집필 사전 준비로 WEB판을 다시 읽고 있었을 때 '어라? 이 숫자, 어디서 나온 거였지?'라는 생각이. 열심히 자료를 찾아봤습니다만, 도저히 찾아낼 수가 없어서 수중에 있던 자료를 토대로 새로운 숫자를 생각했습니다. '그건 어디서 가지고 온 숫자였을까'하고 지금도 고개를 갸우뚱하고 있습니다.

다음은 시온 씨의 일러스트에 관해서입니다. M자 다리 벌리기로 할지, 아니면 노출도가 높은 드레스 차림으로 할지. 둘 사이에서 매우 고민했습니다.

여기서부터는 감사 인사입니다. 응원해 주시는 여러분, 감사합니다. 여러분 덕분에 9권을 발매할 수 있었고, 레이라 양 안는 베개 커버 발매도 결정되었습니다.

담당 S님, 언제나 적확한 조언을 주셔서 감사합니다. 엘레인의 묘사로 고민하던 차였기에 조언을 받을 수 있어서 다행이었습니다. 무츠미 마사토 선생님, 언제나 훌륭한 일러스트를 그려 주셔서 감사합니다. 섹시한 일러스트가 수북하여 기쁩니다.

마지막으로 보고입니다. 2월 26일에 발매된 만화판「쿠로노 전기 이세계 전이한 내가 최강인 건 침대 위에서만인 것 같습니다(3)」이 증쇄되었습니다. 1, 2, 3권도 증쇄되어 감개무량합니다. 고마워라~!! 앞으로도 즐겨 주실 수 있도록 노력해 나가겠으니 소설판 · 만화판 공히 잘 봐주시기를 부탁드리겠습니다.

쿠로노 전기

이세계 전이한 내가 최강인 건
침대 위에서만인 것 같습니다

Kurono senki 9 Isekaiteni sita boku ga saikyou nanoha bed no uedake no youdesu
©Ayumu Saito
Originally published in Japan in 2022 by HOBBY JAPAN CO., Ltd.
Korean translation rights ©2024 by Somy Media, Inc.

쿠로노 전기 9 **이세계 전이한 내가 최강인 건 침대 위에서만인 것 같습니다**

2025년 9월 15일 1판 1쇄 발행

저　　자 사이토 아유무
일러스트 무츠미 마사토
옮 긴 이 주승현
발 행 인 유재옥
이　　사 조병권
편집 2팀 정영길 박치우 조찬희
편집 3팀 오준영 권진영 이소의 정지원
디자인랩팀 김보라 전세연
디지털사업팀 김지연 윤희진 장혜원
라이츠사업팀 김정미 유아현 이지현
영업마케팅팀 최원석 윤아림
물 류 팀 백철기
경영지원팀 최정연
인쇄제작처 ㈜코리아피엔피
발 행 처 ㈜소미미디어
등　　록 제2015-000008호
주　　소 서울시 마포구 토정로222, 502호 (신수동, 한국출판콘텐츠센터)
판매 및 마케팅 (070) 8822-2301

ISBN 979-11-384-8774-0
ISBN 979-11-6507-870-6 (세트)